离乱弦歌忆旧游

西南联大求学记

赵瑞蕻 著

生活·讀書·新知
三联书店

Copyright © 2021 by SDX Joint Publishing Company.
All Rights Reserved.

本作品版权由生活·读书·新知三联书店所有。
未经许可，不得翻印。

图书在版编目（CIP）数据

离乱弦歌忆旧游：西南联大求学记/赵瑞蕻著. —北京：
生活·读书·新知三联书店，2021.5
ISBN 978-7-108-07135-4

Ⅰ．①离… Ⅱ．①赵… Ⅲ．①散文集-中国-当代
Ⅳ．①I267

中国版本图书馆 CIP 数据核字（2021）第 060011 号

责任编辑	麻俊生
封面设计	储　平
插　　图	赵　蘅
出版发行	生活·讀書·新知 三联书店
	（北京市东城区美术馆东街 22 号）
邮　　编	100010
印　　刷	常熟高专印刷有限公司
版　　次	2021 年 5 月第 1 版
	2021 年 5 月第 1 次印刷
开　　本	889 毫米×1194 毫米　1/32　印张　9.625　插图　9
字　　数	205 千字
定　　价	58.00 元

目录

001 / 序　又一片树叶落下　杨苡

001 / 离乱弦歌忆旧游——纪念西南联大六十周年
031 / 当敌机空袭的时候
038 / 怀念英国现代派诗人燕卜荪先生
065 / 梅雨潭的新绿——怀念朱自清先生
075 / 红烛颂——纪念闻一多先生
081 / 我是吴宓教授，给我开灯！——纪念吴宓先生
101 / 想念沈从文师
125 / 一个时代心灵的记录——纪念冯至先生
139 / 岁暮挽歌——追忆钱锺书先生
146 / 梦回柏溪——怀念范存忠先生，并忆中央大学柏溪分校
166 / 长留双眼看春星——忆王季思先生
170 / 南岳山中，蒙自湖畔——怀念穆旦

196 /	追思旧谊——怀念许国璋学长
205 /	读萧乾先生的一封信
211 /	读冯至先生的一封信
217 /	读沈从文先生的一封信
222 /	读柳无忌先生的一封信
228 /	赵瑞蕻致杜运燮（一）
230 /	赵瑞蕻致杜运燮（二）
233 /	赵瑞蕻致杜运燮（三）
236 /	赵瑞蕻致许渊冲
239 /	赵瑞蕻致江瑞熙
241 /	赵瑞蕻致巫宁坤、怡楷
244 /	赵瑞蕻致闻立鹏
246 /	赵瑞蕻致谢泳
251 /	赵瑞蕻致姚丹
256 /	瓯海在呼唤
264 /	籀园，我深挚美好的思念
272 /	我的一生
289 /	后记一　送给在天上爸爸的礼物　赵蘅
295 /	后记二　弦歌萦绕彩云之巅　赵蘅

序

又一片树叶落下

杨苡

赵瑞蕻走了。各种方式的吊唁和慰问像沉重的铁锤不时地锤打着我的心,更带来了友情的温暖,这沉甸甸的友情将带领我从严冬走向春天。十二平方的小书房兼客厅中的一角,书桌上依旧零乱地堆着书籍、信件、复印件和铺开的稿纸。书桌旁那张坐了几十年的破旧木椅似乎还在等待着头天晚上还在伏案工作,这之后早已回房安睡,却迟迟还没回到书桌旁的老爷子。

有一排字典斜靠着那剥落的墙面,上面竖着一张复印件,篇名是《读巴金先生的一封信》。这是头一天刚收到的《文汇报》剪报。最近我拿出文井兄的十几封旧信。这些信使我感慨万分,这样也触动了赵瑞蕻。他也开始整理朋友们给他的旧信,毕竟我们已经很老很老了,余日无多,我笑对他说:"没什么可怕的,该考虑身后之事了!"

萧乾兄在不久以前还神采飞扬地庆祝他的九十华诞,然而骤然谢世了,顿时使我陷入一些陈年旧事的梦中,我在心里说:又一片树叶落下了。下一个人该是谁?

赵瑞蕻最后的书桌

赵瑞蕻拿出一封旧信,大概是萧乾兄前几年写的,称赞说:"写得真好!"他准备先写一篇谈萧乾兄的翻译,然后再在纸上谈论这封信。这是两个老人极为真诚坦率的谈心。我从来不想把朋友们的谈心公开,但是眼下应该说是对知识分子比较宽松的年代,我对赵说,完全可以就这个内容写一点感想,都这把年纪了,就得说真话!

信仍然摆在桌上,稿纸铺开,几小时后急性大面积心肌梗死把赵匆匆带走,时间是戊寅年年三十,凌晨二点十五分!

继续和萧乾兄神聊吧,在另一个世界。萧乾兄又将笑眯眯地对我们说:"我做不到巴金的句句讲真话,但是我可以不说假话!"赵又在激动地叫:"我还顾忌什么?我已风烛残年!"

又一片树叶落下……

一九九九年三月二日急就

离乱弦歌忆旧游

纪念西南联大六十周年

一年多以来，我书桌上常放着四本书，我在译述工作之余休息时，总喜欢翻翻，它们引起我无限亲切的遐想，使我一再回到那早已消逝了的遥远的苦难岁月，那些充满着抗争和求索精神的激动人心的日子，那个特殊时代特殊机遇所交织起来的奇丽梦境里。这四本书就是：《国立西南联合大学校史——一九三七年至一九四六年的北大、清华、南开》《笳吹弦诵在春城——回忆西南联大》《笳吹弦诵情弥切——国立西南联合大学五十周年纪念文集》《西南联大在蒙自》。此外，还有好几期西南联大北京校友会和上海校友会编印的《通讯》。这些书刊都附有不少珍贵的老照片、图片、校歌，当年好几位教授老师们的题词和手迹，以及冯友兰先生撰文、闻一多先生篆额、罗庸先生书丹的极为贵重的"国立西南联合大学纪念碑"（这碑文意义博大深远，充满激情，文采斐然，记叙西南联大始末，阐明其精神与成就；此文是冯先生得意之作，定当流传久远，以启迪后人）的复制片等。除《校史》外，每本书和通讯里边都有许

 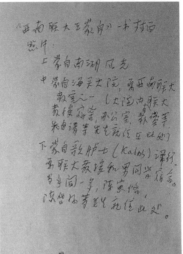

《西南联大在蒙自》及封面图片说明(赵瑞蕻手迹)

多老校友写的回忆录和纪念文章,还有一些难得的史料。《校史》一九九六年十月由北大出版社印行,由西南联大北京校友会主编,共有六百多页,是依靠十几位校友辛勤努力,经过十多年的多方面调查研究、搜集资料而编成的一部巨著。可以说,这是我国历史上第一部如此详尽完善,如此有意义的校史,是空前绝后的。说"绝后",因为西南联大已成为历史陈迹了。然而,西南联大的精神过去存在,现在还存在,将来也会存在,而且应该使之发扬光大。正如不久前在上海《文汇读书周报》上发表《西南联大与现代新诗》一文的作者鲲西学长所说的:"西南联大已是历史陈迹,但它曾哺育和润泽莘莘学子心灵的恢宏博大的精神是不会被遗忘的。"说得多好,我完全赞赏他的见解。为《校史》写序的陈岱孙先生更是具体地阐明了西南联大的卓越成就、光辉的贡献,他着重指出:"人们不得不承认西南联大,在其存在的九年中,不只是形式上弦歌不辍,而且是在极端艰苦条件下,为国家培养了一代国内外知名学者和众多建国需要的优秀人才。"

《校史》还有一个特色,就是"院系史",都由各院系一位老校友负责撰写,倾注了各自的研究、理解和热情。比如外国语言文学系史就是现任北京大学英语系教授李赋宁学长执笔的。书中将各系历年所开的课程,每门课担任的教师都一一列出;对主要的教授还作了专门介绍,他们的生平学历等,甚至还概括说明他们授课的特色。这里举两个例子:

在外文系里,吴宓先生"讲课的特点是不需要看讲义,就能很准确、熟练地叙述历史事实;恰如其分地评论各国作家及其作品,历史地位和文学价值。他教学极为认真负责,条理清楚,富于说服力和感染力。吴宓主张外文系学生不应以掌握西方语言文字为满足,还应了解西洋文化的精神,享受西方思想的潮流,并且对中国文学也要有相当的修养和研究。外文系培养出了许多杰出的人才,与他的思想感染很有关系"。

叶公超先生授课的特点是:"先在黑板上用英文写下简明扼要的讲课要点,然后提纲挈领地加以解释说明。接着就是自由发挥和当机立断的评论。这种教学法既保证了基本理论和基本知识的传授,又能启发学生的独立思考和探索,并能培养学生高雅的趣味和准确可靠的鉴赏力。叶公超语言纯正、典雅，遣词造句幽默、秀逸，讲授生动。"

　　以上所引赋宁学长对于吴、叶两位老师的讲课特点的简要说明和评论，是完全符合实情的。当年我在蒙自和昆明上吴宓先生的"欧洲文学史"和叶先生的"十八世纪英国文学"这两门课时的情景犹淹留心中，具体、明朗、生动、深刻；这会儿我仿佛又亲切地望见他们的音容笑貌了。我又想到吴、叶两位先生这样的教学方式对于今天我们大学里文科（尤其是外文和中文系）是大可借鉴而加以继承发展的，所以我很乐意在这里介绍一下。《校史》最后附有全部学生名单，从哪年到哪年，毕业或肄业，本科或研究所的，都记载得清清楚楚，一查就行。今天国内外人文科学和自然科学界许多著名学者、教授、科学家，还有诗人、作家、翻译家，已故的或尚健在的西南联大同学都可以在这本书里找到他们的名字。

　　《西南联大在蒙自》由云南蒙自县文化局、蒙自师范高等专科学校和蒙自南湖诗社合编，出版于一九九四年十二月。这是本较新鲜别致的纪念文集，编得挺好，封面很吸引人，印有南湖风景、海关大院内原来的教室和哥胪士洋行里原来的师生宿舍等三张照片。书中收有陈寅恪、钱穆、郑天挺、朱自清、陈岱孙、浦薛凤、柳无忌、杨业治、浦江清等先生的回忆纪念文章、旧体诗，还有闻立雕（闻一多先生的次子）的《忆父亲在蒙自二三事》和宗璞的《梦回蒙自——忆冯友兰先生在蒙自》两篇文章。当时南湖诗社发起人之一刘兆吉学长还特地写了一篇《南湖诗社始末》,详细介绍了这个组织的经过和工作(如办墙报、讨论会等)及成员情况。这是一份颇有价值的史料。南湖诗社是西南联大第一个文学社团,是在闻一多和朱自清两位教授热忱鼓舞和亲切指导下进行活动的。《校史》第一篇《概述》里提到这个诗社说:"一些爱好诗歌的学生成立了一个诗社,取名南湖诗社。他们请朱自清、闻一多为导师,出版诗歌墙报,还举行了两次诗歌座谈会,讨论诗歌的前途、动向等问题。他们提倡新诗,以写新诗、研究新诗为主,对旧体诗并不反对。……社员有查良铮(穆旦)、赵瑞蕻、周定一、林振述(林蒲)、刘重德、李敬亭、刘寿嵩(绶松)等。后来他们在诗歌创作或研究方面都有相当成就。"上文提到的鲲西学长写的一文中也说:"西南联大的诗歌活动是从蒙自南湖开始的。《西南联大现代诗抄》中周定一的《南湖短歌》就是在当时南湖壁报上发表的,说是发表其实是贴在墙上的。……而我记忆最深的是赵瑞蕻君也贴在墙上的一首长诗,一时间颇为轰动。"(我这首长诗就是《永嘉籀园之梦》,后改题为《温州落霞潭之梦》。)这本书里杨业治先生写的《从南岳到蒙自》一文最后还特别翻译了歌德《浮士德》卷首的《奉献》(*Zueignung*)一诗,他说:"回忆蒙自旧事,恍如隔世。歌德《浮士德》第一部的

赵瑞蕻在西南联大被同学们称作"年轻的诗人"

篇首《奉献》所述,合我此时情意。译此诗以志怀。"在这里,我想引该诗第二节(全诗共四节)作为六十年前我们师生在那遥远的地方,亲切的南湖湖畔度过的难忘日子的纪念:

> 你们带来了欢乐日子的景色,
> 好一些可爱的人影在那里升起;
> 像一个古老的,半已淹没的传说,
> 初恋和初次的友谊随着来到;
> 唤醒了的旧日痛苦的怨诉,
> 复述着生命的迷宫似曲折的道路;
> 又说起那些命运夺走了
> 美好的时光,先我而逝去的好人。

六十年前,从南岳山中辗转流亡到蒙自湖畔,暂时找了教学读书的安静环境的西南联大文法学院教师和学生中如今仍健在,还能做点事的人不多了;绝大部分的老师教授们已作古,"先我而逝去"了(vor mir hinwegges-chwunden)。我们在蒙自虽然只待了半个学期,但那里的地方色彩和生活情景却在我们大家心上留下了深刻的印象。正如后来朱自清先生在《蒙自杂记》里所说的:"我在蒙自经过五个月,我的家也在那里住过两个月。我现在常常想起这个地方,特别是在人事繁忙的时候。"我在这里再抄一段宗璞《梦回蒙自》一文中关于蒙自风物的描绘,对她父亲冯友兰先生的怀念,以及她自己的感受:

蒙自是个可爱的小城。文学院在城外南湖边，原海关旧址……园中林木幽深，植物品种繁多，都长得极茂盛而热烈，使我们这些北方孩子瞠目结舌。记得有一段路全为蔷薇花遮蔽，大学生坐在花丛里看书，花丛暂时隔开了战火。……南湖的水颇丰满，柳岸河堤，可以一观；有时父母亲携我们到湖边散步。那时父亲是四十三岁，半部黑髯，一袭长衫，飘然而行。……在抗战八年艰苦的日子里，蒙自数月如激流中一段平静温柔的流水，想起来，总觉得这小城亲切又充满诗意。……当时生活虽较平静，人们未尝少忘战争，而且抗战必胜的信心是坚定的，那是全民族的信心。

关于蒙自，我那三篇怀念朱自清先生、燕卜荪先生和穆旦的散文里已有较详细的描述，这里不重复了。陈岱孙先生也为《西南联大在蒙自》写了一篇很好的序，我觉得应该把他流露着真情实感的最后几句话引在这里：

当小火车缓慢地从蒙自站驶出时，我们对于这所谓"边陲小邑"大有依依不舍的情绪。直至今日，凡是当年蒙自分校的同人或同学，在回忆这一段经历时，都对之怀着无限的眷恋。固然环境宁静，民风淳朴是导致这一情绪的一大因素。但更重要的是，在当时敌人深入，国运艰难的时候，在蒙自人民和分校师生之间，存在着一种亲切的，同志般的敌忾同仇、复兴民族的使命感和责任感。这才是我们间深切感情的基础。因此，《西南联大在蒙自》一书所征集文章还不只是个人当年雪泥鸿爪的一般回忆，而实为呈现当年时代史迹的纪录。

每当我翻阅这些书刊时，我眼前立刻浮现出六十年前日本帝国主义的铁蹄穷凶极恶地蹂躏祖国大地，抗日烽火高烧，在动荡离乱的岁月中，敌机狂炸下，我们的学校在长沙、南岳、蒙自、昆明等地克服各种艰难，以"刚毅坚卓"（这四个字是联大校训）的精神，坚持教学，勤奋学习，弦歌不辍的景象。西南联大的历史是从一九三七年八月至一九四六年七月，共计八年十一个月，以学年计算正好九个学年。在当时那样动乱的局势中，那样艰苦的办学条件下，三座久负盛名而各有其历史和校风的大学，北大、清华、南开在三位校长蒋梦麟、梅贻琦、张伯苓先生精诚团结、密切合作中，依照当时教育部的指示，共同建立了西南联大；又依靠这三位常委的领导，在全体师生支持努力下，逐步克服了外部种种物资的匮乏，消除了内部某些分歧和矛盾，终于坚持了九年之久；"内树学术自由之规模，外来民主堡垒之称号，违千夫之诺诺，作一士之谔谔"（碑文中语），培育了那么多优秀人才，这真是了不起！在中国教育史上，乃至全世界教育史上创造了奇迹。郑天挺先生在《梅贻琦先生和西南联大》一文中说："三校都是著名专家学者荟萃的地方。……经过长沙临大五个月共赴国难的考验和三千五百里步行入滇的艰苦卓绝锻炼，树立了联大的新气象，人人怀有牺牲个人、维持合作的思想。联大每一个人，都是互相尊重，互相关怀，谁也不干涉谁，谁也不打谁的主意。学术上、思想上、政治上、经济上、校风上，莫不如此。"我想郑先生这几句话可以认为是西南联大之所以取得光辉成就的一个很好的说明，也体现了西南联大的办学原则，这就是"坚持学术独立，思想民主，对不同思想兼容并包。校方不干预教师和学生的政治思想，支持学生在课外从事和组织各种社团活动"（《校史·前言》）。这也就是上面提及的西南联大精神。其实，西南联大精神就是"五四"精神，即民主、科学、反帝反封建、爱国主义的精神的继承和发扬。这点许多校友写的回忆录和纪念文章里都多多少少谈到了。一九四三年十二月林语堂先生路经昆明（那时他准备到美国），参观西南联大并讲演，他很激动地对大家说："联大的师生物质上不得了，精神上了不得！"这句名言一时传为美谈，确是一语道出了当时联大的景况。二十多年后，有个美国弗吉尼亚大学历史系教授约翰·依色雷尔（中文名字是易社强）有一天在哈佛大学图书馆里偶然看到了一本《联大八年》，立即吸引了他，发现战时中国在西南角上居然办了这么一个大学，在如此艰苦的环境中，他便提出一个疑问——为什么在短短八年中竟能培养出这样众多出色的人才？为了研究这个问题，他兴致勃勃地多方搜集资料，访问了五十多位联大教师，两百多个联大同学；还不辞辛劳，远渡重洋，来中国大陆和台湾七八次，深入调查研究，终于花了十多年时间，完成了一部有七百多页的巨著《联大——在战争与革命中的一座中国大学》（中文版以《战争与革命中的西南联大》为书名，于二〇一二年由九州出版社出版。——编者按），这也真是一件了不起的事情！他曾对一个访问他的记者说："西南联大是中国历史上最有意思的一所大学，在最艰苦的条件下，保存了最完善的教育方式，培养出了最优秀的人才，最值得人们研究了。"（请注意这句话中连用了五个"最"字）后来，一九八八年，他为了纪念西南联大五十周年，还特别写了一篇文章。在这里，我愿意抄几句，且听听一位外国学者朋友怎样评论西南联大吧：

……中国北方知识分子精英的荟萃，使联大顿时成为一所超级大学。……联大的素负盛名的教师自然而然吸引了战时中国最优秀的学生。除了虎虎有生气的文化学术活动以外，联大还成为中国最具政治活力的一个大学。……到一九四六年秋天，北大、清华、南开复员回到原先的校园时，联大已为自身在中国现代史上赢得了光辉的一页。然而，联大传统并未在逝去的岁月中冻僵，却已成为中国，乃至世界可继承的一宗遗产。……追随北大前校长蔡元培、清华梅贻琦、南开张伯苓的传统，联大为东西方文化在中国土壤上喜结良缘做出了榜样。……在不到半个世纪以前，就能产生一所具有世界先进水平的大学，这所大学的遗产是属于全人类的。

（全文中译见《云南师大学报》一九八八年十月编印《西南联大暨云南师大建校五十周年纪念特刊》）

我在《南岳山中，蒙自湖畔》那篇纪念穆旦逝世二十周年较长的散文里，曾说"六十年前降临在中国大地上的秋天却是灰色的，黑色的，动荡的，凄凉的，悲愤的，兵荒马乱，烽火连天；也是同仇敌忾，充满着反抗呐喊声的"。那时，一九三七年秋天，十月里，北大、清华、南开三座大学师生，再加上不少从别的大学来借读和转学的学生,克服了路途险阻,千辛万苦,流亡到长沙,在一个临时建立起来的学校觅得难得的栖身之地(包括南岳山中的临大分校文学院),继续教学读书。那时,长沙一时就成为一九三〇年代末期狂飙怒涛中我国一大批知识分子密集团聚的一个据点。可是不久,只有三个月短暂的时间,由于强敌深侵,时局紧迫,学校被迫西迁昆明,正如后来《西南联大校歌》里所唱的:"万里长征,辞却了五朝宫阙,暂驻足衡山湘水,又成离别。"这支知识分子大军,其中有许多当时最著名、最有影响的学者专家教授,文化学术界的精英,又开始长征,"兵分两路",水陆并举,经历了前所未有的远距离跋涉,中国五千年历史上空前的知识分子大迁移,最后又都汇合相聚在昆明(联大文法学院蒙自分校于一九三八年八月搬回昆明,与理工等学院合在一起了),那个云贵高原上的春城,五百里滇池边上的一颗明珠。从长沙临大学期结束,开始西迁,到昆明西南联大新学年开始,正好半年时间。师生全体虽历艰辛,终于安全到达目的地,未有伤亡,未出大事故,这真也是了不起的!更可贵的是,师生经过长途跋涉,深入内地,了解生活景况,民间疾苦;或路经英法殖民地,亲见丑恶现象,这都不是平时在课本上所能具体体会到的。这些锻炼,这些不可多得的考验,使师生睁开了眼睛,看得更远,想得更深,更加关心祖国民族的命运,对以后的生活和斗争起了作用。闻一多先生在一封给他父母亲的信中说:

……第五日行六十里,第六日行二十余里,第四日最疲乏,路途亦最远，故颇感辛苦。……如此继续步行，六天之经验，以男等体力，在平时实不堪想象，然而终能完成，今而后乃知"事非经过不知易"矣。至途中饮食起居，尤多此生未尝过之滋味。每日六时起床（实无床可起），时天未甚亮，草草盥漱，即进早餐，在不能下咽之状况下，必须吞干饭两碗，因在晚七时晚餐时间前终日无饭吃。……前五日皆在农舍地上铺稻草过宿，往往与鸡鸭犬豕同堂而卧。……

闻先生在一封给一个学生的信中又说：

十余年专业之考据，于故纸堆中寻生活，自料灵性已濒于枯绝。抗战后，尤其是步行途中二月，日夕与同学少年相处，遂致童心复萌。

朱自清先生一九三八年八月在蒙自为清华第十级毕业生题词中说："……千千万万的战士英勇地牺牲了，千千万万的同胞惨苦地牺牲了。而诸君还能完成自己的学业，可见国家社会待诸君是很厚的。诸君又走了这么多的路，更多的认识了我们的内地，我们的农村，我们的国家。诸君一定会不负所学，各尽所能，来报效我们的民族，以完成抗战建国的大业的。"冯友兰先生的题词中也说："第十级诸同学由北平而长沙衡山，由长沙衡山而昆明蒙自，屡经艰苦，其所不能，增益盖已多矣。"

一九三八年秋天，整个联大总算安顿下来，师生开始新学年的教学和学习，迈入另一阶段的生活境遇中了。那时，学校

仅存的西南联大教室旧址

租借了昆明市郊会馆和不少所中学、专科学校（因避敌机空袭，这些学校疏散到乡下或外县去）的房屋，作为教室、行政办公用屋、师生宿舍等。后来又在昆明城外西北部三分寺一带买了一百二十多亩土地，造了一个新校舍。除了图书馆和两个大食堂是瓦房外，所有的教室都是土坯墙铁皮顶，而学生宿舍和各类办公室统统是土墙茅草屋。就在这片新校舍以及其他借来的房屋中，在如此简陋的校园里，西南联大师生坚持教学、读书、研究、实验，进行各种各样的活动，开拓了一条空前的爱国、民主和科学，坚持学术独立、思想自由的道路；"创造了战时联合办学的典范，发扬了民主治校的精神，培养出了一大批'创业之才'"（《校史·前言》）。也正是那个难忘的秋天，当大家稍稍安定下来的时候，日本鬼子的飞机开始袭击昆明了。一九三八年九月十三日，我们初次听到了空袭警报的凄厉声；九月二十日，九架敌机对准美丽的春城疯狂地投下了炸弹，学校租来作为教职员和学生宿舍的昆华师范学校挨炸了。我那时就住在那里一个住了四十多个同学的大教室里，幸亏我们一听到"预先警报"就往外面田野里跑，躲避了。昆师后院边上有个破落的佛殿胜因寺，被炸了一半；平日中晚两顿饭我们就在寺里围着一张破桌站着吃的。从此以后，敌机时常来骚扰投弹，也因此，"跑警报"便成了我们生活的一个组成部分。汉语中第一次出现了"跑警报"这个新名词了。关于"跑警报"，我在作于一九四〇年的那首长诗《一九四〇春，昆明》（这首诗或许是我国新诗中采取现代派手法唯一集中描写日本鬼子轰炸的长诗）和作于一九九五年春《当敌机空袭的时候》一文中已有较详细的描述，这里从略了。

那时，还出现了一个新名词，就是"泡茶馆"，因为坐得很久，所以叫"泡"。"泡茶馆"也成为联大师生（尤其是学生）日常生活中的一个组成部分了。那时，学校附近如文林街、凤翥街、龙翔街等有许多本地人或外来人开的茶馆，除喝茶外，还可吃些糕饼、地瓜、花生米、小点心之类的东西。许多同学经常坐在里边泡杯茶，主要是看书、聊天、讨论问题、写东西、写读书报告甚至论文等。自由自在，舒畅随意，没有什么拘束；

也可以在那里面跟老师们辩论什么，争得面红耳赤（当然，我们经常也在宿舍里或者在教室里就某件事、某个人、某本书、某个观点展开热烈的辩论，争个不休）。街上也有几家咖啡店，我记得昆师门口有一家"雅座"；北门街上那个叫作"Cafe chez nous"（咖啡之家）的店更神气点。我记得燕卜荪先生喜欢独自坐在那儿，边喝咖啡，边抽烟，边看书。不过，师生们多半是走进一个小食店，随意吃碗"过桥米线"或者饵块（一种籼米做的白色糕，切成一片片的，配上佐料），那也是大家时常见面聊天的场所。这些都是联大师生生活中的一部分镜头，是直到如今仍令人怀念的一幅幅风俗画。

我是一九三七年秋入学的。一九四〇年夏联大外文系毕业

抗战中西南联大的学子们

后，便找到了一个不坏的事儿，在温德（Robert Winter，原清华外文系教授）先生主持下的"基本英语学会"工作。后又在云南英专教英文（清华校友水天同先生是校长），最后转到岗头村昆明有名的南菁中学教高中一年级英语，直到一九四一年十一月，离开昆明上重庆去了。所以，我与西南联大有整三年可喜的缘分；我在昆明待了四年多。如今回忆起来，当年种种情景仍历历在目，仿佛这会儿就呈现在身边似的。根据我的亲身体会感受，或者一些理解——可说不上有什么深刻认识，特别研究——我觉得西南联大的优点长处，也许就用"西南联大精神"这六个字眼吧，可以用下面四句话，三十二个字概括起来，这就是：一、爱国救亡，抗战必胜；二、师生情谊，教学相长；三、民主思想，自由探索；四、中华情结，世界胸怀。关于第一点"爱国救亡，抗战必胜"，不必多说，大家都是清楚、了解的。在这里，我只是想就二、三、四这三点，这三个方面结合起来谈谈我的一些感受。重心放在第二点上，因为这是我感受最亲切，得益最深的。

任何学校，从小学、中学到大学，主要的成员是教师和学生；起主导作用的是教师。教师领导学校，担任教学，教育学生，培植人才；教师的职责可以不一样，但目标一致，就是办好学校。西南联大继续坚持北大、清华、南开三校"教授治校"的优良传统，并且在新的条件下，发展了这个传统。从校长到校务委员会、教授会，从教务长、总务长、训导长到各院长、各系主任、各研究所长等，都由教授担任。还有个特点，就是教授兼职（总务长、教务长、院长、系主任等）并不增加薪水，照样参加教学工作,课程负担跟一般教授相同。彼此之间是同事,不分什么上下级;他们更不是官,没有官僚味儿。从同学方面说来,他们都是老师,平时一律称为"先生",从不叫什么这个主任那个长。随时随地大家都尊敬地叫梅先生、闻先生、吴先生、叶先生、沈先生……一九三一年梅贻琦先生任清华大学校长时曾说:"所谓大学者,非谓有大楼之谓也,有大师之谓也。"后来他又说过:"教授是学校的主体,校长不过就率领职工给教授搬搬椅子凳子的。"这两句名言(也可称为警句)及其所代表着的精神在西南联大仍然得到贯彻。梅先生本人就是一个电机、机械学的专家,一个名副其实的学者、科学家,杰出的教育家,联大主要的领导人。梅先生的人品、学养、办事能力有目共睹,他待人接物踏实诚挚,谦和沉着,富于责任心,在学校里享有很高的威望。生活又是那么朴素,在昆明经常穿着一件深灰色的长袍走来走去。一九六二年梅先生逝世后,叶公超先生曾写了一篇怀念文章,称梅先生为"一位平实真诚的师友";叶先生说:"他有一种无我的 selfless 的习惯,很像希腊人的斯多葛学派(Stoic)。他用不着宣传什么小我大我,好像生来就不重视'我',而把他对朋友,尤其对于学生和他的学校的责任,作为他的一切。……最令人想念他的就是他的真诚。处在中国的社会,他不说假话,不说虚伪的话,不恭维人,是很不容易的一桩事。"

上文提到梅先生说过一个大学不是靠大楼,而是靠大师,我认为这是至理名言。过去如此,现在也应该如此,欧美等国也是这样(一九五三年至一九五七年我在德国莱比锡大学任客座教授时，对此点有所了解。该校拥有一批国际著名学者，不少诺贝尔奖获得者）。这并不意味着大学不要大楼（在今天很需要许多座现代化的高楼大厦），而是说学校主要是师资力量，必须有好教授，尤其是各专业的大师。西南联大有许多大师，文理工科都有，这只要翻翻《校史》中的"院系史"部分就可以明白了。当年那些大师的年龄还只是在三十岁至五十岁之间，正处在壮年时期，而他们在科学、文化研究各方面已取得了成就，做出闪亮的贡献了。此外，还有一批跻身世界学术前沿的青年学者，这也是一份高强的力量。依我的感受来说，最可喜最可贵的是当时一般师生之间存在着一种深厚、亲挚、密切、和谐的关系；那样亲切的师生情谊，认真的教学相长的学风应该大书特书，值得我们今天沉思，好好学习。联大实行"通才教育"，即"自由教育"，强调基础教育和锻炼，十分重视基础课程，许多名教授担任基础课（比如说，中国文学史、西洋通史等），也有配合助教进行教学的。必修课外，开了许多选修课，甚至一门相同的课，由一至二三个教师担任，各讲各的，各有其特色，这就有"唱对台戏"的味儿，起着竞赛的互相促进作用了。每个教授必须担任三门课，而且上课时很少照本宣读，主要讲自己的专长、研究心得。平时师生除在课堂上见面外，随时可以随意谈天，讨论问题，甚至为某个科学论据某个学术观点争吵起来。

我清楚记得，一九三九年秋，有一天上午，我在联大租借的农校二楼一间教室里静静地看书，忽然有七八个人推门进来，我一看就是算学系教授华罗庚先生和几位年轻助教和学生（我认得是徐贤修和钟开莱,这两位学长后来都在美国大学当教授,成了著名的学者专家)。他们在黑板前几把椅子上坐下来,一个人拿起粉笔就在黑板上演算起来,写了许多我根本看不懂的方程式,他边写边喊,说:"你们看,是不是这样?……"我看见徐贤修(清华大学算学系毕业留校任助教的温州老乡,当时教微分方程等课)站起来大叫:"你错了!听我的!……"他就上去边讲边在黑板上飞快地写算式。跟着,华先生拄着拐杖一瘸一瘸地走过去说:"诸位,这不行,不是这样的!……"后来他们越吵越有劲,我看着挺有趣,当然我不懂他们吵什么。最后,大约又吵了半个多钟头,我听见华先生说:"快十二点了,走,饿了,先去吃点东西吧,一块儿,我请客!……"这事足可以说明当年西南联大的校风学风。这是一个典型的例子,因为它给我的印象太深了,所以直到如今我仍然牢记在心。

我还记得当时哲学系有个朱南铣同学(我跟他较熟悉)书念得很好,真有个哲学头脑,常常异想天开,也会写很不错的旧体诗。他戴副高度近视眼镜,背有点驼。我经常看见他跟他系里沈有鼎教授(数理逻辑专家)泡茶馆,一泡泡半天,海阔天空,无所不谈,有时候也辩论起来,各不罢休。朱南铣有次告诉我他的一些学问是从沈先生的"信口开河"里捡到的。一九四〇年我毕业后,就没有再看见他。后来听说"文革"中,他被下放劳动,一天晚上摸黑走路,不幸掉在池塘里淹死了。

我在这里再一次想起吴宓先生、叶公超先生、朱自清先生和沈从文先生来。关于吴先生、朱先生和沈先生我已写了三篇较长的文章(均见本书),不重复了。这里再说一下叶先生。他可真是一位既精通英国语言文学（英文说得那么自然、漂亮、有味儿，听他的课实在是享受），又对国学有较深的修养，还善于写字绘画，长于画兰竹，曾说"喜画兰，怒画竹"。叶先生在外表有副西方绅士的派头，仿佛很神气，如果跟他接触多了，便会发现他是一个真诚、极有人情味儿的人，一个博学多才的知识分子。他并没有什么架子，相反地跟年轻同事相处得挺好，乐于助人，而且十分重视人才，爱护人才。这里，我举一个例子：他很欣赏北大外文系一九三八年毕业生叶桎，留他在联大当助教，教大一英文。叶桎是我老乡，温州中学老同学，中英文都很棒。他喜欢英国萨克雷作品，很有研究，写过几篇论文。那时，叶先生和叶桎都住在昆华师范学校（联大教职员和学生宿舍）里，时常见面来往，叶先生有什么事就找叶桎，是十分亲近的。有一次，我正在叶桎住的一间屋子里，看见叶先生敲门进来了，就对叶桎（叶桎字石帆）说："石帆，我这几天穷得要命，你借我点钱，过几天还你，行吧？"叶桎问他要多少，叶先生说："五十吧！"叶桎说："好！……"

　　我在南岳上学时，除外文系的课程（如叶先生的"大二英文"，燕卜荪先生的"莎士比亚"）外，我选修或旁听了几位教授的课（有时为了好奇，去看看某位名教授讲些什么，怎么讲的，只听那么两三次）。我去听过冯友兰先生讲"中国哲学史"。他个子较高，一把短胡子，穿件大褂，慢慢儿讲课，有时一句话要讲几分钟，因为他有点儿口吃。可真讲得有意思，妙语连珠喷射，教室里静悄悄的，使人进入哲理境界。我还去听罗庸先生的"杜诗"。罗先生是《论语》《孟子》和杜诗专家，有精湛的研究。他声音洪亮，常讲得引人入胜，又富于风趣。那天，我去听课，他正好讲杜甫《同诸公登慈恩寺塔》一诗。教室里坐满了人，多数是中文系同学，我与外文系几个同学坐在最后边。罗先生一开始就读原诗："高标跨苍穹，烈风无时休；自非旷士怀，登兹翻百忧。方知象教力，足可追冥搜。仰穿龙蛇窟，始出枝撑幽。七星在北户，河汉声西流。羲和鞭白日，少昊行清秋。秦山忽破碎，泾渭不可求。俯视但一气，焉能辨皇州？回首叫虞舜，苍梧云正愁。惜哉瑶池饮，日晏昆仑丘。……"先生来回走着放声念，好听得很。念完了就说："懂了吧？不必解释了，这样的好诗，感慨万千！……"其实他自问自答，他从首句讲起，正好两节课，讲完了这首有名的五言古诗。

我眼前出现这么一个场景：罗先生自己仿佛就是杜甫，把诗人在长安慈恩寺塔上所见所闻所感深沉地一一传达出来；用声音，用眼神，用手势，把在高塔向东南西北四方外望所见的远近景物仔细重新描绘出来。他先站在讲台上讲，忽然走下来靠近木格子的窗口，用右手遮着眉毛作外眺状，凝神，一会儿说："你们看，那远处就是长安，就是终南山……"好像一千三百多年前的大唐帝国京城就在窗外下边，同学们都被吸引住了。罗先生也把杜甫这首诗跟岑参的《与高适薛据登慈恩寺浮图》作了比较，认为前者精彩多了，因为杜甫思想境界高，忧国忧民之心炽热，看得远，想得深。罗先生接着问，诗的广度和深度从何而来？又说到诗人的使命等。他说从杜甫这首诗里已清楚看到唐王朝所谓"开元盛世"中埋伏着的种种危机，大树梢头已感到强劲的风声。此诗作于七五二年，再过三年，七五五年（唐天宝十四载）安禄山叛乱，唐帝国就支离破碎了，杜甫《春望》一诗是最好的见证。罗先生立即吟诵"国破山河在，城春草木深。感时花溅泪，恨别鸟惊心。烽火连三月，家书抵万金。白头搔更短，浑欲不胜簪"。吟完了，罗先生说现在我们处在何种境地呢？敌骑深入，平津沦陷，我们大家都流亡到南岳山中……先生低声叹息，课堂鸦雀无声，窗外刮着阵阵秋风……

在外文系里，吴达元先生是我一生最难忘而受到深刻影响的教授之一。从南岳而蒙自而昆明，我在吴先生教导下，学习法文整整三年，从二年级到四年级。吴先生在全校是以极认真的教学方式而出名的，他是一个严格要求学生的典范。我到现在还深深地记着他上课时的样子和神情，仿佛还听得见他叫我"赵瑞蕻，你解释下面几句！"的声音，一听我就紧张了，先生的面容立刻浮在眼前。上课时学生回答错了，他便不高兴蹙着眉头说："回去好好准备！"答对了，他就笑眯眯地连声说："Très bien! Très bien!"（很好！很好！）我们从《法语文法大全》（*Fraser and Square: A New Complete French Grammar*），中经邵可侣（J. Reclus）选注的《近代法国文选》（*Lectures Françaises Modernes*，此书有蔡元培序，一九三二年中华书局出版），直到四年级时跟吴先生读"三年法文"——采用莫里哀两个剧本 *Tartuffe*（达丢夫，即《伪君子》）和 *Amphitryon*（安菲特利翁，古希腊神话中一个人物，西布斯城邦的王子），我所受的法语和法国文学的教育是较踏实的，较完善的。吴先生是我的恩师之一，我永远怀念他，感激他！那时四年级有一个上海来的漂亮温柔的陈福英女同学,与我一起上吴先生的课,总喜欢坐在我的旁边,要我多帮助她。每次吴先生叫她念,翻译一段时,她就轻轻地发抖了。我悄悄地对她说:"别怕!没关系,慢慢读下去……"她老叫我"Young poet"(年轻的诗人),几次说:"Young poet,你一定要好好帮我闯过法文这一关啊!"当然,靠她自己用功,最后她的"三年法文"还是及格了。其实,吴先生虽然严厉,但他十分直爽,平易近人,极关心学生的学业进步。一九四四年我在重庆翻译的《红与黑》初版本出版后,寄赠一本给吴先生(那时他在昆明),他很快就写信鼓励我说:"你做了一件很不容易的事!在这炮火连天中,这本名著翻译过来会给人带来一股清醒,振作起来的力量。"(这是国内《红与黑》中译本最早的几句评论。你看,当时吴先生的眼光多锐利!他的见解比起一九四九年后许多大大小小文章集中火力批判《红与黑》,说它是一株大毒草,不知高明多少倍了!)一九四九年七月,我和杨苡带了两个孩子到天津我岳母家,几天后我独自到北京拜访沈从文先生,也到清华园看望吴先生,畅谈别后情况,他一定要留我吃中饭,说可以多聊聊。临走时,他送我一本他翻译的博马舍《费嘉乐的婚姻》作为纪念。此书我珍藏至今,后来我在南京大学教外国文学史时,曾对照法文原著精读了两遍,惊叹先生译笔忠实而流利,又能保持原作风味。我在课堂上以吴先生的译文朗诵了该剧第五幕第三场费嘉乐有名的独白。一九七三年秋,杨宪益夫妇出狱后不久,我和杨苡到北京探望时,我也到北大燕东园拜访吴先生,那时他已患咽喉癌开刀,声音嘶哑,但仍高兴和我谈谈,我十分难过。

三年后，先生辞世了，才七十一岁。

在蒙自时，我还怀着极大的兴趣去听钱穆先生的《中国通史》课，那时他四十三岁，正是盛年，精力充沛，高声讲课，史实既熟悉又任意评论，有独特的见解；说到有趣的事，时不时地朗朗发笑。我记得他说《论语》"有朋自远方来，不亦乐乎！"一句里的"朋"不是一般所说的朋友，而是指孔门七十二弟子。一个人的学问有弟子来切磋，那多好。学问本来是集体的，是共同事业。所以古人说"独学而无友，则孤陋而寡闻"，孔子就是看待学生如朋友一样。古代称学生为弟子很有道理。还有，老师去世了，孔子、宋代的朱熹、明代的王阳明死了，主持丧事的人，都是学生，家里人倒反跟在后头。这都是咱们中国文化的优良传统。《校史》上说钱先生"对中国民族文化有精辟的认识和深厚的感情，因而主张民族文化决定历史的进程"。钱先生在他的《回忆西南联大蒙自分校》一文中，提到陈梦家和赵萝蕤夫妇，时常来往谈谈；还特别指出陈梦家热忱地劝他撰写《国史大纲》。他说："余之有意写《国史大纲》一书，实梦家两夕话促成之。"这点也很可以说明当时同事之间，长者与晚辈之间的美好关系，一种可贵的情谊。在蒙自时我常看见陈、赵两位在南湖边散步。陈梦家先生教文字学课，穿着蓝布大褂、布鞋，手里老拿着一个灰布包，里头装着书和讲义走进海关大院去上课。他那时对上古先秦史、甲骨文已很有研究了。赵萝蕤学长一九三六年已译了T. S. 艾略特的《荒原》出版，叶公超先生写了一篇极好的序。我那时看见她比较瘦，修长的体态，很潇洒。钱文中说及赵萝蕤从前在燕园时"追逐有人，而独赏梦家长衫落拓,有中国文学家味,遂赋归与"。陈先生在抗战胜利前后,曾到欧美讲学,为搜集我国流失在海外的青铜器资料做出了贡献。他一九四九年后在清华任教,后调考古研究所工作,确是一位勤奋有为的学者。可是后来"文革"一开始,他就受迫害蒙冤自杀了!才五十五岁!这样一位热爱祖国文化,研究上古史、古代神话、甲骨文的专家教授,又是一位很有成就的新诗人,怎么也逃不掉"罪恶的黑手",死于非命?西南联大有许多师生后来受尽折磨,含冤自杀的就有不少个,陈梦家之死也是个例子。一九七八年十一月,在广州越秀宾馆召开全国外国文学工作规划会议时,我和赵萝蕤学长很巧住在靠近的房间里,有较多的机会谈谈。有一次我问她有关陈梦家的不幸事,她不愿多谈,沉默好久。我知道她多痛苦!如今,她也去世了,而她在外国文学方面所做出的贡献,她的《荒原》和《草叶集》等的译介,她与吴达元、杨周翰合编《欧洲文学史》等业绩将永远留在人间!

《校史》上说:"西南联大集中了北大、清华、南开三所著名大学的著名教授。文科的教授,大多数是中西兼通的学者。专长外国语言文学、哲学、政治学、经济学的名教授,无不具有深厚的国学基础以及对本国国情较深入的了解。擅长中国文史哲方面研究的名教授,有的将外国进行学科研究的方法和手段运用到处理中国传统的学科,已在一些领域取得卓越的成就。……"我们文科学生就在这许多教授的循循善诱和潜移默化中,尊师爱徒的优秀传统下,受到了亲切的教育。那时部分教授还在外面自办杂志,如《今日评论》《当代评论》《战国策》

等；也在《中央日报》编个文艺副刊，这都是发言据点，制造舆论的地盘。许多老师认真教学外，坚持写东西，沈从文先生是一个。他的《云南看云》就是一篇很有分量很有见解的散文，他指出："……战争背后还有个庄严伟大的理想……不仅是我们要发展，要生存，还要为后人设想，使他们活在这片土地上更好一点，更像人一点！"总之，他们都是在各自专业中走着一条独立思考、自由探索的道路而取得了各自的成绩的。同学们除了上课听讲外，还参加许多其他活动，组织各种社团（成立了一个"联大剧团"，曾演出《祖国》《原野》等，轰动一时），可以随时随意去听各种政治立场、各种学术观点的公开演讲；演讲者可以"各抒己见，畅所欲言，足以反映学校继承了兼容并包、学术自由的传统，并倡导科学和民主的精神"（《校史·概论》）。我们的"南湖诗社"后来改称为"高原文学社"，每两周进行一次活动，吸引了许多同学。或者去参加各种形式的活动，如"七七"抗战纪念会、"五四运动"纪念会、文艺报告会、诗歌朗诵会、歌咏队等。校园里还有一个"民主墙"，上面贴了各种壁报，五花八门，各有特色。谁都可以把自己的意见和建议，对时局的评论等，甚至把一篇散文，一首诗，一篇小论文贴在上边，看的人很多，教师们也常来看看。闻一多先生写文章，大谈田间，非常赞赏田间的诗，还有艾青（后来他还朗诵了艾青的《大堰河》），认为他们是"时代的鼓手"。他大胆地提出"儒家、道家、墨家是偷儿、骗子、土匪"；他说，在中国历史上屈原是唯一一个有资格被称为人民诗人的诗人。在一次演讲时，他赞扬高尔基和马雅可夫斯基，说这是文学创作的一条大道。一九四四年在纪念鲁迅逝世八周年大会上，闻先生慷慨激昂地说：

从前我们住在北平，我们有一些自称"京派"的学者先生，看不起鲁迅，说他是"海派"。就是没有跟着骂的人，反正也是不把"海派"放在眼里的。现在我向鲁迅忏悔：鲁迅对，我们错了！当鲁迅受苦受害的时候，我们都正在享福，当时我们如果都有鲁迅那样的骨头，哪怕只有一点，中国也不至于这样……

这一切就是西南联大的精神。为了进一步说明这个问题，我愿意在这里再引已故国际数学、哲学著名学者，美国哈佛大学教授王浩学长在《谁也不怕谁的日子》一文中说的几句话：

当时，昆明的物质生活异常清苦，但师生们精神生活却很丰富。教授们为热心学习的学生提供了许多自由选择的好机会；同学们相处融洽无间，牵挂很少却精神旺盛。当时的联大有"民主堡垒"之称。身临其境的人感到最亲切的就是"堡垒"之内的民主作风。教师之间，学生之间，师生之间，不论资历与地位，可以说谁也不怕谁。

尽管那时物价飞涨，生活越来越艰苦，联大师生在外兼职兼课（教家馆等），打工干活维持生活的多得很，比如闻先生替人刻图章，等等。除了少数有钱人家的子女和一些不好好念书，在外边做生意，搞投机倒把的学生（滇缅公路开通时，也有人来回跑仰光，发"国难财"的，但这些只是极少数，个别人），绝大部分同学是清苦的，勤奋的，积极向上的。头几年大家成天穿着黄色校服，因日晒雨打，逐渐褪色，变成灰色了；冷天披件黑棉衣（这都是长沙临大搬家时学校发给学生的），一路穿到蒙自穿到昆明，换洗的衣服少得可怜，这是当年流亡学生的标志。大多数人的住处不必说了，"那时联大的教室是铁皮顶的房子，下雨的时候，叮当之声不停。地面是泥土压成，几年之后，满是泥垢；窗户没有玻璃，风吹时必须用东西把纸张压住，否则就会被吹掉"，这几句是杨振宁学长在《读书教学四十年》一文里"扎实的基础，西南联大"一小节中说的。这个后来得了诺贝尔奖的大科学家年轻时就是在这么个环境中成长起来的。在这里，我想抄录我在一九八八年纪念联大成立五十周年时写的一首小诗以作印证：

西南联大颂

八个年头！那么艰苦，又那么香甜，
在南天，壮丽群山翠湖边，
双层破床，雨漏点灯读书；
师生情谊犹如一泓清泉。
在茶馆里谈心，红了耳朵争论，
追求民主真理，有个共同的信念。
狂炸中仍然弦歌不绝——
联大啊！早已开花结果，在海角天边。

碧色寨火车站旧址,一九三七年西南联大文法学院师生在此地下车前往蒙自,二〇一八年

我多么怀念在西南联大学习那三年珍贵的时间！我多么怀念那许多敬爱的老师们！我多么怀念那许多年轻有为、相亲共进的同学们！在南岳山中，在蒙自湖畔，在滇池边上，在昆明城中翠湖的堤岸上……我们度过的日日夜夜是值得留恋，永远缅怀的！冯至先生在他的《昆明往事》这篇回忆散文里一开头就这么写着：

如果有人问我，"你一生中最怀念的是什么地方？"我会毫不迟疑地回答，"是昆明"。如果他继续问下去，"在什么地方你的生活最苦，回想起来又最甜？在什么地方你常常生病，病后反而觉得更健康？什么地方书很缺乏，反而促使你读书更认真？在什么地方你又教书，又写作，又忙于油、盐、柴、米，而不感到矛盾？"我可以一连串地回答："都是在抗日战争时期的昆明。"

冯至先生一九三八年底到了昆明，正是日寇凶焰越来越烧入内地，武汉失守，广州沦陷，长沙大火以后不久的时候，那时他三十三岁。他在联大边教德文，边研究歌德和杜甫，为他以后的专著写作做了最充分的准备。艰苦生活和轰炸没有打断他的精神追求，他开始创作十四行诗，为现代新诗打开了一条哲理沉思的道路。冯先生指出，西南联大"绝大多数教职员都是安贫守贱，辛辛苦苦地从事本位工作"。是啊，安贫守贱，再加上乐道——这个"道"就是思想自由，学术自由，勇于探索，敢于批判，"违千夫之诺诺，作一士之谔谔"；既有中华情结，又抱世界胸怀——或者正如吴宓先生所一再强调的"plain living and high thinking"（生活朴素，思想高超。原句是英国浪漫主义大诗人华兹华斯的名言），这也都是西南联大的精神。

总之，"联大之所以能培养出众多人才，与联大的教育思想、教育制度、学风和政治环境有密切关系"（《校史》第六十九页）。

抗战时期，中国的文化中心在昆明，因为昆明有西南联大。

团结，宽容，互相促进，坚持独立自主精神，追求真理，要求民主自由；愤怒谴责国民党独裁专政、贪污腐败和法西斯暴行——西南联大这个"民主堡垒"，不是日寇炸弹所能摧毁的，也不是任何反动腐朽的势力所能消灭的。

西南联大知识分子群体所走过的道路及其后来的命运令人感慨不已，值得后人深入研究。我相信一定会有人写出一本专著大书，以启示未来热心的人们。

我相信卢梭的一句话——Le temps peut lever bien des voiles（时间会揭开重重帷幕，也可以说"发历史未发之覆"）。

最后，引王力先生《缅怀西南联合大学》一诗作为本文的结束语——一首"五色交辉，相得益彰，八音合奏，终和且平"（西南联大纪念碑文中语）的协奏曲：

卢沟变后始南迁，三校联肩共八年。
饮水曲肱成学业，盖茅筑室作经筵。
熊熊火炬穷阴夜，耿耿银河欲曙天。
此是光辉史一页，应叫青史有专篇。

当敌机空袭的时候

"挂红灯笼了！又挂上了！……"

一九四〇年九月三十日，上午大约九点钟，我和杨苡正在屋子里看书、写东西，忽然听见外边街道上有人大声叫喊；随即邻家院子里有人开门出来望望，也高声地嚷道："真的挂红灯笼了，'预行'啦！日本鬼子又要来炸了！"过了一会儿，空袭警报"呜呜"地响了起来，在昆明蓝得可爱的晴空里震荡着。于是，我俩赶紧收拾一下东西，带点吃的和喝的，还有几本书，关好门窗，离开我们安顿好才一个多月的新居，向大西门外田野上栽着密密的尤加利树的堤沟那边走去。一路上都是跑警报的人们，抱着拖着孩子的，抬着几样什物的云南老乡们；乱哄哄的，大家一股劲儿朝着自以为比较安全的地点奔跑。路上遇见好些位西南联大的教授和同学，没工夫说话，只是彼此点点头，笑笑，就走开了。这样跑警报不知多少次了，已有了点习惯和经验。但是每次都得期待着各自命运；每次大家都痛恨日本强盗从空中又来炸毁我们的土地，蹂躏我们的人民和财产。男女老幼，各界人

一九四〇年抗战期间赵瑞蕻和杨静如（杨苡）在昆明

士,同仇敌忾,大家的心是紧紧相连在一起的。

我俩走走跑跑,出了城门后,就听见第二次警报响了,赶快奔到离城较远的一条大堤上,旁边正好有一个土沟,三四尺深,敌机来时,可跳下躲躲。接着,城楼上挂起了三个灯笼,紧急警报猛然强烈地拉响了。我们跳进长满杂草的沟里,静静地望着。四周静悄悄的,天蓝得使人感动。但是,东南方向出现了二十几架敌机,飞得不高,亮闪闪的,很清楚可以看见血红的太阳旗标识,轰隆隆地由远而近,声音那么可怕。突然,我们看见敌机俯冲下来,投弹了,数不清的炸弹往下掉,发出魔鬼似的凄厉的声音,大约落在东城一带,那里一阵阵巨响,尘土黑烟高扬,火光冲天……

敌机投弹后,往西北方向飞走了。我们等到解除空袭警报的信号发出后才敢回家,那时已是下午一点多钟。一进门,院子里一片惨象,围墙坍了一面,满地是折断了的树枝。打开房门,屋子里乱七八糟,贴了白纸带的窗玻璃全碎了,两个暖水瓶滚在书桌边破了,一个用汽油空箱堆成的书架翻倒在地上,也用汽油空箱搭成、铺着新买来的草绿色大床单的床上满是灰土……后来听说，有两个炸弹扔在翠湖边上，一个未炸开，另一个炸了个深坑。我们住在离湖不远的一条叫作玉龙堆的小巷里，所以房子受到爆炸时强大的冲击波的影响。

那次昆明被日本法西斯强盗炸得很厉害，成千上万的建筑物被毁，到处是瓦砾；炸死炸伤了好多人。日寇主要是炸东南城郊，因为那边是云南省政府和飞机场所在地，以及其他重要的仓库等。还有市中心的正义路一带也挨炸了。自从一九三八年初，滇缅公路千辛万苦地修成后，我国有了当时对外的唯一交通线，运输军事物资等，再加上昆明有个当时大后方最重要的空军基地，日寇就经常空袭，狂轰滥炸使这座美丽的春城日夜笼罩着魔影。一九三九年四月十三日，敌机曾加紧轰炸离昆明三百多公里的蒙自（西南联大文法学院一九三八年四月至八月，曾设在该城，我当时在那里的外文系二年级读书），因为那里也有飞机场和航空学校，而且离越南边境不远。我当时曾写了一首较长的诗，反映敌机轰炸昆明及蒙自的情景，抒写我自己的感受，题目叫作《一九四〇春，昆明》，后经沈从文先生看过，发表在沈先生和朱自清先生两人合编的《中央日报》副刊《平明》上。

从一九三八年夏到一九四〇年秋，我们在昆明经历了很多次空袭。联大的教师、职工和同学们一看见挂灯笼，一听见预行警报，就往城外跑。躲那儿几小时或大半天，有时是早出晚归。大家在松林里，小山边上，土坝上，沟里头，坐着，等着，忍耐着，思索着；聊天、打桥牌，也看书学习，交谈学问，有时师生在一起辩论什么时，争得脸红耳赤。那时生活紧张、狼狈、艰苦，时刻会遇到意外的事。我们外文系一位英籍教授，讲授但丁《神曲》的吴可读（Urquhart）先生，有次跑警报，不幸被卡车撞伤，得了破伤风不治去世了。就是在这样艰辛的境遇中，在敌机不断袭击、轰炸下，西南联大一大批国内外著名的学者、教授和作家诗人们，如吴宓、陈寅恪、闻一多、朱自清、冯友兰、汤用彤、罗常培、贺麟、潘家洵、罗庸、郑天挺、王力、叶公超、柳无忌、钱锺书、冯至、沈从文、吴达元、钱穆、陈岱孙、魏建功、陈梦家、金岳霖、陈铨、杨业治、沈有鼎、吴晗、李广田、卞之琳、英国诗人燕卜荪（Empson）、美籍教授温德（Winter）等，以及理工科著名科学家华罗庚、周培源、吴大猷、赵忠尧、江泽涵、施嘉炀、熊庆来、陈省身等，都坚持教学和科学研究，充满着希望和信心，洋溢着"日寇必败，抗战必胜"的强烈的爱国主义精神，培养了许许多多的人才，在中国，乃至在世界教育史上，写下了光辉的一页，被认为是个奇迹。

在这里，让我摘抄几则西南联大教授的日记、书简和回忆录等，以见当时的生活状况和他们的精神面貌：

一九四〇年五月七日，吴宓先生《雨僧日记》："晴。下午1—5时警报至，敌机分四批来袭，仰见一批二十七架，整列而过，如银梭。旋至航校及近村投弹，死伤二百余人。"又同年《日记》："……上课不久，7:15警报至，偕恪（陈寅恪）随众出，仍北行，至第二山后避之。12:30敌机九架至，炸圆通山未中，在东门扫射。……是日读《维摩诘经》完。2:00与恪在第二山前食涂酱米饼二枚。"

一九三八年五月七日，闻一多先生《书简》："蒙自环境不恶，书籍亦可敷用，近方整理诗经旧稿。秉性积极，对中国前途只抱乐观，前方一时之挫折，不足使我气沮，因而坐废学问之努力也。"

钱穆先生《回忆》："……不久，又闻空军中漏出音讯，当有空袭。……众大惊，遂定每晨起，早饭后即出门，择野外林石胜处，或坐或卧，各出所携书阅之。……下午四时后始返。……然亦感健身怡情，得未曾有。余每出则携《通史随笔》

一九四一年赵瑞蕻和杨静如在昆明南菁中学山坡上

数厚册。……此乃余日后拟写《史纲》所凭之唯一祖本，不得不倍加珍惜。"

蒋梦麟先生《西湖》："……敌机的轰炸并没有影响学生的求学精神。他们都能在艰苦的环境下刻苦用功，虽然食物粗劣，生活环境也简陋不堪。"

柳无忌先生《烽火中讲学双城记》："大概说来，联大学生的素质很高，……他们的成绩不逊于战前的学生，而意志的坚强与治学的勤健，则尤过之。"

郑天挺先生《滇行记》："……西南联大的八年，最可贵的是友爱和团结。教师之间，师生之间，三校之间均如此。……这是西南联大的优良传统，这也是能造就众多人才，驰名于中外的主要原因。在抗战期间，一个爱国知识分子不能亲赴前线或参加战斗，只有积极从事科学研究，坚持谨严创造的精神，自学不倦，以期有所贡献于祖国。"

从以上我不厌其烦的引录中，可以了解在敌机不断穷凶极恶的轰炸下，西南联大教师和学生们——也可以代表当时全国广大爱国抗日的知识分子——的精神面貌和一些工作情况。当时《西南联大校歌》中有这样的词句："千秋耻，终当雪，中兴业，须人杰。……待驱除仇寇复神京，还燕碣。"这短短的几句就可表达那时大家坚强的意志、热切的希望和充沛的信心了。

我和杨苡在昆明住了三年多，亲见敌机的狂轰滥炸给我国人民带来多大的损失，摧毁了多少房屋，杀害了多少同胞。如果再把敌机不断对重庆的轰炸（其中一九四一年初的一次空袭，一枚重磅炸弹正好落在一个防空洞附近，造成校场口大隧道几千人被炸死被闷死的空前惨剧），以及对其他大后方城市（如贵阳、桂林等）的轰炸都计算在内，日本侵略者的滔天罪行真是罄竹难书！

在纪念抗日战争胜利五十周年的时候，我们一定要牢记过去的历史，牢记日本法西斯对我国和亚洲其他国家的血腥侵略！我们一定要高度警惕日本军国主义的阴魂不散，会再在地上游荡！

我们不要再看见预告空袭的红灯笼挂在蓝天上，不要再听见警告敌机即将来袭的凄厉的声音，不要再看见一枚枚炸弹扔在我们祖国葱茏的大地上，落在各国人民美丽的家园里！

一九九五年八月十五日

怀念英国现代派诗人燕卜荪先生

我每次翻阅叶慈（W. B. Yeats）编辑的《牛津现代诗选》（*Oxford Book of Modern Verse*）①，寂静中读一遍燕卜荪先生（William Empson）那首题名《蜘蛛》（*Arachne*）的诗时，我就会马上想起燕卜荪先生那根红通通的希腊型的高鼻子；那一对蓝灰色的眸子，在阔边黑架子的眼镜后面，闪耀着迷离、渺茫、秋雾一样的银光；或者想起我们跟他读《莎士比亚》《英国诗》《现代诗》与《唐·吉诃德》那些热情而又幸福的日子；或者回味着他一面豪放地啜饮着烈性白酒，一面流泉似的朗诵莎翁商籁体诗那么潇洒的神情；或者想起他在秋日黄昏，背了一大袋书，拖着一双破烂的满是尘土的旧皮靴，匆忙地在昆明郊外马路上走着，急急忙忙地，渐渐消逝在薄暮的日影里，那瘦瘦又长长的背影……

我第一次看见燕卜荪先生是在南岳山中，那时候正是潇湘烟霞深沉、秋光绚烂的时节。在一个乳香的清晨，我独自一个人在长满秋草的山径上散步，看见一个身穿灰棕色西装的外国人,手里拿了一根手杖,胁下夹了两瓶红葡萄酒;外衣上一个大口袋里装满火柴和大英牌烟卷儿;另一个大口袋里插着三四本书。他孤独地穿过一座古风的石桥,走进长沙"圣经学院"的"暑期学校"②的大门里去,一个挺长的背影消失在园子里的枝条间了。我怀了一种好奇的心思望着他,感受到一个陌生人在那陌生的山林中应有的寂寞。我要知道他到底是哪一位,随即我也走进了那座静静的院落,但是再也找不到那个陌生人;也许他上楼了吧,也许他往别的地方去了吧。我猜想他一定是一位新来的外籍教授。

那时候,一九三七年十一月国立长沙临时大学③才成立,规模初具,一切图书设备等都还没有就绪,处处呈现出战争初期的激动和不安。长沙住不下那样多的学生,于是学校当局决定把整个文学院搬到南岳衡山来,租定了"圣经学院"作为院址。我记得我是和一个同乡同学随着第一批人马到了南岳。过了几天,同学们越来越多了,教授们也大部分来了,幽静的山间立刻散荡着一种兴奋热闹的气氛;大家都准备在山间作暂时的"修道者"。过了两三天,学校正式上课了,庭院里到处洋溢着年轻人的欢快。

有人说那座书院,原来是当年明末几个忠烈的大学者讲学读书的地方。书院的门外有一个可以闲眺休憩的阳台。站在那里,你可以看到对面是一带植满翠竹和苍松的山屏。靠左手,有一条石铺的大路向山顶上蜿蜒着,可以通到被称为天下第一峰衡山名胜绝顶上的"祝融峰"。靠右手,也有一条石路,顺着水田和幽涧向山麓斜下去,那是到南岳市的一条通衢。你也可以听见远迢迢有流水清脆的玡玦声，杂着不知何处传来的一声声秋山鸣禽的啾啾声。在那古松怀抱的桥下，还有一股激流，沿着翠绿的山崖边缘飞坠下来，大自然把它造成一条长年飞舞着梅雨阴寒的瀑布——白龙潭。自从那天以后，我时常看见那个外国人独自在那股瀑布上面一块平滑的大青石上徘徊。不断地抽烟，看书，或是不停地匆匆来去。他似乎十分欣赏南岳山佳丽的风景。

一天课后，在书院园子里一片草坪上，许多外文系同学围着那时的系主席叶公超先生在谈天。叶先生很有兴致地给我们讲国外时局情况和学校以后的计划。接着不知怎样一来，他露出微笑，告诉我们说："今年我们新请来的剑桥诗人燕卜荪先生已经来了。他现在正在楼上打字，明天就可以上课了。哦，他是一个诗人。抗战前一年，北大就聘定了的，他以前在日本东京帝国大学教过书。你们不久可以发现他的天才和一些好玩可爱的地方。这学期他先开莎士比亚、英国诗和三四年级英文。今年暑假前，燕卜荪先生刚刚到了中国不久，'七七'事变就发生了，于是我们打电报给他，请他直接来长沙。……"上午十点钟，秋阳穿过园子前的榆树和松枝，投下一片片灿烂的温情和沉默。叶先生特有的风度，穿着米黄色的大风衣，衔着烟斗。从他自在的谈话里，我们才初次知道了一些关于燕卜荪先生的情况。

衡山的气候也多变化，晴和的日子并不多。秋风吹落了凋零的枝叶，天气一冷，倦人的雾雨便迷漫了青紫的秋山。我记得那是一个阴沉沉的下午，我们第一次去听燕卜荪先生的"开台戏"——外文系三四年级必修的"莎士比亚"课。那一间幽暗的茅草教室里挤满了那么多的年轻人,闪射着那么多好奇的热情的眼睛。我和一个同学挤在一个屋角里,两人合坐了一把椅子,大家静待着诗人的出现。上课铃摇了,一根红通通的鼻子,带着外面的雨意,突然闯进半掩的门里了。我们都伸着脖子向他凝望:诗人到底跟一般人不同,有的是浓烈的诗味。修长个子,头发是乱蓬蓬的。衣服还是那一身灰棕色的西装。敞亮的脑门显示了丰富的智慧,他现出一种严肃而幽默的表情。但是,最引起我注意的是他那一双蓝灰色的眼睛,不停地在眼镜的光圈内频频流转。……我当时的激动,使我回味着赫兹里特(William Hazlitt)第一次跟柯勒律治(Coleridge)见面的情景。谁读过那篇《我与诗人们初次的相识》(*My First Acquaintance with Poets*)精彩的散文,谁能忘记赫兹里特给我们描画了那么美妙又那么亲切的回忆?我们的诗人一进门,便开口急急忙忙地说话;一说话,便抓了粉笔往黑板上急急忙忙不停地写字。然后擦了又写,又抬头望着天花板,"喔,喔,……"地嚷着,弄得大家在肃穆的氛围里迸出欢笑的火花。那天他给我们大略讲了一下关于莎士比亚评论一类的话,然而他的话说得又快又不清楚,一种纯正的牛津音,也许我们没有听惯。实在说,那天完全听懂的人是不多的。在那一点钟里,与其说去上课,不如说大家来欣赏这位现代派英国名诗人的丰采与谈吐。大家的眼光仿佛迷恋在诗人的身上了。但是,谁的眼光能吸引得住燕卜荪先生那对迷离又真挚的蓝灰色的眸子?我到现在还记得起来,北大同学的老练与谛听诗人的说话时的严肃味儿，清华同学年轻的热狂劲儿，南开同学幽默的微笑声。那时，大家以无限悲愤的心情辞别了清华园、沙滩红楼和八里台，流亡南迁，再加上从其他大学来的同学们，相继都相聚在衡山，来受剑桥诗人的诗的洗礼。这缘分和当时的情景值得永远地记忆。

当时，有好几位教授班上都挤满了人，满屋子晃动着渴求文艺知识与哲理熏陶的青年们。上课以前，便开始演出抢位子的喜剧，热烈地挤在一起。给我印象最深的是闻一多先生的《诗经》和《楚辞》、吴宓先生的"欧洲文学史"、冯友兰先生的"中国哲学史"、钱穆先生的"中国通史"和我们的诗人燕卜荪先生的"英国诗"与"莎士比亚"。这几门功课的盛况给予避乱在寂寞山中的人们多么珍贵的鼓舞。而燕卜荪先生的课更有一种引诱人的力量——那是除了敬仰之外，更有新鲜与好奇这两种潜力。那时候，图书等设备十分贫乏，开头那几个星期，连《莎士比亚全集》也找不到；而燕卜荪先生自己的许多书都搁在长沙还未带来。于是，就在这样的一个环境里，燕卜荪先生就大显身手，表现了他惊人的记忆力。在"莎士比亚"班上，第一本读的是《奥赛罗》（*Othello*），大家都没有书，全凭他的记忆，整段整段地背出来，写在黑板上，给大家念，再一一加以讲解。在"英国诗"班上，最初几天，乔叟（Chaucer）和斯宾塞（Spenser）的一些诗篇也都是他一字不错、一句不落的默写出来的。他还躲在楼上那间屋子里，那么认真辛苦地把莎翁名剧和其他要讲的东西统统凭记忆在打字机上打出来。这事真使人想起当年秦始皇焚书坑儒以后，天下无书，大部分全靠那些白发皓首的大儒将经书整部整篇背诵出来那种传奇一般的神异故事。燕卜荪先生记忆力之强和他对于他祖国文学遗产的熟悉,真叫我们钦佩;他的认真的教学态度使大家十分感动。

那是一九三七年的秋天,正是我们中国人民英勇抗战艰苦时期的开始。战争的狂焰焚烧着中华的大地,每个角落里都喧腾着愤怒与反抗的声音——那是我们这个伟大民族接受严重考验的序曲,也是我们这一代人,浪漫性最浓烈,生命最有光辉,最炽热的一个时代。但是,在另一方面说起来,那年秋冬之交,也是国内外局势最动荡、最混乱的时期,广大的老百姓置身于苦难的深渊之中。敌人的铁骑无遮拦地踏遍了锦绣的江南,哀痛的历史一页一页地染上了血迹。长沙临时大学成立才二三个月,"淮左名都,竹西佳处"④相继沦为战场。金陵震荡着,江汉动摇着;不久我们的首都南京便陷落了。——那一陷落,我不敢再想象,陷落了多少颗热爱祖国的心!我们低吟着"大盗移国,金陵瓦解"⑤的句子,心头上立刻浮现了一片江南的悲惨景象;不安与疑惑像毒害的细菌一样钻入了人们的心里。那时节,空气是紧张极了,谣诼纷传,学校里到处散布着各种消息。好些同学决心离开课堂,投笔从戎,勇敢地走出学校大门,结伴到武汉一带参加救亡工作。如今我重温这一段日子,真有说不出来的激动和惊奇!由于态度和看法不同,许多同学愿意留下继续读书。那时,战事日紧,日寇进逼武汉,有南侵长沙之势。于是学校奉令迁移云南昆明。八百多学生分两路、两个集团:一个是由长沙,经湘西,入云贵,到达昆明,完成三千五百里的长征壮举。一个是由长沙乘车南下,经广州、香港,再乘船到越南,换乘火车转入云南;一部分人到了蒙自,另一部分人直奔昆明。从那时起,学校已换了一个新的名字,称为"国立西南联合大学"。在这段移居不定、行色怱怱的日子里,燕卜荪先生曾去南洋一带游历了一番。当他回来时,我们的文、法两学院已经在蒙自上课了,那时是一九三八年四月。诗人的高鼻子,受到了南洋日光的照射,似乎更加红通通了。

蒙自是一个幽静、婉美,带有一些牧歌情调的小城镇。夏天,南湖碧绿的湖水,湖畔高大而挺秀的尤加利树,一些法国式的建筑,越南人开的咖啡店,园子里法国人种的花木,亚热带性和暖的气候,再加上居民的爽直和质朴,以及异乡的芭蕉味的风情……这一切使我想起阿尔封斯·都德(Alphonse Daudet)所描写的他的故乡——法兰西幸福的普洛旺斯(Provence)。我多么喜爱、多么怀念那色彩、芳香和日光之乡,中国的普洛旺斯啊!

燕卜荪先生一到蒙自便住进蒙自海关内一间十分僻静的房子。他带来的一大批书报与什物,堆积了一屋子,仿佛是文字和图形的小山丘。不但桌子上、椅子上全是书,连床底下也躺满了沾着旅途尘土的书册。那么多的书,以各种奇异的姿态陈设着:有的横陈,有的绻卧或俯仰,有的懒洋洋地斜倚着土墙根,有的又好像老当益壮似的雄踞在窗户台上……那间房子又狭小又幽暗,除必要的日用品外,还有各种样式的空酒瓶和香烟罐,乱扔在角落里。此外,还有一件最引人注目的东西,便是诗人自己那个古旧的装满用纸的箱子了——那里面也许藏着他许多诗稿。住在这么一间屋子内,诗人却很喜欢。他有一天跟我们说："我最喜欢这扇意大利式的格子窗和窗子以外的风光。你看，我坐在窗旁，便可以看风的吹拂，云的飞扬，和树木的摇曳……中国每一个地方都好，叫人留恋不已。蒙自这地方给我的喜悦是难以描述的，非常浪漫蒂克！——我觉得自由，我觉得舒畅！——喔，喔，抽根烟吧——坐下来随便聊天吧……"

是的，燕卜荪先生的观察真不错。窗外的风光真值得流连：园子里种植着郁金香、芙蓉、蔷薇，盛开着各种娇艳的花；围墙上爬满藤萝。墙外展开一片翠绿和橙红的平野，阡陌上有枝叶亭亭的树。在树与树隔隙间，我们可以看到雍容起伏的山脉，山腰处有一条长长的灰白色的道路——那便是滇越铁路的固碧石支线。阳光照耀着，蓝天下常有好些只灰白鹭鸶悠闲的在飞翔。……在那儿，多少回我和同学们去拜访燕卜荪先生，跟他作了多少次亲切又自在的闲谈；陪他消磨多少个染满彩霞的黄昏。往日的景色和情谊如今还梦一样地留在我的心上……我尤其忘不了蒙自牛队清脆的铜铃声。每天破晓，当你似醒未醒的时候，远远传来一阵阵隐约的，而渐渐近了的叮当声，仿佛都德那篇精彩的散文《赛甘先生的山羊》（*La Chèvre de M. Seguin*）里所描写的铃声，在薄暮的山谷中响彻一样。每天清晨，那牛队的叮当，裹挟着晨曦，投落在异乡游子的枕畔。我还眷恋那梦境一样缥缈、绯红的晚霞，以及那长堤上的石榴树，当那柔和的夏风吹拂着，开遍了千万朵火红绚烂的石榴花……在那儿，我时常描画我青春的幻想，寻求生命的真实和诗的跫音……

地处云南西南角的蒙自本来是一片冷落的地方，自从西南联大文法学院搬去后，一天比一天热闹起来了。南湖畔添开了四五家咖啡店（多半是流落在蒙自的越南人开设的）。其中有一家布置得最为优美，淡紫色的墙，白色的咖啡座，桌子上银瓶中供养着鲜花。夜晚，话匣子播送着迷人的法兰西乐曲。吸引力好像醉人的春光，招呼年轻人走进去，消磨无数个流亡中寂寞的夜晚。我们时常看见燕卜荪先生一个人独坐在一家生意比较清淡的咖啡店里，斜靠着一张圆桌。一面慢慢儿喝着浓香的咖啡或红茶，一面向摊开在桌子上的书本投下亲挚的眼光；或者拿起一支铅笔，急急忙忙地在书本空白处涂写着——涂写些什么呢？没有人真正读懂他的"涂写"；也没有人解剖过他所刻画下来的那一行行爬虫似的东西，而寻求它们真实的意义。谁了解他孤独中的热情呢？可是，他还是一样热情地醉于酒，醉于诗，醉于生命的梦幻。燕卜荪先生并不是孤独的。

可是，人们还记得燕卜荪先生在蒙自制造出来的几件有趣的故事：

有一夜晚，他不知道在什么地方喝多了酒，醉醺醺地冲进他屋子里，便往床上一倒。好心的工友进去给他盖好被，关好门，似乎什么都安静了。第二天一早，工友推门进来，打算喊他起来用早餐，发现他床上的中央两块床板折断了。我们诗人腰部、背部陷落在左右两块摇摇欲坠的床板中间，而落在地上；可是他的头与脚还是无恙地搁在床上，好些书堆在他的身上，而诗人还在呼呼熟睡，夏梦方长呢。第二件还是酒捉弄了他。一天晚上，他兴高采烈地回家。上了床，便把他的眼镜摘下来，随便往一只破皮鞋深处一塞。第二天起来上课,他仿佛忘掉过去的一切了,把两只大脚伸进皮鞋里去。他一站起来,才发觉一只鞋子内有异物,使诗人吃了一惊。他慌慌张张地掏出来一瞧,才明白了他那宝贝的眼镜遭了横祸——"还好,我只踩破了一个镜片,喔,喔,好运气!"事后,他来上课,给大家讲这个"奇迹",逗得我们哄然大笑不止。他也不去修理破眼镜,仍旧戴了那个"半壁江山"来来去去。第三件该算是诗人的"悲剧"了,或许可称为一个"闹剧"(farce)吧。一天下午,他一个人到郊外某条河中泅水,他把衣服统统脱光,放在河岸上,跳入水中,便忘情地眷恋着绿波了。等到他爬上岸时,那一堆衣物都不见了,大约被一个小偷拿走了。于是我们落了难的诗人便大声叫喊,哀求路人的救助。凑巧有一个同学散步经过那地方,看见了诗人的窘态,回校设法借衣服,给他送去,才算从不幸中救了燕卜荪先生上来。又听说诗人后来为这件事写了一首诗,吴宓先生替他译为五言古风体。是否如此,不知道;反正我没有见到这首诗。

这一些诗人的有趣的故事,当年凡在蒙自上过学的人,没有一个人不知道的;直到现在经人一提起来,回忆往事,老同学们还是一样现出微笑。

回忆幸福的翅膀随着时光的流转,现在应该沿着滇越路线飞驰,而停止在那个春花舒卷的美丽的终点昆明上了。

在蒙自度过了平静无事的半年,联大文法学院又第三度搬家到昆明,而和理工学院合在一起。当时的校址是昆明西郊外,那座建筑漂亮的"农业专科学校"。那时,从各方面说起来,该算是这座在患难、贫穷、艰苦中扶植起来的学府,由慢慢地长成,到渐渐昌盛的时代了。在敌机经常空袭,乱轰狂炸下,联大师生同仇敌忾,坚持学习,坚持工作,怀着"日寇必败,抗战必胜"的强大信心,弦歌不辍,实在难得。单就我们外国语言文学系而论,就有三四十位好教师。教授的阵营,课程的丰富,气魄的雄厚,师生的协作,安排的稳适,以及大家精神的焕发,特别是民主的气氛,在当时抗战时期的大学里可说是空前的盛事。那时外文系开了一门可以说是丰富多彩的"欧洲名著选读"。这门功课是从全部西方文学史上,上起希腊,下迄近代,选出十一部名著,每个外国文学的学生一定要读的,西方二千年遗留下来辉煌的文艺经典,由九位教授分担讲解,再由学生自己在课外精读这十一部名著,或作读书报告,或写论文。这十一部名著的分担教授和先后排列,我记得是这样的:钱锺书先生的荷马史诗《伊利亚特》和《奥德赛》、吴宓先生的柏拉图《对话集》、莫泮芹先生的《圣经》、吴可读先生(Pollard Urquhart)的但丁《神曲》、陈福田先生的薄伽丘《十日谈》、燕卜荪先生的塞万提斯《唐·吉诃德》、陈铨先生的歌德《浮士德》、闻家驷先生的卢梭《忏悔录》以及叶公超先生的托尔斯泰《战争与和平》和陀思妥耶夫斯基《卡拉马佐夫兄弟》。这十一部书好像十一块色彩、样式、质量都不同的磐石,那么无情地压在我们的心头,整整压了一年。那一段日子,我们过得很沉重,却又很愉快。我还依稀记得起来,多少个深夜,坐在硬板凳上,在摇曳的鹅黄色的烛光下,展读那一部部的文艺经典——那些名著各有一个天地,各有一座精神的深谷。我们仿佛是渺小、辛苦、长途跋涉的香客，向瑰丽的经典宝山，作一番惊喜的探寻和漫游。荷马史诗是那样神奇和浩瀚；我曾谛听沿长街弹唱漫步的那个盲诗人的七弦琴音，追随着他永生的诗行，跌落在那个小亚细亚不幸的王国的宫墙边；或者想象当年一个金苹果竟闯下那一场生灵涂炭十年的战祸，那个希腊绝代佳人海伦能有多大的魅力使天下英雄，同声齐起，执干戈而效命疆场？而奥德修斯浮沉海浪二十年的漂泊生涯，在我的心灵上引起浪漫的遐想，飘过鲛妖动人的歌声，食莲实人的奇异的影子；或者在我的面前，呈现出古希腊欢乐的游苑，老年的哲人在琴书、美酒、弦歌之间，款待我们，以那一席席烨熠深沉的对话；或者我一不留神，跌进黑黝黝地狱的深渊，在忘川畔，偷饮了一杯遗忘过去一切的泉水；或者倾听着秋窗外的风声，突然有人叩门，那是梅菲托菲里斯的夜访，那些长长的，又摇动的影子。什么是歌德的"诗与真"（Dichtung and Wahrheit）？什么是人生的真谛？什么值得我们永恒的追求和沉醉？……

于是我又往前走，带着一颗被意大利的阳光晒暖的心，去听薄伽丘一串串稀奇的故事；或者走进另一个遥远陌生的人世，我发狂地读着卢梭的《忏悔录》，在那里，展现着寥廓的芬芳的大自然；在蓝天的覆盖下，一切都在流动，一切都是新鲜！……最后，在燕卜荪先生讲授的《唐·吉诃德》里，我走进了扑朔迷离的中世纪；在波澜壮阔的人海边缘上，有生活的悲欢，时代的嘲讽，爱情茜色的羽翼，我仿佛跟着吉诃德先生斩倒了那可恨的风车……我曾听叶公超先生说过燕卜荪先生喜欢读《唐·吉诃德》，这恐怕也是一个愉快的巧合吧。

我到今天还记得燕卜荪先生上课时那股热劲儿和手舞足蹈的情景。有些时候，他在黑板上写字，忽然跑到窗口，用粉笔尖在玻璃窗上叮叮地敲着；或打开窗子，对云天凝视了一会儿工夫，又跑回来在黑板上继续写字。有时候，他低下头念着一行行的诗句，突然抬起头来，凝望着大家，嘴里不停地流出一串串话语，那一双蓝灰色的眼睛向上翻动，好像他跟空中的精灵对话；或者像莎翁戏剧里的某个角色的独白。有时候，他不知不觉地将粉笔擦放进自己外衣的口袋里而到处寻找，——"喔，喔，……"，又是生气，又是迷惘，向各处找了一下，绝望了，他毅然举起一只他西装袖子死劲地擦着黑板。有些日子，淘气的粉笔灰抹了他一鼻子，活像一根红萝卜上长了白根须。还有，诗人喝酒以后，那份热辣辣的激动和豪放气概，对酒放歌，旁若无人的谈笑……这一切真叫人联想到那个西班牙的英雄，热肠、善良、亲挚的吉诃德先生——啊，幸福的吉诃德先生！幸福的燕卜荪先生！

在昆明有一个时期，燕卜荪跟法国教授邵可侣（Reclus）先生一同住在北门街一座西式的楼房里。那座房子相当漂亮，三四间明敞的房子竖立在一片小山丘青紫的岩石上。房子的周围是一个秀丽的大花园，有堆积迂回的精巧的假山，有雅致的亭台曲径。

有一回，他邀请我们六七个同学到他家里做客，在五月中旬一个明朗的熏风习习的下午。我们进了他的客厅，有一种强烈异常的感觉。室内的陈设和装饰都带有十足法兰西的风味。洞开的明窗上低垂着草绿色的纱帘子；靠右手，摆着一架大钢琴，琴上面的白墙挂了一张十九世纪法兰西一代风流美人瑞嘉米叶夫人（Madame de Recamier）的半身画像。房子中央安置了一张茶色的长桌子。后面的墙壁又开了两扇小门通到西边小小的耳室。里面各有一个书架子，堆了许多法文的书籍。壁炉静静地埋伏着，像叹息自己过时的命运；有一只肥大的暹罗猫卷卧在壁炉底下，做着异国的清梦。那天燕卜荪先生特别高兴，给我们预备了不少茶点、红茶、香烟和两瓶云南土产杂果酒。我们一面喝茶、吃东西，一面随意谈笑。燕卜荪先生告诉我们不少西洋文艺与哲学的故事。他对于西洋文艺的掌故以及每个作家的生平与逸事都非常熟悉。他说，他喜欢读约翰·邓恩（John Donne）、布莱克（William Blake）和勃朗宁（Robert Browning）等家的诗。法文诗中，他最推崇的是波德莱尔（Charles Baudelaire）。他能够背得出《恶之华》（*Les Fleurs du Mal*）集子里的许多诗篇。

站在诗人客厅的窗口，我记得可以眺望昆明翠湖一带优美的风景。五月昆明的阳光是明朗的，迷人的。五月的蓝天，娇蓝得可爱。燕卜荪先生的园子里，已盛开着紫色的藤花。我们可以远远望着翠湖在日色与树影下，袒露着碧绿的胸怀；湖上的睡莲正开出一朵朵粉红色的花朵。湖畔的杨柳间，远远望去，浮动着轻烟一般的嫩绿，我们与燕卜荪先生一起凭窗眺望：

And vision on poetic eyes avour,
Cling to each leaf and hang on every bough. ⑦

窗子犹如一扇灵魂的眼睛，又如一座桥，从室内的心灵通向户外的风光。那天，他的红鼻子轻摇在窗棂上，给我们打开了精神的远景。他的微笑、他的英国式的幽默和他聊天的声调到如今我还淹留在心上。那天傍晚，燕卜荪先生为大家朗诵了济慈名作《秋颂》（*To Autume*），在我的记忆里，还回荡着那悠长又清澈的声音——Esto perpetua!⑧

写到这里，我抓了一个方便，乘机打开诗人的另一扇窗子吧——那是燕卜荪先生的诗歌创作与批评的窗子。

在英国现代诗人中，燕卜荪先生算是很难懂的一个了。然而，有的批评家说过，他的"艰深"正是他的优点。现代西方诗人，那些年轻的热心肠人，在这样复杂、变幻多端、古老又新奇的世界里，看到社会动荡不安的现象，政治上的分歧和变动，以及他们对于宇宙和人世的思索、探求和解释，用他们的智慧、敏感和不平凡的技巧刻画下来一幅幅光彩迷离的景色。我们一谈起现代英美诗歌，便会马上在眼前浮现一群年轻诗人的微笑或严肃的面影。他们都热爱生活，也感到失望；他们追求现代复杂生活真正的意义；辛苦地探索，愉快地跋涉。他们追求阳光和自由的天地，他们要了解各色各样复杂的人间；像一池秋水，他们的作品中包容从各方面投射来的倒影。在他们的前面，走过认真的、象征主义的、富于哲理味的爱尔兰大诗人叶慈——他是那一代诗坛的宗主。在他们的道路上，接着又开展一片广漠而深沉的《荒原》（*Waste Land*），深刻多思的T. S. 艾略特在远方闪烁着离奇又飘逝的光影。在艾略特所建筑起来的诗的庙堂里，这一群年轻诗人各自找到了心灵的投宿与诚挚热忱的向往。但是后来,"荒原"到底是辽远了,他们这一代诗人从《荒原》回到社会与现代交织着的种种深刻的矛盾中,从远日点回到炽烈的近日点。更重要的是他们看到了人类不可避免的悲惨的屠杀——第二次世界大战的黑影早已落在他们的诗篇上了。他们中有的直接参加了战争:裘连·贝尔(Julian Bell)从中国跑到西班牙,为了正义和人道,为了自由而死在马德里的战场上;⑨奥登(Auden)和伊修乌德(Isherwood)从英国来到战时的中国,而带回去血淋淋的中国现实的掠影。⑩而我们的诗人燕卜荪先生更是亲切、深刻、实实在在地看到战时中国的一切,随着一个大学的流迁而遇到各种辛苦与困难。在昆明的日子中,在日本帝国主义猛烈的轰炸下,燕卜荪先生更可了解这一时代的意义和中国人民的艰苦生活。硫黄的气味已加速了诗人的韵律⑪,他对中国的命运和前途有着强烈的信念。

燕卜荪先生第一本诗集出版于一九三五年。他写的并不少,但发表的不多。他创作的态度是异常认真严肃的,也许可以够得上称为"苦吟"的诗人。他是一个对于现代科学和哲学有深刻认识和具有高度智慧力量的诗人,个性非常突出的学者型的诗人。他已发表的诗分散在各种选集和杂志上。最初,英国著名文学批评家莱维斯(F. R. Leavis)在《英国诗歌的新方位》(*New Bearings in English Poetry*)一书中称赞了他的作品。叶慈编的《牛津现代诗选》里,有他一首诗《蜘蛛》,这首诗可说是他哲理和艺术纯真的体现,也是他特异的技巧上成功的一首。《剑桥诗人选集》第一卷选了他几首比较明白的诗。我所见到的重要的选集，要算 M. 罗伯兹（Michael Roberts）编的《新歌手》（原名是"New Signatures"，我以为译成《新歌手》较佳），一共包括九个诗人：W. H. 奥登、裘连·贝尔、C. D. 路易士（Lewis）、艾勃哈特（Richard Eberhart）、燕卜荪、约翰·莱曼（John Lehmann）、普洛默（William Plomer）、斯悌芬·斯本德（Stephen Spender）和特斯蒙德（A. S. J. Tessimond）。这几位诗人年龄在三十五岁左右，多半是牛津大学或者剑桥大学出身，都是先后同学，而且他们一伙儿的作品多少有相同的地方。最显著的特色莫过于他们共同努力来开拓一个新的诗园——新的技巧、新的意识和新的意象；反映第二次世界大战爆发前西欧社会动荡不安的状态，各种矛盾的现象。《新歌手》选集的诞生在现代西方诗的发展史上占了重要的一页。有些批评家认为一九三二年《新歌手》的出版正好相当于一九二二年艾略特《荒原》的诞生，我们可以看得出来《新歌手》给予当时以及后来的影响。从《荒原》开始的英美诗的变革，树立所谓"现代诗派"以来，到今天不觉已走了二十年的路程。这些年中欧美更产生了不少新的诗人，不少的新流派，而《新歌手》的诗人集团可以说是在艾略特的《荒原》上所苗长起来的另一簇新鲜夺目的花枝。约翰·莱曼在他那本《欧洲新作品》（New Writings in Europe）一书中说过这样的话："《新歌手》打开更广大的读者的眼睛，使他们看见这个事实，就是说，一个惊异的变化已实实在在地在英国诗中产生了。"⑫在《新歌手》出现之后，人们开始越来越多地注意到这些年轻的作家运用着新的当代的意象；他们深切感到民族之间的新战争的威胁，对人生要求一种新的更积极的态度。这个集子里选有燕卜荪先生的六首诗,我以为《最后的痛苦》《书简》和《诗》这三首最值得一读,最能表现燕卜荪先生优秀的新颖的艺术。

西方现代诗,一般说起来,都是晦涩难懂的(当然,也有些较为浅近易懂的),令人不易捉摸。深奥又朦胧,像堕入云里雾中。燕卜荪先生的诗更加艰难,打个比喻,仿佛是烟雾深处的汽笛声;你只能隐隐约约地听到那遥远悠回的声音,而不能迅速、确切地把握住它们真实的含义。这一方面固然是由于现代诗人的想象力丰富而复杂,联想离奇而深远;同时联想与想象的线索往往斩断而不连贯,使读者无迹可求,好似花枝上的月影,因风摇落,成为支离的碎片。从另一方面说起来,现代诗人的经验与感觉跟一般人不同,而他们对于社会、政治、经济等方面多种变化的留意与兴趣,更使他们的观察深入一层,使他们的诗更带有一种新鲜的色彩,使他们用所谓内心的明辉来探照现实生活阴沉的角落,来解释、探索自然和人生社会错综复杂的现象。他们多少总是放逐了"抒情",所谓罗曼蒂克的情怀。在前一代诗人如哈代(Thomas Hardy)和豪思曼(A. E. Housman)等和他们这一代之间,显然存在着一条精神与认识上的较大的裂痕。他们没有第一次世界大战后一九二〇年代知识分子和诗人们那样的悲观失望,感到一无是处。相反地,他们贴近现实生活,非常关怀政治、经济、社会和人类的前途。

M. 罗伯兹在《新歌手》的序文中曾指出燕卜荪先生的意象和观念是玄学(metaphysical)的,说明了燕卜荪先生受了英国十七世纪诗人,特别是约翰·邓恩深刻的影响。"燕卜荪先生的晦涩是由于一种必要的压制,并不是由于偶然联想的运用。"上文已提到的英国批评家莱维斯指出:"燕卜荪先生的诗是智慧的光辉,在现代英国诗史上,他无疑占了很重要的位置。"在这里,可以再引约翰·莱曼在《欧洲新作品》一书中有关燕卜荪的一段话,加以说明:"威廉·燕卜荪和A. S. J. 特斯蒙德……两位都是极富智力的诗人,而且有强烈的个人的才华;两者之间,燕卜荪的作品更富于独创性和给人深刻的印象。他的诗是晦涩的,并且高度压缩。但是,他每首诗都写得干净利落,完整,使人想到十七世纪和十八世纪的诗歌来。燕卜荪的创作方式可以在他与包括奥登在内的许多同时代诗人中得到回响。"从这些批评家的话中,我们可大致了解燕卜荪先生的创作价值和艺术特点了。

除了诗歌创作以外,燕卜荪先生在一九三〇年还写了一部著名的批评专著——《七种朦胧论》(*Seven Types of Ambiguity*,或译《晦涩七种类型》)。我们知道燕卜荪先生是当代杰出的心理批评家、新批评学派的创立者瑞恰兹(I. A. Richards)在剑桥大学教书时的高足(听说燕卜荪先生来北大教书,就是瑞恰兹介绍的。瑞恰兹自己一九二九年至一九三〇年曾在清华大学外文系任教授)。他运用了瑞恰兹的批评理论体系,完成这部名著。书中广征博引,剖析入微,确是一部现代西方文艺批评的力作。听说能完全真正读懂这部书的没有多少人,可见其功力之深了。他写这部诗论名著时才二十三岁呢,真了不起!诗人不但对于文艺、哲学有高深的造诣,而于数学一道，也非常精通，听说他在剑桥大学时，还以数学出名。他对于数学的兴趣与爱好实在不下于文艺。在他许多书籍的空白上，我们时常可以看见他平日演算微积分方程式或解析几何等题目。我有一次在他所借给我的一部法国象征派诗人马拉美（Stephane Mallarme）诗集的扉页上，发现了他用三种以上颜色的铅笔演算一道几何难题，而在那本书的边缘上又草草地涂写了几行诗。

在联大教了两年多的书，燕卜荪先生经常穿着他那身灰棕色的西装和一双破旧的皮靴。当昆明的雨季来了时，诗人时常撑了一把油纸伞，挤在一群叮当响着的驼马队间行走；泥泞的街道和淅沥的雨声似乎更增添了诗人的乐趣。一块块的污泥巴沾满了他的西装裤，裤管皱卷起来好像暴风雨过后拆了绳索的风帆，他毫不在乎，也不换洗，天气晴朗时，照样穿了来上课……

燕卜荪先生虽然有那么多幽默、非常有趣的故事，然而他是一个真实生活热烈的追求者。诗人之所以为诗人，并非由于那一些离奇古怪的行径，或者浪漫的情调，而是具有严肃又炽热的心胸，真挚正直地生活着，探索人间和自然的一切。而且，一个真实的诗人必须根植在真实的生命的泥土里，才能产生充满活力和独创性的诗篇。燕卜荪先生虽然不修边幅，成天衔着烟卷儿，还爱喝酒，不像其他某些英国绅士似的正经和拘谨，而且成天看书，像一个"书呆子"；但是他对于人生事物的观察和了解，他的智慧、见地和一颗赤子之心，以及文学方面的修养，终于使他成了一个现代英国著名的极有影响的诗人和文学批评家。也正因为他是一个真实的，追求正义、光明和自由的诗人，所以当欧洲风云急骤，战云弥漫，英国受到德国法西斯直接的威胁的时候，我们的诗人便把他全部书籍送给联大图书馆，拖着他那双破皮靴，日夜兼程，赶回他的祖国了。后来不久，当第二次世界大战的序幕揭开，英德两国正式开战时，他曾从英伦的狂炸中，穿过千山万水，送来一个信息，说他自己已正式入伍，在英国广播公司（BBC）工作，担任远东方面的新闻编译任务了。

　　写到这里，诗人那根希腊型的红通通的鼻子和他那双蓝灰色的、闪耀着秋雾一样的银光的眸子又浮现在我的眼前；还有那些往日旧事美好的记忆……那么，作为他的一个中国学生，一个接受了他许多教益的中国年轻人，我就在这里诚挚地祝福燕卜荪先生健康，他的红通通的鼻子平安无恙吧。

　　　　一九四三年四月，重庆柏溪，中央大学分校

后记

　　一九四三年春，设立在重庆沙坪坝的"时与潮"社，创办了一个纯文艺月刊《时与潮文艺》，由中央大学外文系教授孙晋三先生任主编，我们同在中央大学外文系任教。孙先生是一九三六年清华大学外文系毕业的，因此他没有到过昆明西南联大。不过，他的老师如吴宓先生、叶公超先生、吴达元先生、美籍温德（Winter）先生等也是我在西南联大读书时的老师。有一天，孙先生跟我和其他几位中大同事在沙坪坝一个茶馆里一起喝茶聊天,谈到西南联大外文系的情况,谈起威廉·燕卜荪先生。我提到燕卜荪先生在南岳(当时西南联大前身长沙临大文学院所在地)和蒙自(联大文法学院所在地)教我们课时,一些非常有趣的事来,引起大家欢笑。孙先生一听,便随即要我写篇回忆散文,他说一定很有意思。我回柏溪中大分校后不久就写好了,交给孙晋三先生,他便在《时与潮文艺》第二期上发表了。这就是我写《怀念英国现代派诗人燕卜荪先生》(当时的题目是《回忆剑桥诗人燕卜荪先生》)这篇东西的缘由。上面所提到西南联大几位老师,以及孙晋三先生去世已不少年了,真是感叹万分!

那篇东西只写到燕卜荪先生离开昆明回英国时为止,没有谈到他以后的情况。现在应稍加补充。

一九三九年夏,燕卜荪先生回到英国后,就在英国广播公司(BBC)远东广播电台工作。第二次世界大战后,一九四六年,他又回到北京大学外文系教书,直到一九五一年(他先后两次在中国工作了七年)。他回国后从事写作,一九五三年被聘为谢菲尔德(Shefield)大学英国文学教授,直到一九七一年退休。其间他获得爵士的称号。

燕卜荪先生在南岳教书时,写过一首较长的诗《南岳之秋》(*Autumn in Nanyue*),描述了他当时的生活境况和感受,字里行间流露了他对中国人民抗日战争深切的关怀和胜利的信念。这首诗后来收进他第二本诗集《聚集着的风暴》(*The Gathering Storm*)里,出版于一九四〇年。一九四〇年以后,他很少写诗了。一九五五年印行了他的《诗全集》(*Collected Poems*)。燕卜荪的诗实在不好懂，真是一种现代典型的"朦胧诗"。这是由于他想得很深奥，很奇特；他既精通数学，又对两次世界大战之间西方哲学和科学理论，现代物理学（如爱因斯坦的"相对论"）很熟悉；同时他又推崇英国十七世纪玄学派诗人，尤其是约翰·邓恩的作品。他自己曾经说过："写些像诗人邓恩那样美丽的东西是十分愉快的。我要坐在火炉旁边，思考一种有趣的迷离不解的东西。"他有不少首诗实在晦涩，像"谜语"一样。在这里试举一首《园里的树》作为例子：

园里的树

那里有一株生在西域的树，
或在东方，离天堂的树不远；
它们僵冷的外壳，不按气节，
不肯轻易地脱离它的母亲，
只在火烧的树林里才成熟。
仿佛往日酒神那样出世，
等待在人生中时间终了的表象。
我知道火生的金翅鸟是植物；
酒神的母亲，曾经求神降临，
犹如这树渴望着红色的晨光。

这首诗到底是什么意思呢？且留待慢慢琢磨吧。他的诗虽然那么难懂，但对一九四〇年代前后的英美年轻的诗人们产生了很大的影响，尤其对"运动派"（The Movement）诗人们。

蒙自海关西南联大分校教室旧址,二〇一九年

而且，他在西南联大所开设的"现代诗"等课，以自己精辟的讲解直接引导了当时外文系不少同学爱好、探索英美现代派文学，培养了好些位我们自己的新诗人。

燕卜荪先生的杰作《晦涩七种类型》（朱自清先生译为《多义七式》，Seven Types of Ambiguity，一九三〇年）也是一部不容易读的书，直到现在还未有中文译本，实在很难翻译。在现代西方文论中，这是一部名著，是研究西方文学的学生一定要读的。这书原是燕卜荪先生在剑桥大学读书时写的毕业论文，他的指导老师就是现代著名文学批评家、新批评派奠基者瑞恰兹。在这里，就引录瑞恰兹关于燕卜荪及其《晦涩七种类型》一书的一段介绍作为参考：

威廉·燕卜荪以《晦涩七种类型》（一九三〇年）而知名。这本书或多或少是以下面这种方式产生的。他原在剑桥大学读数学，但在最后一年改学英语。因为他在马格达林学院，这就使我成了他的导师。看来他读过的英国文学作品比我还要多，而且读得更好，又是新近读的。这样，我们各自充任的角色不久就有颠倒过来的危险。大约是他第三次来看我的时候，他提出一种劳拉·赖丁和罗伯特·格雷夫斯早就玩过的把戏，就是把"精力消耗在耻辱的沙漠里"这首诗去掉了标点，进行解释。他拿着这首十四行诗就像一个拿着帽子的魔术师那样，没完没了地变出一大群活蹦乱跳的兔子。最后，他问我："任何一首诗都可以这样变化，是不是？"这件事对一个导师来说真是出于意外的收获。所以我说："你最好还是去把它搞出来，好不好？"

过了一个星期,他说他还在打字机上打着呢。……下一个星期他来了,腋下夹着一厚叠难以辨认的打字稿——那就是《晦涩七种类型》这本书精华部分的三万字。我认为从这以后,没有任何文学批评可能有过如此持久而重大的影响。如果你马上读它一大段,你就会感到自己是得了流行性感冒,不舒畅;可是你仔细地读它一小段,你的阅读习惯可能会改变——我相信会变得更好了。

燕卜荪先生其他的学术著作还有:《田园诗的若干形式》(*Some Versions of Pastoral*,一九三五年)、《复杂词的结构》(*The Structure of Complex Words*,一九五一年)和《〈失乐园〉:弥尔顿的上帝》(*Paradise Lost：Milton's God*,一九六一年)。

关于燕卜荪先生我们还应该多写些东西,纪念他,向他学习。他的诗虽然很难懂,也应该多做些介绍;他的名著《晦涩七种类型》也应译成中文。他的理论和分析诗的方法(也就是所谓诗多义的分析)也可应用到我国古典诗歌的研究上(这点以前朱自清先生已提到过),比如说,关于李商隐作品的解说,等等。我这篇怀念燕卜荪先生的东西大概是国内较早的一篇关于他,以及关于他和英美现代派诗歌的文章了。现在再把我一九八八年秋写的一首怀念燕卜荪先生的短诗抄在这里,作为结束语,也作为一个纪念吧:

从秋雾弥漫的南岳到春城昆明,
从莎士比亚到英美现代诗——

燕卜荪先生背诵名著，醉于醇酒；
在黑板上叮叮地飞快写英文字……

炮火连天，中国，整个欧洲在燃烧：
从早年作品到《聚集着的风暴》，
燕卜荪先生把热情凝结在精深的诗篇里。
南岳之秋啊，早已开花，他所撒下的诗的种子！

一九九一年十月再次修订

注释

①叶慈编的《牛津现代诗选》，出版于一九三五年。从哈代选起，一直到最近的英美新诗人。这部诗选可说是现代英美诗一个很重要、很有价值的结集。该书还有一篇叶慈写的长序，也是论现代诗珍贵的文献。

②"南岳分校"原址是湖南长沙"圣经学院"夏季别墅和读书的地方。当时国立长沙临时大学（即西南联大的前身）理、工、法等学院租借长沙"圣经学院"为校址，文学院则设在南岳山中。

③即西南联大的前身。一九三七年十月，北大、清华、南开三所大学南迁至长沙后，一起在长沙建立了这个大学。

④见姜夔《扬州慢》一词。

⑤见庾信《哀江南赋序》。

⑥歌德自传的原名。

⑦见格雷（Thomas Gray）致贺拉斯·瓦尔波（Horace Walpole）的书简。大意是："梦幻，像诗的眼睛所能明察的一样，依恋着每片叶子，挂在每条花枝上。"

⑧拉丁文，"愿它永远存在"或"愿其永生"。

⑨见伦敦荷格斯出版社（Hogarth Press）出版的裘连·贝尔的《诗、散文、书简集》。

⑩见奥登与伊修乌德两人合著的《战地旅行杂记》（*Journey to a War*），内刊诗和散文，是战时报告文学的一部名著。

⑪燕卜荪先生在南岳和昆明时曾写了几首诗，描写战时中国内地的情形，燕卜荪先生打算要写首长诗，来反映当时中国社会一种极不合理的畸形现象。诗人觉得中国少数一部分人的消费是二十世纪式的，而绝大部分人的生产方式十分落后，还是中世纪式的。诗人很不了解中国这种怪事，畸形状态。但他对中国人民大众的苦境，十分同情而愤慨。

⑫约翰·莱曼著《欧洲新作品》（*New Writings in Europe*）一书是"塘鹅丛书"（Pelican Books）中的一种，出版于一九四〇年。这是一本介绍和评述最新的欧洲作家及其代表作品的专著，其中包括诗歌、小说、戏剧、报告文学、传记和回忆录、散文游记等。所介绍的著名诗人、作家有 T. S. 艾略特、弗古尼娅·吴尔芙、W. H. 奥登、安德烈·马尔洛、路易·马克尼斯、斯悌芬·斯本德、C. D. 路易士等。由于这是一本第二次世界大战最紧迫的时期出版的书，更感到可贵。

梅雨潭的新绿

怀念朱自清先生

多少年来，我书桌上时常放着一部四卷本的《朱自清文集》，这是由《朱自清全集》编委会主编，开明书店一九五三年春印行的，到如今也三十多年了。我在工作课余常常翻阅这部书，继续向朱先生学习，正如以前我在西南联大上学时向他学习，当面求教那样。一九五三年秋天，根据中德文化协定，国家派我到德意志民主共和国莱比锡大学任教时，也随身带着这部那时在北京琉璃厂一家书店买到的书，走了很远很远的路，我时常念它；也时常怀念朱先生，从他离开人世到现在不觉已三十多年了。

这部集子虽说只是朱先生全集的精简本，但他一生的主要著作大体上都已收在里面了。其中包括一九二四年冬出版的《踪迹》一书。说到《踪迹》，我们温州朋友一定会感到特别亲切，因为这本书的第二辑《温州的踪迹》中有三篇抒情散文，都是专写温州的山水风光和品评以前我家乡一位著名画家马孟容先生的一幅画的；还有一篇是记述一个小女孩以七毛钱的价格被卖给人家的悲剧。其中的两篇《月朦胧，鸟朦胧，帘卷海棠红》和《绿》都作于一九二四年二月初，那时朱先生二十七岁，应浙江省立第十中学的聘请，到温州担任国文教师已经半年了。

我小时候未有机缘见到朱先生。他在十中任教时，我还不到九岁，才上小学不久。不过后来曾听我的二哥赵瑞雯说过几次，朱先生教过他那一班"国文"（就是现在所说的语文），课讲得那么认真热忱而富有风趣，他的态度是很严肃的，同学们都喜欢他的课，静听他的讲解。记得有一天，我二哥还拿出朱先生批改过的作文簿给我看，那上头有朱先生用红笔写的几行字，说明对习作的优缺点的意见和对一个青年学生的鼓励——如果那些作文本子到现在还保存着该多好啊！——这就是朱自清先生在我少年的心灵上所留下的一点间接的最初印象了。后来，当我上了十中初中部时，我直接读到了朱自清先生几篇著名的散文代表作，如《桨声灯影里的秦淮河》《背影》《荷塘月色》等篇，快乐得什么似的，得到很多益处。不过，印象最深刻的，还是《绿》一文，我那时以及后来每次到仙岩游玩时，往往想起先生的这篇名作来——"梅雨潭闪闪的绿色招引着"我年轻的心灵。

一九三七年"七七"卢沟桥事变发生，穷凶极恶的日本帝国主义开始大举进攻我们神圣国土，当地驻军不理睬国民党反动派的不抵抗政策，奋起反击，于是伟大的中国人民抗日战争就此爆发了。不久平津相继沦陷，北京大学、清华大学和南开大学三校南迁，一起在湖南省会成立了国立长沙临时大学。朱自清先生于同年十月初,在长途奔波几经辗转后到了长沙,任临大中文系主任(朱先生于一九三二年秋正式任清华大学中文系主任)。十一月初,朱先生到临大文学院所在地南岳山中住下,开始了战时动荡的教学生活。

我在同年六月下旬由青岛山东大学回到故乡温州。抗战开始时,参加了"永嘉青年战时服务团",跟许多同学朋友在一起进行了抗日救亡工作。十月底,得到北大等三校迁到长沙合组临大开学的消息,便与两个同学离开温州,赶到那里,入临大文学院外文系二年级继续读书。就在那五岳之一雄奇的衡山之麓,临大文学院所租用的长沙"圣经学院"暑期别墅清幽的院子里,我第一次看见了朱自清先生。心想他就是我们仰慕已久,曾在我母校教书,并且撰写那首有名的校歌的朱先生了。这首歌的原文是:

雁山云影,瓯海潮淙。看钟灵毓秀,桃李葱茏。怀籀亭边勤讲诵,中山精舍坐春风。英奇匡国,作圣启蒙。上下古今一冶,东西学艺攸同。

朱先生作此歌词大约是在一九二三年冬,他到十中任教后不久。这是一首言简意赅、含义深邃、情文并茂的杰作,表达了朱先生心胸广博、眼光远大、怀抱古今中外的教育思想,既抒写老师们努力教学,培植人才,也说到同学们勤奋学习,接受教导。尤其是最后两句"上下古今一冶,东西学艺攸同"很精彩。在一九二〇年代初,就有这样的见解,实在可贵。歌词里的"雁山",即有名的雁荡山(在瓯江北面乐清县境内)。"瓯海",即瓯江和东海,温州古称"东瓯"。"怀籀亭"在温州城内道司前旧十中(后易名"温中")高中部原址西边校园内,是为了纪念孙诒让先生而建造的。"中山精舍"原是一个书院的旧称,后特指温州仓桥原十中初中部大门内一座圆顶的精美建筑,即大礼堂。

我当时读的虽然是外文系,但仍然喜爱中国文学和诗歌创作,所以朱先生讲的课我去旁听过。同学们举办诗歌朗诵会我也去参加。特别是有一次听到朱先生朗诵冯友兰先生写的两首诗:"二贤祠里拜朱张,一别千秋嘉会堂。公所可游南岳耳,江山半壁太凄凉。""洛阳文物一尘灰,汴水繁华又草莱。非只怀公伤往迹,亲知南渡事堪哀。"朱先生以深沉微颤的声调朗诵了这两首诗,联系到当时日寇猖狂,铁蹄南侵,民族危急的局势,我们三大学流亡南迁,在南岳山中上学的情况,大家静悄悄地听着,极为感动,也有些人流泪了。我记得一天傍晚跟一个同学(他的哥哥是著名语言学家,朱先生的老朋友)一起去拜访先生。在他知道我是温州人,而且是温中毕业生后,很高兴,问了一些关于温州的情况,还谈到仙岩梅雨潭。先生鼓励我继续努力写新诗,并且指示一定要把外国语和外国文学学好,将来再回头来研究中国文学是大有可为的。这是朱先生所给予我的诚挚教导,我一生也忘不了,对我以后的学习和学术研究道路极有影响。

后来战争日紧,敌骑南逼武汉,临大于一九三八年二月开始西迁昆明。我和一部分同学先到广州,再经香港和越南,转入云南。四月，文学院和法学院在蒙自又开始上课了（其他学院都设在昆明）。那时临大也改称为国立西南联合大学了。朱先生在蒙自住在联大所租的海关大院中一间小平房里，我们的教室也在那边。那是一个相当大的地方，像花园一样，有许多热带植物，奇花异草。特别引人瞩目的是那许多高大的尤加利树，树上栖息着灰白色的鹭鸶；我们时常看见一群鹭鸶在南国晴朗的空中盘旋飞舞。蒙自还有一个大湖叫作南湖，那是我们师生晚饭后常去散步谈心的好地方。关于蒙自，后来朱先生曾写了一篇回忆散文（即一九三九年四月在《新云南》第三期上发表的《蒙自杂记》），描述那里的风物和当时联大师生的生活状况，很有意味。其中除说到蒙自南湖和他自己的住处（在海关大院内）的风光景色外，有一段叙述当地的"火把节"，以及他的感受——对民族振兴的关怀，对抗战胜利的热望——很值得在这里抄录下来，我感到在今天仍有意义：

蒙自有个火把节，四乡是在阴历六月二十日晚上，城里是二十五晚上。那晚上城里人家都在门口烧着芦杆或树枝，一处处一堆堆熊熊的火光，围着些男男女女大人小孩；孩子们手里更提着烂布浸油的火球儿晃来晃去的，跳着叫着，冷静的城顿然热闹起来。这火是光，是热，是力量，是青年。四乡地方空阔，都用一棵棵小树烧；想象着一片茫茫的大黑暗里涌起一团团的热火，火光够雄伟的。……这也许是个驱除节，但暗示着生活力的伟大，是个有意义的风俗；在这抗战时期，需要鼓舞精神的时期，它的意义更是深厚。

我们到了蒙自不久,有二十几个爱好诗歌的同学成立了一个"南湖诗社",请朱自清先生和闻一多先生当我们的导师。这样,除平日时常与朱先生、闻先生见面外(闻先生住在离海关不远,也是联大租借的"哥胪士洋行"二楼上,我们学生宿舍和饭厅也在那里),接近求教的机会也多些了。朱先生总是认真地看我们诗社交给他的稿子,提出意见;还同我们亲热地在一起讨论新诗创作与诗歌研究等问题。朱先生强调新诗应有一定形式,有相宜的格律,要注重声调韵脚,新诗形式问题值得不断探索。有一天,我写了一首较长的抒情诗《永嘉籀园之梦》,大约有一二百行,是我思念亲人、怀念故乡之作,结合着爱国救亡的感触。我特地把这诗送给朱先生,请他指正。在诗社的一次聚会上(在海关里一间课堂中),先生亲来参加,发还我们的诗稿。当他把《永嘉籀园之梦》这首诗的草稿递给我时,他对大家说:"这篇写得不错,是一首力作。"我激动得心里怦怦地跳着,只说:"谢谢朱先生!……"非常可惜,那首长诗的原稿早已遗失了,现在只保存着开头二三十句,那是从描绘温州城西落霞潭的景色开始的。朱先生还问过我:"籀园图书馆还在落霞潭边吧?"我回答了先生。籀园图书馆原是纪念晚清温州杰出的学者、教育家、朴学大师孙诒让先生(一八四八——一九〇八)而创办的,孙先生字仲容,晚年别号籀廎,时人尊称之为籀公。

在这里,我还记起朱先生在蒙自时,曾为清华大学一九三八年毕业班同学亲笔写了一张题词,真实地反映当时情况,充分表达了一位真挚热忱的教师对年轻一代的热切期望。这题词是很有历史价值的,特抄录下来,作为纪念:

向来批评清华毕业生的人都说他们在做人方面太稚气，太骄气。但是今年毕业的同学一年来播荡在这严重的国难中间，相信一定是不同了。这一年是抗战建国开始的一年，是民族复兴开始的一年。千千万万的战士英勇的牺牲了，千千万万的同胞惨苦的牺牲了。而诸君还能完成自己的学业，可见国家社会待诸君是很厚的。诸君又走了这么多路，更多的认识了我们的内地，我们的农村，我们的国家。诸君一定会不负所学，各尽所能，来报效我们的民族，以完成抗战建国的大业的。

一九三八年暑假后，联大文法学院搬到昆明上课了，我们原来的"南湖诗社"后来在昆明改组为"高原文学社"，增加了不少新成员，办了几期文艺墙报。当时朱先生虽然教学和研究工作很忙，但仍然关心我们这个团体，有空时还来看看我们出的墙报。不过，在昆明那两年，我接触较多、时常去请教的是沈从文先生，他那时也正在联大中文系任教授。朱先生、沈先生还有其他几位联大教授在昆明办了一个杂志叫《今日评论》，我那时写的几首诗（如拙作诗集《梅雨潭的新绿》中的《遗忘了的歌曲》一首）就是通过沈先生和朱先生的介绍，发表在《今日评论》上的。

一九四〇年夏，我从联大外文系毕业。那年暑假中，朱先生开始休假一年，到成都住了。第二年一月里，我离开昆明，到重庆工作，在南开中学教英文，从此就没有机会再看见朱先生了。抗战胜利后，联大复员，北大、清华搬回北京。朱先生仍任清华大学中文系主任。在朱先生重到北京，回清华园之前，那一年不平常的夏天——一九四六年七月十五日，国民党反动派在昆明卑鄙无耻地暗杀了我国杰出的爱国主义诗人、古典文学专家和民主战士、我们大家敬爱的导师闻一多先生。闻一多的鲜血流在昆明街头，流在祖国大地上，也流在所有觉醒起来的正直爱国的人们心上！当时朱先生在成都听到这个噩耗后，在日记上这样写着："此诚惨绝人寰之事。自李公朴被刺后，余即时时为一多之安全担心。但绝没想到发生如此之突然，与手段如此之卑鄙！此成何世界！"不久，朱先生又写《挽一多先生》诗一首，说闻一多先生是"一团火"——"你是一团火，照见了魔鬼；烧毁了自己！遗烬里爆出个新中国！"这里充分表达了朱先生的强烈的正义感，他对旧社会和国民党反动派的痛恨；对未来美好的日子的向往。朱先生的疾恶如仇，批判旧社会，以及他对劳动人民和学生朋友们的同情和支持，早在一九二〇年代初期写作的《温州的踪迹》中的《生命的价格》和《背影》中的《〈梅花〉后记》等文，以及《赠A、S》等诗篇中已经流露出来了。一九二四年时，先生已指出："生命真太贱了！生命真太贱了！……钱世界里的生命市场存在的一日，都是我们孩子的危险！都是我们孩子的侮辱！……这是谁之罪呢？这是谁之责呢？"正如闻一多先生，那许许多多正直坚贞的中国知识分子一样，朱先生一生关心着祖国的命运，民族的命运，人民的疾苦；就是这样坚决地谴责一切摧残青春生命的罪恶力量！

朱先生复员回清华后，一直忙于主持整理闻先生的遗著，忙于讲学和写作；出版了《诗言志辨》《新诗杂话》《语文零拾》

等书。社会活动也多起来了，支持青年学生的革命活动，反对国民党反动派当局的罪恶行径；参加"鲁迅研究会"举办的文艺座谈会，等等。黑暗血腥的现实使朱先生更加觉醒起来，逐渐明确了前进的道路。先生晚年的生活和工作更加表明了一个善良正直的爱国知识分子，一个卓越的学者和文学家的坚毅品格和崇高的心胸！一九四八年八月十二日清晨，先生因胃病开刀不治而长逝了。他在去世的前夕，还告诫亲人们他已签名拒绝美国政府的援助，切切不要购买配给的美国面粉！

朱自清先生只活了五十一岁，逝世真太早了！他一生积极努力，勤奋工作，一丝不苟，认真负责，为中国文化思想事业做出了巨大贡献，为中国现代文学增添了闪亮的珠玉。朱先生永远活在我们的心上！我们应该多写朱自清先生的颂歌。我的二哥赵瑞雯于一九八一年去世前曾写了两首怀念朱自清老师的七律诗（原载于母校温州中学八十周年校庆特刊），现附录在这里，也算是一个纪念，为先生唱支颂歌吧：

一

辛勤教学到"中山"，《踪迹》书成传世间。
梅雨潭深凝碧绿，春光坐暖化愚顽。
海棠月黯帘初卷，白漈泉飞练一弯。
五十五年如过隙，归真恨未睹新颜。

二

春草池塘绿更多，吾师遗泽似江河。
清华园浪惊天地，白马湖晖忆逝波。

難得病身拒美援，獨留傲骨愧群科。
當時管領風騷者，遙望燕雲感若何！

上文曾提及，我的二哥瑞雯也是朱先生的学生，古文和古典文字的基础挺好，擅长诗词。这里两首诗较好地概括了朱先生的精神面貌，在文教界的影响，以及瑞雯对老师的真挚的缅怀。诗中提到的除"中山"、《踪迹》上文已有说明外，第一首第五句指马孟容的画（朱先生曾有文介绍）；第六句"白涤"是温州瓯江北岸约四十里山中的一座瀑布，见朱先生《白水涤》一文。第二首第四句，指白马湖畔的春晖中学（白马湖在浙江上虞县）。朱先生于一九二四年春离开温州十中，应聘宁波四中任教，并曾在春晖中学兼课（参见朱先生《春晖的一月》一文）。

一九六二年春节期间，我与故乡阔别了二十五年之久后，重到温州，曾特地跑到仙岩梅雨潭游览一番，喜见家乡山川风物新光景；今昔对照，倍增感奋。同时，也和从前一样，想到朱先生和他那些别具风格情致的散文；回味着朱先生的名作《绿》中所描绘的迷人风光。于是，在回到城中交际处招待所后，就在激动中写了《梅雨潭的新绿》一首长诗的初稿。回南京不久，把初稿修改好，在那年《雨花》第三期上发表了。接着又改写一遍，把九十二行诗压缩成三十二行，在一九六二年八月十日《人民日报》的文艺副刊上重新发表了。

一九六三年四月十八日初稿
一九八六年春节修订

红烛颂

纪念闻一多先生

今年七月十五日是我国杰出的诗人、学者和民主战士闻一多先生殉难五十周年。我记着这个日子，已记了半个世纪了，我会永远记住这个日子。希望我们子孙后代也永远纪念这个日子——一九四六年七月十五日！因为这是一位中国伟大的爱国知识分子为了反对国民党独裁，法西斯统治，争取和平、民主和自由而被反动派特务们用美国造的无声手枪卑劣残酷地暗杀了的血腥日子！一位现代中国著名诗人，中国古典文学研究专家，西南联大教授在昆明，在这一天傍晚时分躺在血泊中，以四十八岁的壮龄，为了中华民族的解放事业而献出了自己宝贵的生命。

那天下午，在追悼四天前被暗杀的另一位民主战士李公朴先生的大会上，闻一多先生拍案而起，怒斥反动派倒行逆施，镇压民主运动，阴谋策动内战。他慷慨陈词，声讨反动派暗杀李公朴先生的卑鄙无耻的行径；再次控诉"一二·一"昆明青年学生为了反对内战，要求民主而遭受反动派屠杀的滔天罪行。

闻先生临危不惧，大声疾呼，理直气壮地指出：

……今天，这里有没有特务？你站出来！

是好汉的站出来！你出来讲，凭什么要杀死李先生？……人民力量是要胜利的，真理是永远存在的，历史上没有一个反人民的势力不被人民毁灭的！……光明就在我们眼前，而现在正是黎明之前那个最黑暗的时候。我们有力量打破这个黑暗，争到光明！……反动派，你看见一个倒下去，可也看得见千百个继起的！正义是杀不完的，因为真理永远存在！……我们不怕死，我们有牺牲的精神！我们随时像李先生一样，前脚跨出大门，后脚就不准备再跨进大门！

这就是闻先生有名的最后一次讲演，是他生命最后一刻遗留给后代，中国人民，乃至全人类，所有憎恨黑暗，追求光明，反抗法西斯（闻先生在讲话中说："希特勒、墨索里尼不都在人民之前倒下去吗？"），热爱真理，热爱正义的人们的洪亮的声音；这是一位胸膛洋溢着爱国主义激情的中国知识分子的强烈呐喊。我觉得从公元前三世纪，"怨恨怀王，讥刺椒兰""哀民生之多艰"，歌吟着"路漫漫其修远兮，吾将上下而求索"的伟大诗人屈原的经历和屈原之死，到一九四〇年代卓越诗人闻一多的经历和闻一多之死，中经两千多年，其间有一条巨大的红线始终直贯下来，这就是反抗强暴，痛恨黑暗，追求光明，爱祖国、爱人民、爱自由、爱正义、爱理想的热血不但流在实际行动中，也流在笔尖，流在纸上，这就是我们伟大优秀的民族传统和文化传统，也就是"五四"以来伟大优秀的反帝反封建的新传统。今天，在纪念闻一多先生殉难五十周年的时候，我们应该进一步认识、学习这个传统；我们理所当然要保卫，要发扬这个宝贵美好的传统！

闻一多先生充沛的爱国主义精神早就在五四运动中，在一九二〇年代，在留学美国时，在他两部诗集《红烛》和《死水》里涌流着了。这里就是闻先生写于一九二七年的一首光芒万丈的诗。让我们大声地朗诵这首诗吧！

一句话

有一句话说出就是祸，
有一句话能点得着火，
别看五千年没有说破，
你猜得透火山的缄默？
说不定是突然着了魔，
突然青天里一个霹雳，
爆一声：
"咱们的中国！"

这话叫我今天怎么说？
你不信铁树开花也可，
那么有一句话你听着：
等火山忍不住了缄默，
不要发抖，伸舌头，顿脚，

> 等到青天里一个霹雳,
>
> 爆一声:
>
> "咱们的中国!"

好一个"爆一声"!这"爆一声"不是正好体现了中国人民长期以来反帝反封建的斗争意志吗?这不是表达了中国人民自鸦片战争以来受奴役受剥削的苦难历程而终于有朝一日齐心协力地站起来,燃烧起反叛的怒火吗?这不是明年——一九九七年七月一日,我们要收回东方之珠香港的洪亮的前奏曲吗?我觉得今天我们应该好好地重新学习闻一多先生作于六七十年前许多充满着爱国热情的诗篇,如《太阳吟》《忆菊》《一个观念》《发现》《祈祷》《洗衣歌》等,从早年"我要赞美我祖国的花!我要赞美我如花的祖国!"到后来"等到青天里一个霹雳,爆一声:'咱们的中国!'",这些诗句里不是都跳跃着一颗响彻云霄的爱国心吗?还有闻先生那些散文、杂文,甚至部分学术著作都是如此,例如作于一九二六年的《文艺与爱国》这一篇。上文提及屈原,闻先生自己就写了一篇《人民的诗人——屈原》的文章(作于一九四五年六月,正好在先生殉难前一年),盛赞屈原的崇高品德和辉煌贡献,认为"屈原的言行,无不是与人民相配合的,虽则也许是不自觉的……屈原是中国历史上唯一有充分条件称为人民诗人的人"。甚至在《龙凤》一文最后也得出一个结论说:"……万一非要给这民族选下一个象征性的生物不可,那就还是狮子吧。我说还是那能够怒吼的狮子吧……"

我今天重温闻一多先生殉难前气吞山河的讲话,重读先生的文集，我眼前闪烁着先生和蔼又亲切的面影，他那炯炯的目光。

　　这些年来，国内外研究闻一多的专著和单篇论文、评传等已有好多了，但我总觉得探索得还很不够。我们应该在这世纪之交更多更好地学习、研究闻一多丰富的精神遗产，发扬他可贵的品德。我有个建议，我希望研究中国现代文学和古典文学的年轻学者们能写这么两本书：一本叫作《从烛光到阳光》；另一本是《杀蠹鱼的芸香》。前者论述闻先生的生活道路，经验和教训，他的思想发展，他的美学观点和艺术理论，等等。后者论述闻先生对中国古代文化、古典文学，从《诗经》、《楚辞》（例如他的不朽著作《楚辞校补》等）、《乐府》，到唐诗等的研究，以及神话、歌舞、戏剧、文化人类学等方面的研究。这两本书可分写，也可合起来写，而两者都离不开一根红线——爱国主义精神；也离不开东西方的接触，中外文化交流这个基本点。我这个想法是否恰当，希望得到专家们指正，不过我们作为闻先生的学生，是热烈地期待着的。

　　闻先生说："诗人主要的天赋是爱，爱他的祖国，爱他的人民。"把爱，把爱祖国爱人民提到是诗人的天赋这么一个高度来考察，这是以前从未有过的。这就是闻一多精神的核心。

　　最后，愿以拙作小诗一首作为对闻一多先生的深切纪念。

红烛颂

一支，两支，三支，无数支红烛
点燃着，在壮阔的原野上，

长年闪烁,美丽的红烛啊!
永远在亿万人民的心上照亮!
五十年了!你的血,滚热的,
不白流!开花了,在祖国大地上;
一条漫长多彩的路程——
从烛光飞跃到阳光。

一九九六年七月五日

我是吴宓教授，给我开灯！

纪念吴宓先生

吴宓先生逝世已整整二十周年了。作为吴先生的一个学生，我想应该赶快再一次尽可能详细点把他所给予我的亲切教导，我所得到的多种启发，我个人真实的感受，我所记忆起来的一些往事情景记录下来。

一九八七年八月，我曾在《香港文学》第四十三期上，发表拙作《诗的随想录》，其中有一首小诗是《怀念吴宓师》。现将这首诗先抄在这里，作为这篇回忆散文的序曲吧。

吴宓先生走路直挺挺的，
拿根手杖，捧几本书，
穿过联大校园，神态自若；
一如他讲浪漫诗，柏拉图，

讲海伦故事；写他的旧体诗。
"文革"中老师吃了那么多苦，

却还是那样耿直天真——
啊，这位中西比较文学的先驱！

我眼前浮现着四十年前从我们神圣的国土、卢沟桥上燃起来的抗日战争的熊熊烽火。一九三七年"七七"卢沟桥事变爆发时，我在国立山东大学外文系刚读完一年级。七月二十五日，我从青岛回到故乡温州，就跟许多老同学和朋友组织了一个抗日救亡团体"永嘉青年战时服务团"，进行多种活动，并在十月十九日举行了纪念鲁迅先生逝世一周年大会和示威游行。十月底，我得知北大、清华、南开三大学相继南迁，在长沙联合组织国立临时大学的消息，便和两个同乡同学赶到长沙，先在临大借读，后经考试，入外文系二年级继续求学。那时文学院设在南岳山中，借用长沙"圣经学院"分校为校址。我们，教师和同学，在那清静优美的山间，共同度过了极其难得、很有意义的三个月。在那个特殊的时代、特殊的机遇中，三座著名高等学府的一大批教授、学者，中国知识分子的精英同仇敌忾先后相聚在那里。那时吴宓先生经过长途辛苦的奔波，从沦陷后的北平也到了南岳。我第一次看到吴先生时，他的外表、神态、走路的样子、讲课时的风度就深深地吸引了我。我早知先生的大名，敬仰之情久潜心底。况且，一九三七年一月间，我曾从青岛到北平，跟一个在北大外文系读书的同学一起过春节时，到过清华两次，走进工字厅，看到有名的"水木清华"四个挺秀大字的横匾，感受了"藤影荷声之馆"雅致清幽的气氛。清华同学告诉我："这里就是吴宓教授的住处。"直到如今我还隐约记得吴先生书房兼客厅的陈设，那已是六十年前的事了。在南岳上学时，清华外文系三年级一个同学还借给我看吴先生以前讲授"英国浪漫诗人"课时所用的读本，就是美国教授佩奇（Page）所编选的《英国十九世纪诗人》一厚册，他还特别举例谈到吴先生是怎样讲解读本所选的雪莱哀悼济慈的杰作《阿童尼》（*Adonais*）这首长诗的。这些在我脑海中构成了关于吴先生的初步亲切的印象。

后来，在一九三八年一月间，因日本帝国主义侵略军攻陷南京，蹂躏江南大片国土，又沿江西掠，威迫武汉、长沙，学校奉命二月初开始西迁昆明。于是师生分成两路入滇——一批三百多人，经云贵徒步到昆明；另一批约八百多人，经广州、香港，乘船到越南，再坐火车北上到云南。临大搬到昆明后即改名为"国立西南联合大学"。又因昆明住不下这么多人，文、法两学院暂设在蒙自，那年五月四日继续开始上课。我们在那里住到暑假，九月才搬回昆明。那时我已是外文系三年级学生了，正好吴宓先生讲授"欧洲文学史"，心慕已久，便选读了这门课程，开始直接聆听吴先生的教导，课外又经常与先生接触交谈，得到了他真挚的教诲。

我在南岳临大读书时，曾选读柳无忌先生的"英国文学史"。在柳先生细心讲授下，我对英国文学的发展和重要作家及其代表作已有较多的认识和了解，但对整个欧洲文学的知识仍是十分浅陋的，所以上吴先生的"欧洲文学史"课时，我便感到十分新鲜和愉快。吴先生除自编提纲挈领的讲义外，又指定原清华大学西语系教授翟孟生（R. D. Jameson）编著的《欧洲文学简史》(A Short History of European Literature，一九三三年上海商务印书馆版)一书作为课内外主要的教材。这部大书有一千多页，分五大部分，从西方古代希伯来文学和希腊文学写起，一直到一九二〇年代。虽说是"简史"，但内容十分广阔丰富，不仅是西欧文学、北欧文学，也包括俄罗斯文学和东欧的波兰、匈牙利、捷克等国文学，以及美国文学。实际上这本书条理清楚，论述简明精当，是一部外文系学生很有用的西方文学史的入门书，或者可称之为"西方文学手册"。作者的序言写于一九二九年一月，其中提到吴宓教授(说他是一九二六年至一九二七年度清华大学西语系代理系主任)对他的帮助，表示十分感谢。吴宓先生在西南联大讲授"欧洲文学史"时，除继续采用翟孟生这部教科书外，主要根据他自己多年的研究和独到的见解，把这门功课讲得非常生动有趣，娓娓道来，十分吸引学生。每堂课都济济一堂，挤满了本系的甚至外系的同学。这是当时文学院最"叫座"的课程之一。吴宓先生记忆力惊人，许多文学史大事，甚至作家生卒年代他都脱口而出，毫无差错。他讲课还有一个特点，就是把西方文学的发展同我国古典文学作些恰当的比较，或者告诉我们某个外国作家的创作活动时期相当于中国某个作家，例如但丁和王实甫、马致远，莎士比亚和汤显祖等。他把中外诗人作家和主要作品的年代都很工整地写在黑板上，一目了然。这方法我后来在南京大学中文系讲授外国文学史时也用上了，很引起同学们的兴趣，收到较好的教学效果。吴先生还为翟孟生的《欧洲文学简史》作了许多补充，并修订了某些谬误的地方。他每次上课总带着这本厚书，里面夹了很多写得密密麻麻的端端正正的纸条，或者把纸条贴在空白的地方。每次上课铃声一响，他就走进来了，非常准时。有时，同学未到齐，他早已捧着一包书站在教室门口。他开始讲课时，总是笑眯眯的，先看看同学，有时也点点名。上课主要用英语，有时也说中文，清清楚楚，自然得很，容易理解。吴先生有时也很风趣幽默，记得当时一起上课的有一个二年级女同学叫金丽珠，很漂亮，吴先生点名时，一点到"金丽珠"，他便说："金—丽—珠，这名字多美！Very beautiful, very romantic, isn't it?"他笑了，同学们也都笑了。那个女同学很不好意思，脸红了。

那时，外文系教室大部分在昆明大西门外昆华农业专科学校原址，校舍是大屋顶，中西合璧的风格。主楼外面有一个很大的草坪，当中和左右是长长的平坦干净的人行道。在主楼正对面，草坪尽头装着两扇绿色铁栏杆大门。从那里，穿过常年翠色的田野，可以远望滇池那里的西山峰峦。在课余，吴先生时不时地跟同学们在草坪边上散步聊天，我也多次陪先生散步，在他身旁很恭敬地慢慢儿走着，听他亲切漫谈，不但得到很多研究学问方面的启发，而且也了解了一些他过去的生活情趣，愉快的或者苦恼的往事。他确实是一个胸襟坦荡、直爽磊落的人，往往有问必答，毫无保留，甚至引发你去思考有关人生与文学的一些新鲜问题。我也多次看见吴先生拄着手杖跟钱锺书先生一起，沿着草坪旁的大路边走边谈。钱先生是吴先生非常欣赏的学生，他在中西比较文学研究上做出了卓越的贡献。一九三八年秋，他才从英国牛津大学毕业回来不久，是联大外文系最年轻的教授。那时我选读了钱先生开的"文艺复兴"（Renaissance）一课，他讲解生动，旁征博引，妙语连珠，把文艺复兴时期意大利、西班牙、法国、英国等国的文学状况讲得有声有色，真是引人入胜。我时常遇见钱先生在图书馆书库里翻阅书刊，收集资料，也许为后来他撰写《谈艺录》做些准备吧。如今回忆六十年前的往事情景，意味无穷，不胜神往；我仿佛仍然看见吴宓先生和钱锺书先生在昆明农校草坪边上散步谈心的神态；也仿佛听见我随先生漫步时，他用手杖轻敲着路面发出"笃笃"的声音……

一九三九年暑假后，系里开了一门很精彩的"欧洲文学名著选读"课，由九位教授讲授十一部名著，内容安排和任课教师是这样的：荷马史诗《伊利亚特》和《奥德赛》（钱锺书），《圣经》（莫泮芹），柏拉图《对话集》（吴宓），薄伽丘《十日谈》（陈福田），但丁《神曲》（吴可读），塞万提斯《唐·吉诃德》（燕卜荪），歌德《浮士德》（陈铨），卢梭《忏悔录》（闻家驷），托尔斯泰《战争与和平》和陀思妥耶夫斯基《卡拉马佐夫兄弟》（叶公超）。这项课程的计划是系主任叶公超先生制订的，目的是通过这些代表作的阅读和讲解，使外文系三四年级同学对西方最伟大最有影响的作家和作品有一个基本的认识，对西洋文学的发展获得明晰的理解（系里因已开有"莎士比亚"课，所以这课程内不包括莎士比亚）。这门课很受同学们欢迎，大家都兴致勃勃地去选修它，我就是这样。老师要求我们自己细心读原著，一面听讲一面做笔记，还要写读书报告。

我非常欢喜听吴宓先生讲"柏拉图"。吴先生对古希腊文化、哲学和文学艺术很有研究，他特别崇敬柏拉图。他在自撰《年谱》一九二〇年部分中就谈到在哈佛大学读书时，利用一个暑假，潜心读完《柏拉图全集》英译本四大册，三十七篇对话，并作详细札记。他在讲这课时，一再嘱咐我们一定要用心阅读柏拉图《对话集》里的三篇东西：《理想国》（*Republic*）、《伊安》（*Ion*）和《会饮》（*Symposium*），并要写读书心得。吴先生对柏拉图哲学思想及其对后世的影响作了全面深入的介绍，着重讲解什么是"理念"（idea，亦译"理式"），"一"（one）和"多"（many）的关系，"摹本的摹本""影子的影子""和真理隔着三层"这些柏拉图著名观点的真实意义，以及他自己的见解。尤其使我印象深刻的是他讲《伊安》篇中关于"狂述状态""灵感""诗神"时的神态和他独到的说法，他举了许多有趣的实例，反复阐明。有时讲得有意思极了，引起全班哄堂大笑，而他自己也微笑不止，有点自鸣得意的样子。他还联系这三篇"对话"，大讲"真善美"的意义，指出为人总得有种准则，有个理想，那就是对"真善美"的强烈追求。他还由此讲到拜伦、雪莱、济慈、阿诺德、C. 罗色蒂，随时举这几位诗人有关的诗篇为例。这些讲解，以及平日与他的多次交谈，我一直铭刻在心——吴宓先生的确是一位非常可爱又非常可敬的循循善诱的好老师。我永远怀念他！我更永远感谢他！

西南联大是在敌人侵迫、兵荒马乱、炮火连天的国家民族危急存亡之秋，几经流徙，在西南大后方昆明建立起来的一所独特的高等学府。生活是那么艰苦，设备又那么简陋，但绝大部分师生的精神都昂扬向上，抱着抗战必胜的坚定信心，继续从事科学文化的学习和研究。在日机狂炸中,仍然弦歌不断,以北大为代表的民主精神和科学研究的优良传统,仍然在联大得到继承和发展。在三个大学许多学有专长的教师的教育和特别引导下,像奇迹一样,在十分艰难的境况中,培养了一大批优秀的人才。在这里,我想引用当时北大校长蒋梦麟先生在他所著的自传《西潮》一书中的几句话:"……敌机的轰炸并没有影响学生的求学精神,他们都能在艰苦的环境下刻苦用功,虽然食物粗劣,生活环境也简陋不堪。"原南开大学外文系主任柳无忌先生在《烽火中讲学双城记》一文中的几句话也可作为印证:"除了一些特殊的外语训练外,各院系的功课仍如从前一样,没有因为抗战而改变学术性质。以外文系为例,有这样雄壮的阵营,我们所开的功课,比战前任何一校更为丰富。……大概说来,联大的学生素质很高,由于教授的叫座,有志的青年不远千里从后方各处闻风而来,集中在昆明。他们的成绩不逊于战前的学生,而意志的坚强与治学的勤俭,则尤过之。"根据当时我自己所得到的教益和感受来看,这两段话毫无夸张之词。

当时师生之间的情谊,尊师爱徒的学风,民主自由的气氛,教学相长的优良传统,也是诸多积极促进的因素。那时课余,师生之间可以随意接触谈心,可以互相帮助和争论;在春秋佳日的假期中,师生结伴漫游或喝茶下棋,促膝聊天,海阔天空,无所不谈。我保存着一张外文系部分教师和同学到昆明滇池边上西山秋游的合影。其中有叶公超先生、吴宓先生、刘泽荣先生(俄语教授)等老师,还有叶太太和孩子、刘太太等。同学中有黎锦扬、杜运燮、金丽珠、林同梅、杨苡和我自己，还有十几个现在不知在何处的男女同学。那一天吴宓先生身穿深灰色西装，精神抖擞，兴趣极高，同我们一起登上西山龙门。在滇池船上、西山幽径间，他和同学们谈笑风生，非常亲热。叶先生也时常语出惊人，又极富幽默感。在全体拍照留念时，我和叶先生并排蹲在地上，背后就站着吴先生，笑眯眯的。这是一张十分难得的相片，记录了当年师生真挚的情谊。"文革"十年动乱中居然保留下来，真是可贵！当然照片早已发黄了，吴宓先生、叶公超先生和刘泽荣先生三位已先后逝世，有几位同学也不在人间了。

一九四〇年夏，我毕业前夕，曾把一部英文原版《丁尼生诗集》送到吴宓先生跟前，恳请他在扉页上写几句话，作为留别的纪念。吴先生笑着说："好的，你过一两天来拿吧。"后来我去取回书时，吴先生说这个集子很不错，问是哪里买来的。我告诉他是一九三八年路经香港时在一家旧书店里找到的。他又说："丁尼生的诗很值得好好读读。我在书上面抄了几句话，是 Matthew Arnold 的，你自己回头仔细看看吧。"我向先生致谢，回到宿舍后连忙打开书一看，大为激动。吴先生用红墨水的自来水笔工整地摘录了马修·阿诺德的名著《文化与无政府状态》(*Culture and Anarchy*，一八六九年）一书里的论述"甜蜜与光明"（Sweetness and Light）部分中的三行原文：

"The pursuit of perfection, then is the pursuit of sweetness and light."

"Culture looks beyond machinery, culture hates hatred; culture has one great passion, the passion of sweetness and light. It has one ever yet greater! —the passion for making then prevail."

"We must work for sweetness and light."

这三行引文的中文大意是："对完美的追求就是对甜蜜和光明的追求。""文化所能望见的比机械深远得多，文化憎恶仇恨；文化具有一种伟大的热情，这就是甜蜜和光明的热情。它甚至还有更伟大的热情！——使甜蜜和光明在世上盛行。""我们必须为甜蜜和光明而工作。"

在这里，我想应该补充说一下："甜蜜与光明"这词语原出自十八世纪英国大作家斯威夫特（Swift，即有名的《格列佛游记》的作者）的早年寓言作品《书籍之战》（The Battle of the Books），说的是有一天某图书馆一个角落里飞进一只蜜蜂，不幸掉在蜘蛛网里，可怜的蜜蜂拼命挣扎，逃不出去，又要保卫自己，于是跟蜘蛛辩论争吵起来，请古希腊哲人智者伊索作评判。伊索说："蜘蛛会结网，技术固然高超，所用的材料的确也是他自己的，但他肚子里吐出来的除了污垢外，没有别的货色。最后制造出来的只是在墙角屋边陷害昆虫的尘网罢了。但是，蜜蜂飞遍大自然每个角落，撷取精华，来酿蜜制蜡，为人类带来了两样最宝贵的东西——甜蜜与光明。蜜蜂的勤劳是值得我们学习的，它对人类的奉献尤其值得我们称赞。"蜜蜂胜利了。

我当时看了吴先生写的这些题词，只感到好，非常喜欢，但实未理解其深意。一九五三年秋，我到德国莱比锡大学教书，曾请一个德国朋友刻了一枚藏书章,还特地把"Sweetness and Light"连同歌德"自传"的书名"*Dichtung and Wahrheit*"(《诗与真》),还有斯丹达尔的代表作《红与黑》(*Le Rouge et Le Noir*)这三行一起刻在边上,作为纪念而激励自己。如今回想起来,并且联系当年吴宓先生曾多次跟我谈到马修·阿诺德,叫我多读他的著作,才明白先生为什么在古今中外那么多思想家文学家中,偏偏挑选了阿诺德的这些名言。阿诺德是英国维多利亚时代著名的诗人、批评家,又是杰出的教育家(特别在改革和推进中等教育方面),著述丰富多彩,尤其在社会批判和文论方面做出了卓越的贡献,产生了深远的影响。他曾任牛津大学诗学教授达十年之久。他一生大力鼓吹文化教育,使之普及和深入;力求使广大人民群众获得知识,情操高尚,富于美感;推动全民族在生活、思想和文化艺术创造方面能达到一个高度。他在《文化与无政府状态》一书中竭力批判当时社会堕落黑暗的现象,反对市侩哲学庸俗世态;反对拜金主义。他从德国引进"Philister""Philistertum"(即庸人、市侩、心胸狭窄、目光短浅、市侩习气的意思),独标"Philistnism"一词;他批评托麦斯·卡莱尔(Thomas Carlyle),十分推崇海涅,认为他是歌德最光辉的继承人,是反对市侩哲学、倡导文明、鼓吹解放人类的战士。阿诺德强调诗歌创作的真实性和严肃性,提倡雄伟的诗风;认为诗是生活的批判(鲁迅在《摩罗诗力说》里提到阿诺德,把他的名言"Poetry is at bottom a criticism of life"译为"诗为人生之评骘")。吴先生是非常推崇阿诺德的,早在办《学衡》时,就已介绍评论过的,后来曾在一首古诗里说"我本东方阿诺德";他还一再表明这位英国诗人和教育家对他一生的思想和感情起了巨大影响。先生爱憎分明,疾恶如仇,富于正义感,格外强调文学作品的社会意义、教育作用。这些除了他吸收中国古代优秀文化的精华外,他跟阿诺德的联系是很明显的。我以为阿诺德是吴宓式的人文主义的一个组成部分。重温五十多年以前吴先生的题词,我不禁又想到十年浩劫中的灾祸,想到先生晚年所受到的折磨和内心的痛苦。那时我国成千上万的知识分子或多或少地都经历过种种苦难,当年联大教师、同学中有不少位都含冤去世了!那些"文革"中的极左分子,推行一整套愚昧主义,憎恶文化和教育,消灭知识,摧残人性,哪里有一丁点儿"甜蜜",一丝"光明"可言?追忆当年先生的题词,我的愤慨,对他的感激和怀念,实非笔墨所能形容。

一九四〇年七月,我毕业离开西南联大后,在昆明"基本英语学会"和南菁中学工作一年多,其间与吴先生偶尔在街上遇见谈谈。一九四一年冬,我离开云南到重庆南开中学教书,后入中央大学任教,从此再也没有机会看见吴先生了。一九四九年后,我记得曾在《光明日报》上看到过一篇吴先生"自我检讨"的文章,说得那么真诚坦实,不过字里行间还稍留着点儿"骨气"。又听说他最后转到重庆西南师范学院教书了。那时我真有点儿奇怪,心想抗战胜利联大结束复员后,吴先生为什么不回到清华园,重新住入"藤影荷声之馆"里呢?这到底是什么缘故呢?

"文革"后,西南师范大学教育系主任、联大老同学、蒙自

蒙自——曾是西南联大教授住地的古建筑,二〇一七年

"南湖诗社"朋友刘兆吉教授写信告诉我吴宓先生在"文革"时所受到的迫害；后来有次他出外开会，路过南京来看我，我才得知有关吴先生逝世前更多的情况（例如，吴先生坚决不肯参加"批林批孔"运动，不愿写批判孔子文章而被揪斗，除原有被称为"牛鬼蛇神""反动学术权威"外，又被扣上"现行反革命分子"的帽子），我感到非常难受。吴先生一九七八年一月十七日在陕西老家去世，一年半后（一九七九年七月十八日）为他平反。西师开了隆重的追悼会，并且在《重庆日报》上发布消息，登了讣告悼词。西师也给我寄了一份那天的报纸，我凝神看时，不禁潸然泪流了。

吴先生是我国现代外国文学界的老前辈，又是我国比较文学的奠基人之一。他一九二一年从美国哈佛大学比较文学系深造毕业回来，就先到南京东南大学（即现在南京大学前身）外文系任教，讲授"英国文学史""英诗选读"等四门课，其中有一门专为中文系四年级所开的选修课"修辞原理"。吴先生后来在《自编年谱》中指出："其目的，乃使研究中国文学之学生得略知西人之说，以作他山之勒。"这就具有开中西比较文化之先河的意义了。一九二六年他在清华大学时还特别开设"中西诗之比较"课程，这是我国比较文学的第一个讲座。他一生为培养外国文学教学和研究方面的人才竭尽心力，海内外一大批健在或已故的研治外国语言文学很有成就的学者、教授，以及在创作和翻译方面做出卓越贡献的作家、诗人都是他的学生，或者是他学生的弟子。他的品德和学问，他一生为我国文教事业不懈奋斗的精神是有目共睹的，是永恒的。

吴先生还是一个极其认真热情的诗人，当然是写古体诗。至于他提倡文言文，维护中国古老文化传统，反对新文化运动，他的功过应该结合他那个时代实际，都要做实事求是的分析。好在现在已有不少热心人在进行这方面工作了。一九八七年八月，在西安举行的中国比较文学学会年会、陕西省比较文学学会成立大会上，到会的同志们做出决定，编印一本较有分量的文集，把吴先生在外国文学教学和研究方面的深湛造诣和卓越贡献，特别是在我国中西比较文学发展史上的地位、所起的作用尽可能完整地写下来，以纪念这位我国中西比较文学研究的先驱人物。这本书取名为《回忆吴宓先生》，已于一九九〇年秋在西安出版了。接着，一九九〇年、一九九二年和一九九四这三年，连续在陕西召开了"吴宓国际学术讨论会"，出版了两册纪念论文集。尤其是一九九四年那一次是专门为纪念吴宓先生一百周年诞辰而举行的，有不少位海内外学者专家参加，气氛十分严肃而热烈，对吴宓一生的事业，各方面的成就，做出了深入的评价，也因此把吴宓研究推向一个高潮。会后，大家到先生故乡泾阳安吴堡祭扫陵墓，在先师灵前鞠躬默哀，献上束束鲜花，表达了大家深切的缅怀，崇高的敬意。

自一九三七年秋我在南岳山中初见吴先生，一九三八年秋在昆明正式听他讲"欧洲文学史"等课到他逝世，整整四十年。西南联大外文系里有五位老师给我的印象最深，我从他们那里所受到的教育最多，对我后来学习和工作产生了深刻的影响，那就是吴宓、叶公超、柳无忌、吴达元和燕卜荪这五位先生。冯至先生虽未直接教过我，但我旁听过他开的《浮士德》课和专题讲演；读了他的名作《十四行诗集》等，很受启发。其中吴宓先生给我的印象是最鲜明最生动，也最踏实的。吴先生极富于感染力的讲课，音容笑貌，他的品德和精神，独特的为人风格，以及平日与他接触交谈中所给予我的亲切教益，潜移默化的思想力量，还有他整个形象，直挺挺走路的样子，甚至他用他那根手杖"笃笃"点着地面走过去发出的声响，直到这会儿仍然淹留在我的心上。我一生中，从小学到大学，在所有教育过我的老师里面，我觉得吴宓先生可以说是最有趣、最可爱、最可敬，刚正不阿，坦荡直爽，疾恶如仇，又是最充满着矛盾，内心也是最痛苦的一位了。他外表似是古典派，心里面却是个浪漫派；他有时是阿波罗式的，有时是狄俄尼索斯式的；他有时是哈姆雷特型的，有时却是唐·吉诃德型的；或者是上面所提到两种类型、两种风格的巧妙结合。关于这些，从我初次认识吴先生，到后来上他的"欧洲文学史"和"欧洲文学名著选读"（古希腊文学柏拉图部分）两门课，以及在蒙自和昆明两地有时随他散步，向他请教交谈中，再加上我后来读他的诗篇和文章，更多地了解他以前的生活情况和研究学问的经验，我所得到的印象和认识就是这样。在这里，我想起季羡林先生为《回忆吴宓先生》（陕西人民出版社一九九〇年印行）一书写的序，一开头季先生以简洁而富于风趣、饱含深情的笔墨，就把吴先生那么精彩的刻画出来了：

  雨僧先生是一个奇特的人，身上也有不少的矛盾。他古貌古心，同其他教授不一样，所以奇特。他言行一致，表里如一，同其他教授不一样,所以奇特。别人写白话文,写新诗;他偏写古文,写旧诗,所以奇特。他反对白话文,但又十分推崇用白话写成的《红楼梦》,所以矛盾。他看似严肃、古板,但又颇有些恋爱的浪漫史,所以矛盾。他同青年学生来往,但又凛然、俨然,所以矛盾。总之,他是一个既奇特又有矛盾的人。我这样说,不但丝毫没有贬义,而且是充满了敬意。雨僧先生在旧社会是一个不同流合污、特立独行的奇人,是一个真正的人。

在我近年来所读过所见到过关于吴宓先生的许多文章中,我想季先生这一段话是概括得最好、分析得最透彻的,因此也是最能理解吴先生的一篇了。这里,我不必也不能再多说什么了。

不过,在这里,为了有助于一般读者对吴宓先生有多一些了解,我愿把以前吴先生在课堂上讲过以及平日跟他交谈中所听到的几句话,及其有关的一些情况写在下边,以供参考:

一、吴先生一再用英文说:"Everything I say and everything I do is in accordance with the teachings of Confucius, Buddha, Socrates and Jesus Christ."(我的一言一行都是遵照孔子、释迦牟尼、苏格拉底和耶稣基督的教导。)

二、吴先生常常说自己最欣赏古希腊人的两句格言"to know thyself"(贵自知)和"never too much"(勿过甚)。

三、吴先生一再强调,"凡为真诗人,必皆有悲天悯人之心,利世济物之志,爱国恤民之意。……故诗人者,真能爱国忧民，则寄寓咏物诗中，且可自抒其怀抱"。

四、他说一个人"富于想象力和同情心（imaginative sympathy），善能设身处地，……于是其人能忠恕，且能为无私的奉献"。

五、吴先生告诉我们："吾于中国之诗人，所追慕者三家，一曰杜工部，二曰李义山，三曰吴梅村。吾于西方诗人，所遵慕者亦三家，皆英人。一曰摆伦或译拜伦，二曰安诺德，三曰罗色蒂女士。……夫西洋文明之真精神，在其积极之理想主义，盖合柏拉图之知与耶稣基督之行为而一之。此诚为人之正鹄，亦即作诗之极诣也。"

六、他提出"诗三境说"。三境即实境、幻境和真境。他是这样论述的：

"盖实境者，某时某地，某人所经历之景象，所见所闻之事也。幻境则无其时，无其地，且凡人之经历闻见未尝有与此全同者，然其中所含人生之至理，事物之真相，反较实境为多。实境似真而实幻；幻境虽幻而实真。真境者，其间人之事之景之物，无一不真。盖天理人性物象今古不变，到处皆同，不为空间时间等所限，故其境与实境迥别，而幻境之高者即为真境。"

七、在西方小说家中，吴先生最钦佩英国八世纪《汤姆·琼斯》的作者菲尔丁（Fielding）和十九世纪《名利场》的作者萨克雷（Thackeray），因为在他们的作品中，深刻生动地描绘了时代社会，谴责了唯利是图、庸俗虚伪的世态，同时宣扬了善良和真诚的人物，崇高的精神境界。

吴先生这些在六七十年前说过的话，所表达的见解，所提倡的主张是否对于今天仍有参考价值，尤其对今天做人、做学问，以及学术研究和文学创作是否仍有积极意义？是否值得我们深思，特别对今天年轻的一代？我愿与热心的读者朋友们从长研讨。

　　我这会儿再一次回忆起五十多年前，吴宓师特地为我题了"甜蜜与光明"这几句话，给了我很大的影响，鼓励我不断前进。吴先生自己一生也的确为追求"甜蜜与光明"，要实现"甜蜜与光明"这一理想，做了很多工作，教书、写诗、写论文、翻译等，也吃了好多苦头。他正直热情，光明磊落，又天真执着，坚持自己的道路，而最后竟受这样的折磨，这样的惨死！吴宓师的晚年，正如与他的相知老友陈寅恪先生一样，体现了中国大批知识分子的人生历程。谁能想象得到在史无前例的十年浩劫中，一个那么爱国，那么热诚率真、正直不阿的学者、诗人和教育家，竟遭受如此灾难！几天前，我在这里出版的《东方文化周刊》第二十九期上猛然看到吴先生一九七二年照的相片——他最后的一张照相。他须眉全白，顶上几根细发，神情忧郁，整个容貌都变了，实在衰颓得很啊！那时他七十八岁。回忆当年跟先生学习时的生动情景，今昔对照，我热泪盈眶……

　　吴先生在"文革"中遭到七斗八斗，被打坏了腿，双目失明，最后由他年迈的妹妹护送回到陕西泾阳老家细心照料，得到亲友们的关怀。吴先生痛苦含冤在老家养病一年多，身体越来越衰弱，在极端困苦中，眼睛看不见，终日卧床，向着生命旅程最后的终点挨近。在生命垂危时，神志昏迷，吴先生还不断低低地呼喊："我是吴宓教授，给我水喝！……我是吴宓教授，给我饭吃！……我是吴宓教授，给我开灯！……"

我们常用"晚景凄凉"这四字成语来形容一个人不幸的残年，而对于吴宓先生，这四个字怎能概括得了他晚年身心所遭受的痛苦，他的悲惨，他临终时的景况！他离世前用最后一丝微弱的声音发出的呼喊，包含了多少意蕴，多少血泪，多少生命的挣扎？这里正好可以借用一下一百年前左拉的名言："J'accuse！"（我控诉！）

"我是吴宓教授，给我开灯……"

一百五十年前，歌德临终时低低地说出了一句话：Mehr Licht！（"更多的光！"歌德这句名言有不同的解释，其中有一种是说他快死前，叫人打开一扇百叶窗，让外边的光线射进，使屋里明亮起来。）一百六十年前，马修·阿诺德呼唤"甜蜜与光明"，大力鼓吹文化教育，批判愚昧和庸俗。如今，谁能预先料到一位培养了许多人才的杰出的中国大学教授——"教授"是一个崇高光荣的称号，教授的工作是庄严的神圣的；教授是一个国家民族的智慧，各种学科（自然科学和人文科学）知识的集中者，是文化教育最高的体现者，民族优秀文化学术传统勇敢的捍卫者（在一九五八年所谓"厚今薄古"运动中，吴宓先生在日记中就大胆地写下了"汉字文言断不可废，经史旧籍必须诵读"等语，便可有力的说明这一点）。世界各国都尊重大学教授，他们是"社会良心"，体现了一个民族的气质和品格，代表了文化学术水平。不幸的是，八十四岁老人，在永别人世时呼喊着"我是吴宓教授,给我开灯!"这样一句话,用生命最后一丝微弱的声音表达这样撕心裂肺的希求,这样深沉的控诉,也表达他的自尊和自豪:

"我是吴宓教授,给我开灯!……"

一九九七年早春初稿
一九九七年岁暮订正

想念沈从文师

我这次应邀到香港中文大学做客,进行一些比较文学方面的学术交流活动,已快一个月了,日子过得十分舒适愉快。我住在雅礼宾馆里,幽静得很;门外窗前,几棵扶桑树,大红、粉红色的花朵开得茂盛可爱,我是初次看到这么高大的扶桑灌木的。我在寂静中读书,写东西,回忆往日旧事,仿佛从来没有这么"随心所欲"似的。这时候,我特别想起我敬爱的老师沈从文先生来,而且时常想念着。

沈从文先生给予我的教导和鼓励,在我的心灵中所留下的许许多多的印象是那么深刻,鲜明而生动,我实在永生忘不了。我这次来到香港中文大学后不久,就有个同事问起我,沈从文先生的近况如何。他知道我是沈从文先生的学生,而且四十多年来一直未断过联系。最近几年我每到北京一次,必去看看沈先生。最近的一次是去年九月初,我在北京开完中美学者双边比较文学讨论会后,要回南京的前一天下午。那时他已经知道我不久要到香港中文大学做客几个月了。

在这里，我独自住在雅礼宾馆的一间屋子里，四周本来就很幽静，到了夜晚，更加幽静了。于是我很容易想念我家里的亲人，特别是那个可爱的四岁多的小孙子旸旸。我也想念起沈从文先生来，而且老在脑子里闪动着沈先生慈祥可亲的笑眯眯的容影。我知道他这时候很可能仍然在北京前门东大街那座十六层高的大楼中第五层的那三间房子里养病休息；仍然躺在床上吧，在那间书房里。或者坐在那把紫红色老式的旧木靠背椅子上，有个医生正在给他做按摩推拿吧。也许，这些天，他已好多了，能起来走动走动了；不用别人搀扶着了。也许，已能坐在书桌旁边写字，一笔笔秀丽而苍劲的字，细细的，密密的，那些别致的章草体字迹，流泻在纸上了吧。我仿佛又看见沈先生的和蔼的笑容了。多少年了，他老是那么微微地伸出双手，微笑着，尽管在那么艰辛的岁月中，在风风雨雨的日子里，他老是微笑着的，他真真实实地充满着希望，充满着信心。他今年八十二岁了。去年他对我说："必须赶紧做完应该做完，可以做完的事。"其中包括他的巨著《中国古代服饰研究》修订本。我说："别着急，您现在一定要好好休养。"他现出笑容又说："现在暂时只能这样了……"

真是太巧，这次我带到香港来的一些相片（那是准备给香港几个老朋友看看的）里面就有三张前年（一九八二年）春节期间我和杨苡去看沈从文先生时在他书房里一起照的相片。我一看，就立刻更加想念起沈先生来，在这里，在独自静居的夜晚。前年，他正好八十岁，身体精神都挺好，有说有笑的，还谈到《边城》将要拍成电影的事情。那天师母张兆和特地为我们烧了好几样菜。沈先生也十分高兴，要我们尝尝这个菜那个菜，笑着说："尝尝这个菜，是湘西特别的做法，很有风味的豆腐，有点辣……"陪我们喝了点加饭酒。没想到我们回到南京一两月后，接到师母的信，说沈先生病了，是较轻的中风，住院治疗了。后来，又听杨宪益说，沈先生从医院出来回家不久，第二次发病了。我们以及许多十分敬重沈先生的朋友们得知这个消息后，都感到难受，很担心。

这会儿在这里，我再次拿出那年同沈先生在一起时的合影看看，仿佛仍坐在他面前听他娓娓的边说边笑，讲那些旧事近情。一九八二年春，他正好八十高龄，仍是精神矍铄，华发童颜，永远有说不完的故事，永远是那副慈祥的样子。这三张照片大概是沈先生病前所摄的一些照片中的三张吧，因此觉得十分珍贵。

去年九月初，我在北京再去看沈先生。上了五楼，在他家房门口看见贴了一张字条，上面大意说，沈先生因病，医生嘱咐安心休养，不接待来访客人。我想我不能不进去看望一下沈先生啊，我不算是个一般的客人吧。于是我就轻轻地敲门了。师母出来开门，一看是我，很是高兴。我发现张先生比以前憔悴了。我想，这一年多她服侍沈先生的病是够辛苦的。她带我走进沈先生躺着的那间书房门口说："瑞蕻来看你了。"沈师母把我领到沈先生床前，又叫一声："从文，瑞蕻来了。"沈先生正在微睡，闭着眼睛，听见有人来，便醒来，知道是我，那么高兴，伸出右手握着我手，有些颤动，久久不松手。他左半身不遂，左手只能举起一点儿；而右手背红肿，看上去发亮。沈先生问我这次是什么时候来的,是否住在宪益那里。又问静如(杨苡的原名)近来怎样,等等。我一一回答了。正当我们说话时,师母进来说:"医生来了!"并且告诉我这女医生是特别请来的,每天下午给沈先生按摩推拿。于是沈先生从床上侧身起来,师母和医生扶他下床。站定了,他能往前走几步,慢慢儿移步。我要去搀着他,师母说:"不用。他可以走一下,比以前好多了。"沈先生笑着说:"你看还行吧?"医生将一把椅子推近,让沈先生慢慢儿坐下来。我在旁边看着那位女医生开始进行按摩推拿的动作,那样细心亲切地,问问沈先生的感觉怎样。大约二十来分钟,做完了,他又站起来,走几步,又轻轻地摇摆着双手一会儿,挺好,笑眯眯的,随即坐到靠书桌的一把沙发上,跟我说话。

一九九〇年代赵瑞蕻杨苡夫妇在恩师沈从文先生的寓所(一)

沈先生告诉我这次发病经过，在首都人民医院（即以前的协和医院）治疗情况等。后来又谈到《边城》影片拍摄的情况，说外景早拍完了。为了重现《边城》里所描写的山水风光、自然景物，拍摄组除了到湘西凤凰县实地摄影外，又动工修了一条短短的山径，移植了许多翠竹，确是花了不少工夫。我问他演翠翠的是谁。他说导演物色好久，终于找到了一位姑娘，看来挺合适的。他又说配音乐也不容易，一定要中国民族乐器，笛子、琵琶、唢呐等。如果一用上西洋乐曲，那就破坏了《边城》的格调和气氛了。听说本片导演凌子风先生与沈先生曾反复研究，怎样才能很适宜真实地把这个中篇小说，充满着诗情画意，浪漫情调，又从一个侧面反映了那时湘西边区劳苦人民生活的故事，那些善良而又沉静的人们的心态搬上银幕。《边城》是沈先生的杰作之一，美丽而含有深意，染着独特的湘西泥土的芬芳，带着独特的苦难一代人的泪痕。通过银幕，将会使全国人民，乃至世界观众看见我们祖国一个遥远的地方，一个遥远的时代，一个卓越的作家所描绘的世态人情和自然景色。《边城》现在已有了杨宪益夫人戴乃迭很好的英译本，叫作"*Border Town*"，是原中国文学出版社出版的"熊猫丛书"中的第一本。这样，国外朋友更可了解、欣赏沈先生的小说艺术和独特的风格了。"熊猫丛书"第二本是巴金的《春天里的秋天》；第三本又是沈从文的《湘西散记》，也就是沈先生早年生活的回忆录，其中包括《从文自传》中几篇有关湘西生活、风土人情的抒情记叙散文。沈先生为这个英译本特地写了篇序。我听乃迭说过，序文写得好极了，只是很不容易翻译。她认为现代中国作家中，沈从文的文笔风格是独树一帜的，别人很难达到这样的水平，这样的境界。同样，他的小说引起了外国友人的浓厚兴趣，十分推崇。那天沈先生也问起宪益和乃迭近况。我说，他们忙得很，工作仍那么积极。几乎每天晚上都有客人，真是高朋满座，喝酒，喝那么多酒，谈笑风生，豪兴未衰。沈先生说，你该劝他们少喝些酒，少抽烟。后来沈先生又告诉我，他的精神较好时，就讲点过去的事情，录音下来。我记得去年四月，我到北京大学参加歌德逝世一百五十周年学术讨论会，有一天去看他时，他正在讲往日的故事，大约只讲到一九二〇年他初到北京时的情景。于是我想起《从文自传》最后的一章"一个转机"，书上说，那时他离别了家乡，到了北京城，他要去读一本更大的生活的书了。他在北京西河沿一个小客店的旅客登记本上写下了这么一句："沈从文，二十岁，学生，湖南凤凰县人。"

去年九月五日，我在从北京回南京的一二五次列车上，翻阅师母给我的广州花城出版社印行的《从文文集》第七卷（这套文集共十一卷。第七卷内收《长河》《新摘星录》《雪晴》等）。正如前六卷一样，封面设计别致，深红底描着黑色的花纹，似龙凤模样。我感到非常罗曼蒂克，不禁想起沈先生那本名著——《龙凤艺术》来。我思绪飞越，涉水登山，从江南奔驰到滇南，回忆起一九三八年冬我在昆明西南联大初见沈从文先生的一些情景来。

那时（一九三九年秋）我是联大外文系三年级学生，我选读了杨振声和沈从文两位教授合开的"中国现代文学"课。沈

赵瑞蕻、杨苡夫妇在恩师沈从文先生的北京寓所（二）

先生主要是讲散文，课外有习作，我们写的东西，每篇都经过他仔细指点，用墨笔写了评语。先生讲课时，穿着长衫，拿着几本书，几根粉笔。说话轻轻地，慢慢地。分析课文，时有独到的见解，娓娓道来，如谈家常，非常动听。我那时写一些诗，请他看，后来他选了几首（如《遗忘了的歌曲》，现收入拙作诗集《梅雨潭的新绿》里）介绍发表在《今日评论》月刊上，那是联大几位教授办的一个刊物。尤其是后来一九四○年五月二十九日，沈先生在他和朱自清先生合编的《中央日报》副刊《平明》上发表了我的一首长诗《昆明画像》，描述日本鬼子飞机轰炸昆明等地的情景，是赠给诗人穆旦的，这是我试用现代派手法写的一篇东西。这些对我都是极大的鼓励。

我初次拜访沈先生是杨苡带我去的。她是先认识沈先生的，那是她初到昆明时与沈先生、杨振声先生等同住在联大附近青云街。我常听杨苡说，那时沈先生鼓励她多看课外书，借很多书给她看，多半是外国文艺作品。又劝她读外文系，不一定要入中文系，假如愿意以后从事文学工作，写东西的话。依当时情况看来，沈先生说得很有道理，这对我自己以后走的路也颇有影响。不过，我跟杨苡去见沈先生时，他一家四口已搬到北门街一座房子的楼上住了。那时师母带着两个孩子从北平到昆明不久。

以后杨苡和我几次到沈先生家玩，谈天，或者借书看。师母每次总端杯茶来让我们吃点云南小茶食。他们总是那么好客，热忱待人，尽管我们都是学生。那时沈先生才三十六七岁，正是壮年时期，师母更年轻些。两个孩子小龙小虎，真是生龙活虎似的，在屋子内外跑来跑去。我到如今仍记得那时他们一家住处的样子。木格子窗糊着浅蓝色的纸，窗下一张大书桌，放满了书和别的文具之类的东西。屋子里竹编的书架上塞满了书，我借了一些西洋文学名著的中文本来看。后来，一九三九年暑假里，萧珊（即后来的巴金先生的夫人，原名陈蕴珍）来昆明上联大读书了；我们三个人一起去看望沈先生。沈先生有时也颇幽默，说些事引起大家哈哈大笑，他自己笑得更开心。萧珊那时老喊我"Young poet"（年轻的诗人）。有次沈先生听见了说："这叫法很有意思，你应该多写些诗。"我永远忘不了沈先生对年轻人的关怀、鼓励和督促；忘不了他的正直、善良、真挚；忘不了沈先生的手势和微笑。正如在巴金先生面前一样，我只觉得亲切真诚，从未感到有一丝虚伪的影子，一点不像我后来在重庆和南京所遇到的某些人那样。

　　一九四九年四月二十三日南京解放后，中华人民共和国尚未宣布成立前，那年八月里，我和杨苡带着两个孩子到天津我岳母家。我在天津休息几天后，就到北京去。第一个我急于要去拜访的就是沈先生。那时，他一家住在东城沙滩北京大学的一个宿舍里，那地名叫什么，我一时记不起来了，是一个四合院里一排老房子，外边有郁郁苍苍的树木。沈先生住的那一间是阴沉沉的。沈先生大概决不会想到我会到北京看他的。他的住处我也是从别人那里打听到的。我一进门，沈先生看见我，热烈地握手，很感动似的，他慢慢地说："现在来看我的人很少了……你是第一个来我这里的联大同学和朋友……"在去拜访沈先生前，我已稍知那时的情况，先生的遭遇，我感到非常难受；也无法多说什么。在我要告辞之前，沈先生从破旧的书箱里找出几本他的书来——一本就是《边城》，一本《春灯集》，一本《湘行散记》，一本《烛虚》和一本《如蕤集》，一共五本。他拿起笔，在每本书上都写上几句话（例如在《春灯集》空白处写"与瑞蕻重逢，恍如梦中，赠此书，可作为永远纪念"，在《边城》最后一页上写有"什么都不写，一定活得合理得多"）送给我，他很有感慨地说："这也许是最好的纪念了……"我真感动得很，情不自禁地流下了眼泪来。我只说："谢谢沈先生！……"关于这次见沈先生的详情，我想以后有机会时再写吧。

　　一九五三年七月间，我和杨苡接到北京高等教育部的通知，准备出国任教。我们曾一起去拜访沈先生，那时他在故宫博物院工作，当了一名古代文物讲解员。他那时精神仍然很好，给我们讲他在故宫博物院的工作情况。他说："历史文物太丰富了，太珍贵了。一辈子学习研究不了……"他还是那样做着手势，还是那么亲切真诚地微笑着。对于古代文物研究，对于考古学问，我们外行得很，但听他讲得那么津津有味，我们在旁边听了也感到津津有味了。从那时起，一个在二十世纪二三十年代起就已成名，写了那么丰富多彩作品的中国现代大作家就钻到文物研究中去，潜入搜集、发掘、整理一批一批实物和资料的海洋中去。他把整个身心，满腔热情，倾泻在铜器、漆器、瓷器、陶器、玉器、秦简汉瓦、丝织品、六朝服饰等上面了。沈先生在故宫里默默地工作着，年复一年，在雪朝星夜，在忘了自己，别人也忘了他的岁月中，他默默地工作着，坚持着探索前进的道路，心头仍然充满着希望，充满着信心。终于，经历过多少年的苦辛，他那一本厚厚的、重重的《中国古代服饰研究》以精彩的印刷艺术，一九八〇年在香港出版发行了。当然，这中间，沈先生还写了其他不少关于古代文物的考证研究文章。

一九八一年十月，我应邀重访民主德国，在北京启程时，又去看沈先生。那天，他要我到书房外阳台上看看。大楼下面就是东大街、崇文门一带，对面是一排排新建的色彩鲜明的高楼，楼下都是商店。马路上人们川流不息，车辆奔驰，热闹得很。沈先生与我凭栏谈天，告诉我不少有关一些熟人的事情；也说到他最近几年的工作计划，除继续搞点文物研究外，主要正在整理修订旧作，说四川、湖南将要出版他几卷小说选、散文选等。我说这里闹市,太影响他的工作和休息了。沈先生笑着说:"那比过去住的斗室宽敞多了,虽然那边较安静,门前还可以种月季花……"我曾经两次到过他搬家前住的地方,在南小街小羊宜宾胡同里,那边真是"斗室"两小间。屋子里堆满了书,连床上都是。我见沈先生伏在一张小桌子上写字,他倒不觉得怎么不方便。他整个心思都落在写东西、考古、学术研究上了。

一九八〇年冬,他与夫人曾经应邀到美国访问讲学,住了一些日子,大约四个月。所以那天他也跟我谈点旅美之行的收获和感想(后来他写了一封长信给我,谈访美感受)。他说,在那里碰到好多位西南联大的同学朋友,有个同学特地从美国南方开汽车到纽约来看他。沈先生那次赴美,是美国年轻学者、专门研究沈从文的金介甫(Jefrey Kinkley)先生等人发起邀请的。金介甫写了一本很厚的书(打字稿就有二千多页),书名是《沈从文笔下的中国》。这位青年学者认真严肃,好学多思。为了研究沈从文,搜集材料,曾多次到中国,与沈先生见面谈话十多次。还特别跑到湘西凤凰县访问,看看那边风土人情。一九八〇年春,金介甫到南京找我和杨苡,要我们说些有关沈先生的事情,我们谈得非常愉快亲挚。他还给了杨苡一篇《论沈从文》的长篇英文稿,后来杨苡把它译成中文,在《钟山》上发表了。这是篇写得极精彩的文章,有事实有议论,又富于感情。这些年国外研究、评论沈从文的学者不少,金介甫先生可算是最突出的一位了。

这些天,我在这里,白天工作,到图书馆看书,查资料。

晚上回到住处，也不大喜欢看电视，在寂静中，很容易思念自己的家乡，也沉入对往事的回忆中。我一再看看与沈从文先生在一起照的相片，我一再想念着我的敬爱的老师。正好一年未见了，不知他现在健康情况如何——总在逐渐好起来吧。

我热望着他已能起来，行动自如；右手已消肿，能写字了——能用毛笔写长长的信，密密麻麻的；能在随便一种纸上，长条或横幅的，抄写他的诗篇，或者抄录其他古典诗文。这些字条，我看见他书房里到处放着，塞着，压在一本什么书底下。这些字条，人家要去一经装裱起来，用棕色、浅蓝色或其他合适的色彩镶边，那真漂亮，挂在墙上，够长年欣赏的。我自己就珍藏着好几张，其中一张写李贺的一首诗，我最珍惜。沈先生的书法珍贵，也是不朽的。

在沈先生第二次中风——听说那天他早晨起床后，忽然跌了一跤——又进医院后不久，沈师母给我写了一封信，告诉我沈先生本来好多了，没想到最近又发病了一次，现在医院治疗休养中。师母告诉我，一个如此勤奋，好心好意，一生追求美丽人生的人，还有不少事等着他去做，希望他不久会恢复健康，继续工作。师母信里说："天保佑能让他早早恢复行动自由吧！一个一辈子追求美的热心人，把他关在一间屋子里，不能与大自然与人接触，真是残忍不过的事情。"读到这里，我流泪了……

在中国，二十世纪二三十年代活到今天的杰出的老作家没有多少了，真可说是屈指可数。这些老作家一生热爱祖国的土地，祖国的子孙，辛勤耕耘，在文艺园地中滋长了灿烂的花枝。

沈从文是其中的一位。在这里，我热望着，并且祝愿沈从文先生健康长寿！

一九八四年八月二十二日写完
于香港中文大学雅礼宾馆

后记

上文是我一九八四年八月下旬在香港中文大学比较文学研究中心做客，住在精致的雅礼宾馆楼上一间小屋子里时写好的。当时正值暑假，我的研究、学术交流工作尚未正式开始，有较多的闲暇可以随意看书写东西。有一天，我翻开带来的照相本看看，恰巧有几张沈从文先生同我和杨苡在北京他住处书房里的合影，那是一九八二年春节期间照的；立即引起我深切的思念，追忆不少往日旧事来，便拿起笔来很快写了这篇《想念沈从文师》的散文。写完后便把稿子寄给《大公报》副刊《大公园》主编、作家唐琼兄（即潘际垌，他在香港工作多年，常写随笔小品，出版过《京华小记》等书），请他指正，不久就在《大公报》上从八月三十日至九月二日分四次发表了。

后来，巴金先生在上海看到了拙作，曾在一封给我的信上提到："想念从文的文章已拜读，关于从文还可以多写些。"我非常感谢巴老真诚的鼓励。我实在应该多写点关于沈先生，关于他几十年中给予我的关心和教导；他经常劝我安心多写多翻译东西。这里举几个例子：他好几次在信中或者当面对我说："永远抱着工作不放""一定要保持一颗童心""锻炼思想情感，更要锻炼文字""语言文字之于一个作品,犹如叶子之于一棵树""明白这是中国情形,也就学会了凡事既不必过于乐观,也不宜动辄悲观,一切处之自然就好了""极希望有机会欢迎你到我住处谈谈天,就吃一顿便饭""你似乎太瘦了点,应当注意。在吃喝上不宜太疏忽,因为要工作持久,得有个结实身子做基础"……沈先生诸如此类的言语真正使我感动,那么亲切又真实,又深刻,一辈子可以受用。我尤其应该再到北京去看望先生,十分惦记他的病况,渴望他较快康复,仍像以前那样向他请教,跟他自由愉快地聊天;在他双手轻轻地摇晃着的片刻,他时不时的微笑中,再多汲取些智慧灵光,一股精神上的热劲儿。

一九八四年十一月,我从香港回到南京家后不久,就把上文复印一份,连同一封信寄给沈先生和师母张兆和先生,征求意见,原想补充些材料,重写一遍,并且预先想好一个题目叫作《含着热泪的微笑》。后来师母写了回信,说从文师精神还可以,但行动很不便,这是一九八三年脑血栓形成的后遗症,完全恢复是困难了。最后一段说:

你香港《大公报》上那篇文章曾寄给我们。但从文师的想法是,一时间报刊上写他的太多了,反使他不安。因为他显然已不能为国家人民更多做些工作了,真是憾事!很感谢你的好意,也理解你的心情,你是不是就依了他的愿望,不再补充改写,好吗?

我读后深感不安，知道沈先生无法再像从前一样亲笔写信给我了。后来听说先生的病情时好时坏，情绪波动，反复不定，身体逐渐衰弱了。师母在另一封信里说"病人很想念朋友"。我和杨苡总想赶快到北京去看望沈先生和师母。

从一九八五年到一九八八年这三年中，我除了再到香港两次参加比较文学和中西文化交流学术研讨会外，又忙于指导八个研究生，也带他们到外地参加外国文学学会年会以及其他的活动。最后还要看他们的毕业论文，组织论文答辩，所以工作挺忙。最后一届研究生是三位女同学，其中二人一开始就商量决定探索沈从文与外国文学的关系这一课题。为此，我自己也得重读或者补读沈先生的著作，那时正好广州花城出版社已出齐了《沈从文文集》十一卷（都是沈先生和师母赠送的），用起来十分方便；我还特地写信给师母要了一本新出的《龙凤艺术》。我很高兴跟同学们一起学习，对沈先生的作品和思想艺术有了新的体会和认识。一九八七年十月底，我们收到湖南吉首大学的来信，邀请我和杨苡去参加十一月一日至七日在该校举行的"首届沈从文研究学术座谈会"，十分高兴，只可惜当时我们的身体不适于远行，便请两个研究生韩曦和王玲珍代表我们——对她们来说是个极难得的学习机会——随另一位也被邀请与会的我校中文系王继志老师（他一直在研究沈从文，发表过有关论文多篇，后来出版了一本专著《沈从文论》）一起去参加，并且带去我们给大会的一封信。后来韩曦和玲珍回来告诉我们，收获大，感受深，不但在会上得到教益，而且还随大家一起到沈先生故居凤凰县访问，发现湘西山川之美，人情之淳朴，亲入其境，才能真正了解沈从文创作的意义和价值。只有湘西那样的土壤和山水，才会诞生像沈从文这样的作家，而沈从文的作品又是那么生动真切地描绘了湘西独特的山川风物，深刻地表达了湘西人民长期的苦难景况和热烈的生活追求。她俩还特别提到那里的溪流，那真是山清水秀，河上的景色实在是可爱迷人的。她们最后说："赵先生，杨先生，你们真该到那里看看，走走……"我听了这些，仿佛已身临其境，神往于湘西那一片丰富美丽的土地了。这使我立刻想到沈先生的创作和水的关系，想起从沈先生笔端闪耀出来的这些情景素描：

望着汤汤的流水，我心中好像忽然彻悟了一点人生……。山头一抹淡淡的午后阳光感动我，水底各色圆如棋子的石头也感动我。我心中似乎毫无渣滓，透明烛照，对万汇百物，对拉船人与小小船只，一切都那么爱着，十分温暖地爱着！

我们托他们带去的那封信在会上宣读了，听说反应热烈，感到欣慰之至。现在此就抄录《吉首大学学报》一九八八年第一期上所载那封信的全文，表达我们一点心意，保留一份资料，也可作为一种纪念吧：

各位与会同志、亲爱的同行朋友们：

得悉沈从文研究学术座谈会将于十一月一日起在贵校举行，这使我们感到十分高兴、非常振奋！这样的会在我国是第一次，特别是欣逢沈先生八十五高寿时，在湘西，那美丽多彩的土地上开幕,是富于意义的,就是在中国现当代文学研究史上,也将产生很大的影响,留下深刻的印痕的。

作为沈先生的两个学生,沈从文作品的热爱欣赏者,我们特托南京大学中文系王继志老师和两位中西比较文学研究生韩曦和王玲珍同志(她们都是探索沈从文和外国文学关系的)带这封信给你们,向大会表达最诚挚的祝贺!向同志们问好!由于我们年老体弱,目前工作又较忙碌,未能参加盛会,向大家学习,很抱歉!在这里只想说一点儿我们的感受,向沈先生学习的心得,供同志们研究时参考,并请指教。

我们从沈先生的书里,也曾几次听他亲口对我们说过:"生活是一本大书。"我们想这是探索沈从文的创作道路,了解他的为人和艺术观点,研究他的全部著作的出发点;也可以说是打开沈从文的文学宝库,甚至包括如《龙凤艺术》等古代文物研究论著的一把钥匙。沈先生说这句话是在二三十年代,直到八十年代我们到北京去拜访他时,他还一再跟我们说这么一句看起来很平常,但包含着深邃意味的话。在这里不必多加发挥解释,大家都是明白的。古今中外伟大、杰出的作家都是紧密地联系着他们的时代社会,生动、深刻地反映、描绘他们各自熟悉的生活。沈先生说:"我的智慧应当从直接生活上吸收消化……"又说:"我的生活中充满了疑问,都得我自己去寻找解答。我要知道的太多,所知道的又太少……"这里,我们想起法国十六世纪卓越的作家蒙田(Montaigne)一句名言:"Que sai sje?"(英文是:"What do I know?"我知道什么?)在黑暗、愚昧的中世纪,天主教会独霸欧洲天下的恶势力逐渐消亡,文艺复兴的曙光慢慢儿普照大地的时期,蒙田这句话,就具有很大的进步性,富于启发指导意义。在二三十年代,在半封建半殖民地的中国,沈从文在书中写下"生活是一本大书"这句话,在当时是了不起的,是充满着挑战的作用的。

沈先生是个真正热爱生活,一生追求生活中的"真"和"美"的人;一位始终拥抱着工作不放,始终在探索追求一种合理社会,合理人生的作家。他是那么热爱中国最普通最平凡的人民,热爱家乡土地,"含着热泪的微笑";那么关心中国人民,中华民族的前途和命运!他作品中反映了民间疾苦,爱憎分明,对庸俗、腐朽等等的现象进行了揭露和批判。然而,他的作品和文艺观,长期以来却遭受到歪曲、攻击等,甚至在不久前,还有人写文章说《边城》是美化了当时的社会,是宣扬"抽象的人性论"等,大大贬低了这部不朽作品的思想意义和美学价值。关于这些,还可以举出不少例子来,这里不多说了。关于沈先生的品德、为人和他创作的意义,沈先生的老友,我们的前辈朱光潜先生生前已写了一篇文章,概括得好极了,发表在《花城》上,也许大家已看到了。

最近,我们读到美国年轻的汉学家、沈从文的研究者金介甫(Jeffrey Kinkley)先生写的一本大书(连注释、书目在内共有四百三十八页),今年出版的新书——《沈从文的"奥德赛"》(*The Odyssey of Shen Cong-wen*),觉得十分精彩。此书对沈从文先生的生活道路、创作历程和文学主张等方面作了很生动深刻、很有见地的分析研究。可以说这是迄今在国内外出版的有关沈从文研究论著中最有分量的一部著作。我们觉得这本书的书名取得真好，很有意思。大家都熟悉荷马两大史诗之一《奥德赛》，知道奥德修斯（Odysseus）在特洛亚战争后，回希腊时，在海上漂泊流荡了十年，备尝艰辛，经受了各种难以想象的折磨和考验。所以，金介甫这本专著也可称为"沈从文的苦难历程"吧。我们中国读者应该感谢金介甫先生为一位中国大作家，有着光辉贡献的老作家——沈从文写了这么一本好书！我们也应该向他学习。就是看一看此书所附的《沈从文著作编年目录》，从一九二四年直到一九八二年沈先生在吉首大学的讲话止，如此丰富细致，便令人钦佩不已。

总之，我们在沈从文研究方面（无论在时代生活，著作，思想和艺术；或语言风格等等方面）可以，也应该做很多工作，写出很多论文来。可以说我们的研究才开始。我们想贵校这次沈从文研究学术座谈会，一定会引起国内外有关的学术界、文艺界的重视，产生影响，把沈从文研究推向一个新的、更高的境地；使这位中国的正直、热情，永远怀着希望，坚强的，已八十五岁的老作家真实的精神世界呈现在广大读者眼前！

此致

敬礼！祝大会圆满成功！

赵瑞蕻　杨苡
一九八七年十月二十八日于南京

一九八八年寒假后，新学期开始时，两位研究生要认真考虑写论文大纲，她们有着强烈的愿望要到北京去拜访沈先生和张先生，当面请教她们在学习过程中所发现而一时无法解决的些问题；我也希望赶快带她俩到北京去，我异常想念沈先生和师母。三月初，我写了封信给师母表达这个愿望，很快就得到回信说："欢迎你和你的学生来舍。来看我们的时间以上午九时以后，下午四时半以后对从文合适，请事先电话联系。"于是我们就准备四月内动身到北京去了。真巧——如今回想起来也真不巧！——我们本来已联系好的温州大学那时来了一封信催促我同三个研究生（其中一位是孔祥霞，是研究巴金与法国文学的），还有我的女儿赵蘅（她是研究油画和电影艺术的）一起到温大讲学。我们经过商量，决定先到温州，回来再到北京去。于是四月中旬我们五个人从上海坐轮船到了温大，受到热烈欢迎；每个人讲了一个题目，引起同学们极大的兴趣。五月初我们赶回南京，休息几天，打算五月下旬上北京看望沈先生。

古代拉丁诗人马乌鲁斯（Maurus）有句著名的格言"Habent sua fata libelli"（书有其命运）。书既如此，人更如此了。这里所谓"命运"不等于就是迷信虚妄的说法，可以理解为生活中偶然遇到某种机缘，或者某种事先无法料到、出于意外，或者不是人力意志所能决定的事物。五月十六日下午，我偶然翻开一张报纸（也许是《文艺报》，我记不清楚了），猛然一条极其简单的，但对我却像一声晴天霹雳似的消息——大意说"我国现代著名作家沈从文先生五月十日夜因心脏病突然逝世"——跳入眼帘，我一震惊，大喊一声："怎么？沈先生去世了！……"我真不相信，大家都感到太突兀了。可是沈先生十日晚上辞世，为什么京沪宁等地各大报都没有及时报道呢？谁也没有听到过中央人民广播电台发出这条新闻，这到底是什么缘故呢？第二天，我终于找到了五月十七日的《新民晚报》，正好上面有一篇短文《迟发的讣闻》（作者林放，即赵超构），才知有关情况。在这里值得全文抄录，以广流传，使后代读者了解底细：

我国著名作家沈从文于本月十日晚在北京寓所因心脏病猝发而去世，但到昨天，亦即事后六日才在上海报纸见到一则非正式的讣闻。

沈从文是一位国内外都有影响而很少露面的作家。我认为像他这样一位老作家，在他逝世的次日发个消息，是应该的，也是完全可以做得到的。不知为了什么，这么一条新闻也要迟至十六日见报？须得"秘不发丧"吗？似乎没有这个必要。音讯隔绝吗？也不至于。需要什么领导机关讨论决定吗？如果一时做不出评价，先发一简讯还是可以的么。

非正式的讣闻迟迟不发，而要等到开追悼会或举行向遗体告别仪式之日才发的"秘不发丧"式的消息，当然，也不只是沈从文逝世一事，这不是一个重视新闻时效与否的问题，只是某种淡漠。我们常常讥笑外国缺乏人情味的社会，老人死了三个月才被发现；如果连这类消息也要等海外进口，我们自己也够淡漠了。

大家看了这篇东西，都很愤慨，十分感谢和钦佩作者敢于仗义，讲真话，在报上公开揭露此事。文中提到所谓"海外进口"，我后来才知道是指香港《大公报》和《文汇报》五月十二日已发布沈从文逝世的消息了,外电更早些。后来聂华苓教授在南京亲自告诉我和杨苡,说她十日夜里在台北就已知道沈先生辞世的消息,所以赶快连夜写哀悼文章,十一日一早就在《联合时报》上发表了。据我所知聂文是国内外悼念沈先生最早的一篇,题目是《与自然融合的人回归自然了》,副标题是《台北旅次惊闻沈从文先生辞世》,写得亲切,有见解(聂文后收入湖南文艺出版社一九八九年印行的怀念沈从文先生的专集《长河不尽流》一书。本书内有五十五位作者撰写的回忆纪念沈先生的诗文。先生重要的遗作《抽象的抒情》载于卷首)。当时还有一个新华社领导在一张报纸上发表谈话,说明沈从文逝世消息迟发的原因,不过这都是无济于事了。关于此点,在这里,就请听听巴金先生的感慨吧(见巴金《再思录》中《怀念从文》一文)。巴老是从沈先生一家简陋的住房,困难的工作条件说起的,希望及早能解决这个问题,"可惜来得太迟了。"巴老接着说:

那么他的讣告是不是也来迟呢?人们究竟在等待什么?我始终想不明白。难道是首长没有表态,记者不知道报道应该用什么规格?有人说:"可能是文学史上的地位没有排定,找不到适当的头衔和职称吧。"又有人说:"现在需要搞活经济,谁关心一个作家的生死存亡?你的笔就能把生产搞上去?!"

我无法回答。……

然而,这一切丝毫不影响沈从文先生安详地离开了人间!

丝毫无损于这位创造了那么丰富多彩的精神财富（即将出版的《沈从文全集》有三十七卷之多，在我国现代作家中是最多的），在国内外享有崇高声望，受到广大读者热爱的中国杰出的文学家和物质文化史家——沈从文先生的真实地位和不朽价值！一九八八年五月十八日，他的遗体在北京火化；在月季花香，在贝多芬"悲怆"奏鸣曲第二乐章、贝多芬第九交响曲第一乐章和肖邦E大调夜曲等乐音中，在亲人和学生朋友们的低泣声中走了——在圣洁的烈火中，从湘西凤凰来的"乡下人"永生了！

我真正惋惜，真正不幸，我没有在那年四月间和我的研究生一同到北京去拜见沈先生，失去了一个永远无法挽回的最后机会向他请教；得到他逝世的噩耗又那么迟，只给师母发了一个较长的唁电，又来不及赶到北京参加葬礼——这是我一生中最大的憾事之一。

那年六月初，我和杨苡接到了师母、沈龙朱、沈虎雏二位及其他家属写来的信：

从文此次猝然离去，我们失去了自己的亲人，自然是沉重的打击。但连日悼唁的电信和长途电话不断，海内外报刊也载着不少纪念他的文章，说明热爱他的作品，尊重他为人的亲友，甚至未见过面的读者都在为他的离去惋惜哀伤，这对我们真是极大的安慰。

您对我们一家的友谊我们十分珍视。特别此时此刻，得到您的亲切慰问，感激之情，实难言表。

从文去了。他走得平静。而我们，我们全家，也能冷静自处，请放心。

谢谢。

在这封信最后空白处，师母又特地附上一笔，说"我们等候你的，想是改变了计划，真是憾事！"看到这里，我情不自禁流泪了。

在得到沈先生逝世的消息后，在万分激动中，就想应该赶快写点悼念的文章，以寄哀思，可是几次动笔，怎么也写不出来，写不好，直至五月底六月初，心情稍稍平静时，并回忆往事，才写成了八首小诗，呈献给沈先生的灵前，表达我最深挚的悼念之情。其中六首后来发表于《诗刊》那年八月一期上，编者还特地加上一个"按语"："沈从文先生静悄悄地离开了人间。他虽不是诗人，但也很有诗人气质，或者说，诗人喜欢的那种气质。为此，特发表诗人赵瑞蕻教授写的悼诗。"这时离开沈先生辞世已三个多月了。

一九九八年三月三日写完

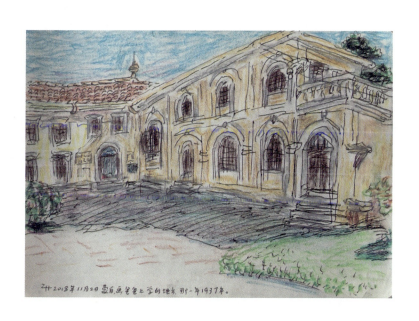

蒙自哥胪士洋行旧址,原西南联大文法学院教师和男生住地,二〇一七年

一个时代心灵的记录

纪念冯至先生

一想起冯至先生,我眼前立刻映现着这么一个鲜明形象:魁梧的身材,洪亮的语音,浓浓的头发(直到快八十岁时,他的发色才显出有点儿灰白),气色特好,宽边棕色的眼镜后面闪着一对炯炯有神的眸子,慈祥又坚毅,沉静多于激动。不过有时也很激动,当他痛恨什么,或者愤慨,或者赞美什么的时候。我几次亲见过冯先生激动时的表情,比如有一回,一九八二年三月,在北京大学举行的"歌德逝世一百五十周年学术研讨会"(Goethe Symposium)的一次座谈会上,冯先生发言,谈到"浮士德精神",联系到当时我们社会上某些腐败现象,某些恶劣行为,大声说我们一定要讲真话,敢于揭露批判一切丑恶的东西;他说应该向巴金先生学习,劝大家多看看巴金的《随想录》。那一会儿冯先生非常激动,一再说:"有些事太不像话了!……"

我一想起他,敬爱的冯至先生,仿佛这时候还坐在北京建国门外永安南里八楼二〇三号他寓所的书房里,坐在靠东窗下,在一排书橱前面,听他亲切地跟我说话。早些年前,他还抽烟,总递给我一支，一块儿边抽边聊天，他一个话题接一个话题，慢慢儿说，兴趣很高，谈师友近况，西南联大旧事，谈外国文学研究和翻译，谈诗，特别对诗坛上出现的一些怪现象的批评。……有一次，我在他家里待得很久，我向他请教不少东西；快中午了，他一定要留我吃便饭，说今天谈得真高兴，他拿来一瓶花雕酒，说："尝尝你们家乡的好酒吧……"我忘不了那些情景，跟冯先生在一起（其中包括好多次在各地举行的全国外国文学学会年会等）时那些日子！如今我回忆着这些，记起冯至先生离开人世已五周年了，我感到异常难受；哀思和怀念之情不禁涌上心头。

  我忘不了六十年前，一九三九年秋，我初次在昆明认识冯先生，在西南联大租来的昆华中学北院一个教室，一进大门左边第一间可坐二三十人的光线有点暗淡的屋子里，那天他进来上德文课。原北大外文系一个姓张的同学（他是专学德文的）约我一起进去听听冯先生的课。那天他正好讲歌德的一首诗，名作《魔王》(Erlkönig)。那时我正在读陈铨先生所授的"一年德文"，对德语产生了极大的兴趣。冯先生讲课生动有味，又踏踏实实，深入浅出，很吸引人。我虽然初学德文，但听冯先生讲解《魔王》，我居然大体上懂得。天下有些事真巧、微妙，十四年后，即一九五三年秋，我在德意志民主共和国莱比锡大学东亚学系讲学时，住在市中心国际饭店里。有一天，一个德国三年级同学来看我，随意聊天中，问我"您读过歌德作于一七八二年的《魔王》没有？"我说我以前上大学时，曾听一位教授介绍过这首诗。他随即朗诵这首诗给我听，并且告诉我舒伯特为它谱写的乐曲真好,真感动人,一定要请我欣赏一下。

一九三九年,冯先生才三十五岁,正是华年旺盛之时,精神抖擞,而又朴实沉静,浑身似乎有一种不倦于探索的魄力。一九四〇年夏我大学毕业后,在昆明"基本英语学会"(Basic English Society)工作时,在街上几次遇见冯先生,向他微笑鞠躬。我还记得有一次,我随穆旦去拜访卞之琳先生,正好冯先生也在那里,听他们热切的谈话,加深了我的印象。一九四〇年开始,因滇缅公路建成,日本鬼子的飞机加紧对云南昆明一带进行疯狂轰炸。我们联大师生一听警报便往郊外小山丘、野沟、树林里疏散,"跑警报"便成为我们日常生活中一个又紧张又闲散的节目。那时,冯先生一家住在昆明东郊金殿山那边一个林场一间简朴的房子里,他每星期进城两三次来上课,一遇警报,便和大伙儿往野外跑。我有次看见冯先生拿着一本书坐在一个土堆上,靠着一棵树,在静静地看着。我那首《一九四〇春,昆明》长诗里所描述的在敌机空袭下的几位西南联大老师(当然没有指明谁是谁,不过熟悉当时情景的联大师生一定会猜得出来其中有吴宓、冯友兰、闻一多、沈从文、金岳霖等先生),所刻画的当时知识分子群几幅粗线条的画像中,就留下了冯先生的面影。

一九四一年冬,我离开昆明后再没有机会看见冯先生了,直到一九五五年夏,我从德国莱比锡大学讲学回国休假,在北京时,特地到北大去拜访冯先生。那天他在西语系办公室里接待我。我向他说了不少关于我在莱比锡待了两年的所见所闻,我的深刻感受,特别是关于那个大学东亚学系的情况。冯先生问长问短，非常有兴趣听我的"汇报"，而且十分关心我的教学工作，给了我不少恳切的指点。当我提到德国一位可敬的老汉学家一些有趣的事（比如，他说中文老是文言味儿，时常喜欢使用《诗经》《论语》等古书上的词语，如称汽车司机为"御者"等；有时招待中国客人，他致辞开头一句总是："有朋自远方来，不亦乐乎？"有一次我偶尔跟他谈及我很想家，他就说："您有'莼鲈之思'。"这个典故，一般中国知识分子不一定知道，他老人家却能用上，真是难能可贵）时，冯先生笑眯眯地连说："很有意思，很有意思！"冯先生当然很熟悉德国过去和近年情形。一九五〇年三月，他曾和其他同志一起访问苏联和东欧几个国家。一九五四年六月那次，他和田间再到民主德国访问时，恰巧我暑假回南京探亲了。后来，我读到了冯先生的《东欧杂记》和田间的《欧游札记》两本散文集，其中关于柏林、莱比锡、德累斯顿、魏玛、波茨坦、哈尔兹山、易北河等的参观、游览的情景，使我感到亲切，因为我曾几次到过那些地方，尤其是莱比锡，给我留下了生动深刻的印象。

那天，我特地送冯先生我从莱比锡梅林书店买到的菲力普·莱克兰姆出版社印行的海涅杰作长诗《德国，一个冬天的童话》（Deutschland-Ein Winter-marchen），作为纪念。这本书附有德国著名画家马克斯·史维梅尔（M. Schwimmer）所绘的一百一十幅钢笔插图，是一种十六开本，印刷讲究的精装本。冯先生看到这本书，非常高兴，立即翻翻，说"真好，真谢谢！"冯先生跟我谈到海涅的作品，说他从年轻时就非常喜欢海涅的作品。他希望我利用在德国教书难得的机会，把德文学好，可以直接从德文多读些海涅，就是很用心地从散文名著《哈尔茨山游记》（*Die Harzreise*）读起也很好。后来，一九七八年，人民出版社印行了冯先生翻译的《德国，一个冬天的童话》，在《译者前言》中，他仔细深入地评价了海涅这部优秀作品，认为它是"海涅诗歌创作中最高的成就"。一九七八年十二月，冯先生寄这本译本给我，我十分感动，一直珍藏着。后来我曾对照原著读了这书，惊叹冯先生译笔的精确、流利，又能保持原作中那些讽刺的风格，实在不容易。全书二十七章，完全按照原诗格律翻译，而读起来却很舒畅，是可以高声朗读的。书中每一章后都附有译者的说明与注释，对读者很有帮助。

那天，冯先生还谈到新诗创作上一些问题。前一年（一九五四年）我曾在《人民文学》上发表了一组《献给德意志民主共和国的诗》（其中就有《海涅纪念碑》一首），冯先生看到了，说很不错，鼓励我在课余多写些诗。

从一九五一年起，冯先生任北大西语系主任，社会活动又不少，工作是很忙的。那天他接待了我，谈了那么多，给了我十分亲切的指导，实在太难得了。如今回忆起来，那时情景犹历历在目，我永远不会忘记的。

一九五五年后，我一直没有机会看见冯先生，不过时常在报刊上读到他的诗和文章，以及《西郊集》《十年诗抄》《海涅诗选》等专集。直到"文革"十年动乱结束后，一九七八年十一月二十五日至十二月六日，我承邀参加中国社科院外国文学研究所在广州举行的"全国外国文学研究工作规划会议"时，才与他见面，而且天天在一起，度过了难忘、十分愉快很有意义的十二大。

全国外国文学界那次广州会议是一九四九年后规模最大的一次，也可以说是空前的，而且是在十年灾难后召开的，许多老前辈和中年同行朋友劫后余生，相聚在一起，感到莫大的欣慰。大家都住在广州越秀宾馆里，一个很大的园林式的幽美所在。与会者除大会、小组讨论会外，随时见面，登门畅谈，自由聊天；会上我认识了不少从各地来的同行，尤其是与西南联大的杨周翰、李赋宁、王佐良几个久违了的老学长重逢欢聚，非常高兴，更难得的是有机会向几位老前辈朱光潜、梁宗岱、伍蠡甫、李霁野、曹靖华等先生请教。比如有一天，大家乘大客车到白云山风景区游览，我恰巧和朱先生坐在一起，谈话中我问他到底什么是"形象思维"，因为那时各地报刊正在探讨形象思维问题（大小文章不少，各有各的见解，众说纷纭）。朱先生听我提出这点，便说："形象思维就是 imagination（想象）"，真是一语中的，我立即明白了。又如有一天晚上，我去拜访梁宗岱先生，谈到法国象征派诗人兰波（Rimbaud）。他说兰波是了不起的，应好好研究。这就促进了我后来修订旧译兰波的杰作《醉舟》(*Bateau Ivre*)，并且写了一篇较长的文章论述兰波。

上边已提到那次会议是在"文革"结束后不久召开的，所以大家都感到有一股清风在飘拂，有一种新气象，无论大会发言或者在小组讨论中，都谈到"四人帮"所长期推行的封建法西斯主义、愚昧主义和极左思想的罪恶，应该批判，在外国文学教学和研究方面应消除其流毒。会上，杨周翰学长作了《关于提高外国文学史编写质量的几个问题》的发言，其中特别提到比较文学，认为"比较是表达文学发展，评论作家作品不可避免的方法……我们应该提倡有意识的、系统的、科学的比较"。这个论点很精确，可以说为后来我们的比较文学研究的复兴和发展奏起了序曲。总之，那次会议对我有很大的帮助，很深刻地影响了我后来二十年的学术研究工作。拙著《鲁迅〈摩罗诗力说〉注释·今译·解说》一书（一九八二年出版），以及我一九九三年出版的那本书《诗歌与浪漫主义》里大部分文章都是一九七八年后写出来的。

冯先生自始至终与很多同志在一起，很好地领导了那次盛会；他听取了多方面的意见，诚挚、周到而又那么谦虚，创造了热烈又团结的气氛，使十二天的会开得那么好，最后产生了"中国外国文学学会"，冯先生被选为会长，这是大家一致的心愿。大会在冯先生主持下还办了两件事：一是支持姜椿芳先生倡议编纂《中国大百科全书》；二是由与会者签名向中央统战部申请为吴宓先生平反昭雪，落实政策。这两件大好事后来都办成了。从"广州会议"以后，我和冯先生见面五次（其中包括一九七九年全国第四届文代会，一九八一年鲁迅诞生一百周年纪念大会），得到不少教益。这些机缘是可爱的，可贵的，也是我一生难以忘怀的。

从一九三九年秋，我在昆明听冯先生讲授歌德的《魔王》到一九九三年二月先生逝世，一九九四年我承邀参加北京大学西语系为纪念冯先生逝世一周年而举行的"冯先生纪念会暨冯先生学术思想报告会"，从时间上来说，正好五十五年，但从我向冯先生学习，多少次所亲身接受的教育，他的精神力量，直接或间接地所受到的影响，他对我长期热情的鼓励，尤其是拜读他的文学创作（如诗和散文，《十四行集》《山水》《伍子胥》等）、翻译（如里尔克《给一个青年诗人的十封信》等）和专著（如《杜甫传》《论歌德》）等所带给我的启示，绝不是可用时间长短来计算的，应该是无穷尽的。冯先生生前写给我的十封信，为拙作诗集《诗的随想录》写的一篇序，更是珍贵的纪念，对我起了巨大的促进作用，我永生感激。在这里，我想简要地抒写冯先生给了我哪些真实的启示。这也就是说，依据我个人的体会和认识，我和我的同辈，以及年轻的一代应该向冯先生学习些什么。

"五四"前后，我国有不少优秀的知识分子是一身兼几个"要职"的。他们往往在一个大学教书，而又从事文艺创作，进行学术研究，又搞翻译，而且至少精通一种外国语。他们追随世界潮流，热烈地响应时代的号召，又真诚地以不同的形式反映时代；他们在几块园地上长年勤奋耕作，在一片广阔的精神空间中随意驰骋，显现他们各自的才华。鲁迅首先是一个光辉的榜样。我在怀念西南联大那篇《离乱弦歌忆旧游》的长文里，提到当时联大文科（文史哲）有一批教授都是知识渊博、才华横溢、学贯中西的；在培植人才和学术研究等方面都做出了卓越的贡献。他们多方面的成就为我们后辈，当代中青年学者、作家们提供了丰富的学习资源。其中，冯先生的道路便是值得我们思考，做些深入探索的。

冯至先生是我国现当代杰出的诗人、学者、作家、翻译家和教育家，在新文学创作，外国文学、中国古典文学研究，中西文化交流等方面都做出了贡献。冯先生虽然没有大部头的学术著作（他的专著《杜甫传》不到两百页）和长篇创作，但他的成就仍然可以用我们经常使用的"丰富多彩"这四个字来概括。说"丰富"，因为他在抒情诗、叙事诗、哲理诗、格言诗、诗性历史小说（《伍子胥》）、散文、杂文、论述、中外文学研究、翻译等领域中长期不断耕耘，内容丰满，运用多种笔墨，取得了闪亮的成果；说"多彩"，因为在冯先生的勤奋研读、坚持写作、治学谨严的基础上，突出了他几十年不懈的探索（冯先生说过："我总是靠自己的摸索前进。"），追求真理，爱祖国爱人民，关怀人类命运的执着精神；他使用多种形式抒写他直接从自然和生活中所汲取到的养分，可贵的真情实感。他特别重视真情实感，强调亲切体验，关于这些，他多次在文章里谈及，比如在《从"五四"到新的诗歌》一文里指出：

我认为有一个基本的条件，诗要有真情实感，也就是真实。

他在一篇《访谈录》（见冯至《文坛边缘随笔》）中说：

不管通过什么方式，我总觉得一个诗人离不开他所处的时代。这个时代不是空洞的或抽象的，而是与真实的存在密切相关，诗人的作品应是一个时代的心灵记录，也是一个时代的历史见证，比历史更真切一些。

无论在创作或者论著（如《杜甫传》《论歌德》《〈海涅诗

选〉译者前言》等），甚至一篇很短的文章（如《重印〈山水〉前言》《加强对外国文学的评论》等），冯先生都没有抽象的论述，空洞的说教，乏味的话头，而总是紧密地结合他自己真正的体会，写得有血有肉，亲切生动，以朴实流利的语言阐明他独到的见解——他的真知灼见。这只要读读《歌德与杜甫》，尤其是《杜甫传》就可以了解了。在这里，我特地举《杜甫传》作为例证。依我看来，冯先生这本只有十二万字的《杜甫传》比起某些数十万字的《杜甫传》或《杜甫评传》的巨著要高明些，精彩些。为什么？因为这本书是先生四十多年了解杜甫、研究杜甫的一个结晶，凝聚着他长时间的精力和心血；这是从他用心精读杜甫全部作品一千四百多首诗，经过那样认真深入的分析，正如冯先生自己所说的"力求每句话都有它的根据，不违背历史""以杜解杜"，给伟大的诗人画了一幅精致真实的图像；"这固然使人一望便知道是唐代的杜甫，可是被一个现代人用虔诚的心和虔诚的手描画出来的"。（冯至《我想怎样写一部传记》）"用虔诚的心和虔诚的手"——这话说得多么好啊，令人感动不已。冯先生说这话时是一九四五年，还在昆明西南联大教书，正准备（他花了整整五年时光研读杜诗，同时还看了许多其他有关的资料）写《杜甫传》的时候。一九五二年《杜甫传》正式出版时，冯先生在《前记》中说：

这部传记的目的是要把我们祖国第八世纪一个伟大的诗人介绍给读者。让他和我们接近，让我们认识他在他的时代里是怎样生活、怎样奋斗、怎样发展、怎样创作，并且在他的作品里反映了些什么事物。

　　冯先生在书中回答了这些,而且是那么简洁、精确、鲜明、生动地回答了这些问题;他成功了。在书中他倾泻了他的激情,又实事求是、形象地重现了杜甫的真实面貌——杜甫的时代,杜甫艰难地跋涉着的一条光辉的旅程。《杜甫传》不但在我国长期的整个杜甫研究中起了一种"筚路蓝缕,以启山林"的作用,而且,更重要的,蕴藏着一份充沛的爱国爱人民爱祖国优秀文化的精神力量。在唐代群星闪烁的诗歌天宇中,杜甫是一颗最明亮的星,因为他最有政治热情,最关心民间疾苦("穷年忧黎民,叹息肠内热");因为他的作品最富于敏感性(sensibility),他最有艺术修养。这些方面,冯先生的书中都掌握住了。冯先生在他的《十四行集》中有一首诗,以一个现代知识分子真诚的心,呼唤着"给我狭窄的心一个大的宇宙!"在《杜甫传》里,他以一件玲珑剔透的艺术品映现了一千多年前的一个伟大的灵魂,两者同样闪耀着不朽的多彩的光辉。

　　歌德一八二三年三月十一日与艾克曼的谈话中提到:"一个人所产生出来的作品和事业的数量,不一定能证明他是否是一个具有生产力的人。文学界往往有些诗人,由于他一卷一卷地发表了许多诗,就被认为是富于生产力的。依我看来,这些人,不管他们做些什么,决不能说是有生产力的,因为他们的作品是没有生命和持久性的。"歌德在这里所说的"生产力"(produktivität),其实就是才华的意思,亦即文学的独创性(originalität),歌德特别重视那种不同凡响、匠心独运的能力。

古今中外历来那许多诗人和作家，不看他们的作品数量多少，而看他们作品中是否呈现着特异才华的光彩，是否孕育着不朽的生命力。我认为冯先生就是一个富于歌德所说的"生产力"的诗人和学者，他具备这个条件。这也就是在"五四"以来，那么多诗人群中，为什么鲁迅说冯至是"中国最杰出的抒情诗人"；这也就是为什么他的《十四行集》在中国新诗发展史上开辟了一条现代的沉思诗的道路；这也就是为什么他的《伍子胥》创造了一个新的小说艺术传统，一个前所未及的诗性的新境界（在这里我想顺便提一下，卞之琳先生曾说过："我认为冯至文学创作中，中篇历史小说《伍子胥》比诸组诗《十四行集》是更值得学人作学术性探讨的。"我十分赞成卞先生这个观点）；这也就是为什么他长期研究歌德的结晶《论歌德》在国内是最有权威性的一部著作，等等。

在上文已提到过的一九八二年在北京大学举行的歌德逝世一百五十周年纪念大会上，冯先生作了一个题为《更多的光》的报告。其中说道："歌德一生所歌咏的，是要有'更多的光'。"冯先生除赞扬歌德一生热烈地追求光明，歌颂光明外，还着重地阐明歌德的伟大还在于"与外在的和内在的阴暗进行斗争"。冯先生指出：

> 与外界的阴暗斗争，固然不易，与自身内的阴暗斗争更为艰难。他认为与自我搏斗是一种可贵的德行，他常用蛇蜕皮比喻人到一定时期必须抛弃旧我，获得新生；……他也曾用飞蛾赴火比喻人不愿在阴暗处生活，渴望光明，虽焚身于火焰，也

在所不惜。

歌德临终时所说的"更多的光"（Mehr Licht）是富于象征意义的（虽然有几种不同的解释），长期以来被当作这个大诗人大思想家的"最后的遗嘱"在世上广为流传，产生了深刻的影响。冯先生特地把它作为一次演讲的主题，我觉得是很有意义的，可以说是他给予大家一个启示。这就是"浮士德精神"，这也就是我们古人所说的"天行健，君子以自强不息"。

这会儿，我仿佛仍坐在北京东城冯先生寓所的客厅里，静静地听着他同我说话，那么亲切、自然，那么真诚，随意聊天；谈诗，谈外国文学和翻译；昆明旧事，滇池风光，怀念那许多相继离开这世界的西南联大师友……这会儿，我默想着冯先生《十四行集》中我最喜欢的一首诗：

> 你说，你最爱看这原野里
> 一条条充满生命的小路，
> 是多少无名行人的步履
> 踏出来这些活泼的道路。
>
> 在我们心灵的原野里
> 也有几条宛转的小路，
> 但曾经在路上走过的
> 行人多半已不知去处：

寂寞的儿童，白发的夫妻，
还有些年纪轻轻的男女，
还有死去的朋友，他们都

给我们踏出来这些道路；
我们纪念着他们的步履，
不要荒芜了这几条小路。

一九九八年八月十三日
盛暑高温中

岁暮挽歌

追忆钱锺书先生

十九世纪末叶英国诗人和翻译家柯里(W. J. Cory)在一首诗里写道:"死亡带走一切,但夜莺愉悦的歌声仍然留在大地上。"

鲁迅《摩罗诗力说》一文中有句名言,也是个警句:"盖人文之留遗后世者,最有力莫如心声。"

十年来,我所敬仰所熟识的前辈,学者和作家,我敬爱的老师和西南联大的同学先后逝世的已有十几位了,我感到无限悲哀,不过他们各自的精神产品仍然闪着光彩;我时常怀念着他们。

如今,在岁暮,在一年中日照最短的几天里,本月十九日,钱锺书先生也与世长辞了。他在病痛中挨过最后五年的岁月,无法继续写作,未能再多活一年,望见新世纪的曙光。实在遗憾!然而,钱先生一生在学术研究和文艺创作上的卓越贡献,他的鸿篇巨制《谈艺录》和《管锥编》,文学珍品《围城》,以及其他许多论述和散文等将永远活在人们心上,永远照耀在人类文化的华苑中!

十九日晚上,我从中央电视台新闻联播中得知钱先生逝世的噩耗,仿佛刹那间猛然一道幽光闪进我的心中,我感到异常难过,情绪波动,久久不能平静下来。夜里,我在床上躺着,脑海中连续涌现着钱先生的形象和神态;这二十年中几次见面、亲切谈话,以及我学习他的著作,特别是整整六十年前(一九三八年秋),我在昆明西南联大外文系修读他所开的"欧洲文艺复兴"课,亲聆教诲时的情景。

那是一九三八年秋天,日本帝国主义强盗穷凶极恶地侵略我国,在炮火连天、兵荒马乱之中,北大、清华和南开三座大学南迁西征,从长沙再度搬到昆明安顿下来一年后,钱先生从牛津大学、巴黎大学留学回国,经吴宓师推荐,就在西南联大任教了。他那时才二十八岁,风华正茂,是联大外文系最年轻的一位教授。他除担任二年级英文课外,特地为三四年级学生开了一门专题"文艺复兴"(亦可称为"欧洲文艺复兴时代的文学"),我那时正好读三年级,对钱先生这门课程特感兴趣,也早为他的大名所吸引,便选读了。六十年已转眼即逝,但我仍然记得当时钱先生讲授这门课的内容和形式。上课的地点是在昆明西郊联大租借来的昆华农业专科学校教学主楼二楼一间教室里,听课的同学只有十五六个(据我所知,其中大部分同学现在已不在人世了)。

钱先生讲课一律用英文,不像吴宓先生和叶公超先生那样有时也说点中文。他总是笑眯眯的,闪动着一对炯炯有神的眸子,既严肃又幽默。他老是站着,双手撑在讲台上。有时离开讲台,在黑板前来回慢慢儿踱着,不时在黑板上书写英、法、德、意大利文以及拉丁文等。他讲解生动活泼,妙语连珠;又旁征博引——谈到某个作家,某部作品,某篇文章,某一名句时,为了穷源溯流,他便毫无疑难地写出几种外语来——把十四世纪到十六世纪欧洲文艺复兴时期意大利、西班牙、法国、英国等的文学状况、现象和思潮讲得有声有色,真是引人入胜。他很少提问同学,总是滔滔不绝地讲着,仿佛一股不尽的智慧灵泉从他的嘴里奔流出来。《国立西南联合大学校史》(北京大学出版社一九九六年版)上说钱先生讲课的特点是:"学识渊博,通晓欧洲多种语言;讲课注重思潮源流和演变,引证原文,说服力强。"这里说的是实际情况。钱先生所授的"文艺复兴"课就体现了这个特色。我想这也是我们今天年轻的教师和学者应该向钱先生学习的一个重要方面。

我还记得钱先生介绍和评论薄伽丘的《十日谈》、塞万提斯的《唐·吉诃德》和蒙田的《随笔》时,是那么熟悉材料,深入生动地分析产生这些作家及其杰作的时代和社会背景,而且讲得非常有意思,正如他自己后来在《中国诗与中国画》一文中所指出的:"一个艺术家虽在某些社会条件下创作,也总在某种文艺风气里创作。"他认为以上三个大作家,再加上莎士比亚,是整个欧洲文艺复兴时代的最高水平,思想和艺术的顶峰。他说要多读蒙田的《随笔》,要细琢磨。我记得他举蒙田《随笔》第三卷第五章中关于婚姻与鸟笼的关系(蒙田说:"婚姻好比鸟笼:人们看见笼外边的鸟儿拼命往里挤,而笼里面的鸟儿同样拼命地想出来。")来说明蒙田的幽默和机智及对人世不幸的体察。后来，在一九四七年，钱先生写《围城》时，曾提到苏小姐说的话："……法国也有这么一句话。不过，不说是鸟笼；是说被围困的城堡，fortresse assiégée，城外的人想冲进去，城里的人想逃出去。"我到现在还不知道钱先生这个意思，这里的说法（通过苏小姐的话），是受到蒙田的启发，或者另有所指，另有根据；是在讽刺苏小姐或挖苦方鸿渐。不过，在这里，我只是想说明钱先生在教学、学术研究和文艺创作方面总是独辟蹊径，有着坚实基础和精湛造诣。他触类旁通，左右逢源；旁征博引，阐幽抉微。他的心灵与学问仿佛蕴藏着一盒熠熠发光的珍宝，一旦需要，便可立刻打开盖子随意拿出一件两件来。我一直认为钱先生之所以取得这么高的成就，在学术界产生如此深远的影响，是跟他从小时起就勤奋学习，博闻强记，刻苦钻研——应该说，愉快地、满怀信心地追求知识——密不可分的。这点也正是我们今天应该学习的地方——多读书，多思考，多探索。

钱先生在比较文学、中西比较文学研究方面的造诣和贡献是大家清楚的。他早年在牛津读书时写的学位论文就是《十六、十七、十八世纪英国文学中的中国》，并与另一篇论文《中国固有的文学批评的一个特点》，开始了他以后长期努力开拓的文论、文评、比较文学，"古今相沿，中外互通"的"诗心"和"文心"——一条新鲜充满生命活力的道路。我特别钦佩钱先生在中西比较文学研究和国际文化交流事业中所做出的巨大贡献。他自己曾说过：中国古典文学研究是他的专业，比较文学只是"余兴"。这是他自谦之言。他早已从比较文学的角度和方法来探索中国古代典籍了。他说：

> 比较文学有助于了解本国文学。各国文学在发展上，艺术上都有特色和共性，即异而求同，因同而见异，可以使文艺学具有科学的普遍性。……中国丰富伟大的文学更是比较文学尚待开发的宝藏。

一九八三年六月，我在天津参加南开大学等单位举办的比较文学研讨会期间，写了一封信给钱先生，并奉赠出版不久的拙著《鲁迅〈摩罗诗力说〉注释·今译·解说》一书，请他指正。那年六月二十九日，我开完会到了北京，就接到了钱先生的回信，约好时间与我见面谈谈。三十日上午九时，我怀着十分激动的心情去拜访先生。我轻轻地敲门，门开了，师母杨绛先生迎接我进去，说："锺书正在等你！……"我多年未见钱先生了，他穿着一件中国式深灰色的对襟外衣，很潇洒；七十多岁了，精神仍然饱满，抖擞，一坐下来便同我直爽地聊天了："千万别客气，我们是校友，你来看我真高兴！……"钱先生说他已大体上看了我送给他的书，说很不错，对年轻人读懂鲁迅这篇东西很有帮助。他同意我关于鲁迅与中国现代比较文学研究这一课题的论述，给了我热情的鼓励，我非常感谢。他认为比较文学这门学科在国外已有较长的历史，而在中国还得走不少路，无论是影响研究或平行研究，或其他方面。钱先生一再谈到"邻壁之光，堪借照焉"，认为这方面可做、应做的事情还多得很；要具体的、细致的、深入的发掘和探索；法国著名的比较文学家加雷（J. M. Carré）说："比较文学不是文学比较"（La littérature comparée n'est pas la comparaison littéraire），因为比较是一门独立、自成系统的严肃学科，自有其内容、方法和目的，因此，切切不可停留在捕风捉影、夸夸其谈的肤浅层面上，决不写无聊的官样文章。钱先生指出：

从事文学研究必须多从作品实际出发，加深对中外文学的修养，而仅仅搬弄一些新奇术语来故作玄虚，对于解决实际问题毫无补益。

他这些指示，他所走过的漫长道路，对于后辈学生和年轻一代都是启发，是鼓励，是应该好好学习的。我在拜读钱先生的《通感》《读〈拉奥孔〉》《林纾的翻译》《诗可以怨》等文时，总觉得有一股暖流通过我的心灵，眼前闪过一条条亮光。先生的巨著《谈艺录》和《管锥编》我虽曾细心阅读，但仍有不少地方读不懂，未能真正深入理解。作为他的一个学生，我实在感到十分惭愧！我应该永远向老师好好学习！

去年，我在纪念吴宓先生的一篇文章《我是吴宓教授，给我开灯！》（初刊于《收获》一九九七年第三期）里，曾顺便谈到钱锺书先生。我回忆着当年在西南联大时，不少次看见钱先生随着吴宓先生在校园里一起散步谈心，沿着草坪边上慢慢儿走着的情景。这会儿，我仿佛仍然听见吴先生用手杖"笃笃"轻敲着路面发出的声音；也仿佛听见钱先生娓娓地谈话时含着深情的声音，闪着那特有风韵的眼神……

在深切悼念钱锺书先生时，我聊抒哀思，回忆往事，非常激动，这会儿只能写下这点感受，以志不忘。

一九九八年十二月二十四日灯下

梦回柏溪

怀念范存忠先生,并忆中央大学柏溪分校

我在南京大学生活、工作不觉已五十五年了,这包括一九四九年前从一九四二年春算起在国立中央大学任教的七年。仿佛一眨眼似的,五十五个春秋就这么快消逝了。对于一个人的寿命来说,这可不是很短的一段岁月啊,世界上不少人不到这个年纪便走掉了。我青年的一部分,整个中年和晚年,到如今衰迈之龄都在这儿度过;我跟这座著名的高等学府有着深厚丰富的感情,而且我又是那么幸运的在外文系和中文系都先后任教过,都很熟悉,感到十分亲切。一个人在一个地方,在一个学校里工作了这么些年,接触到多种人事,结交了不少同事朋友,随着岁月风云的流荡而流荡,变迁而变迁,而始终未离开过,这也可以说是有点儿耐性,不是那么容易吧,这里边似乎存在着某种机缘。

如今是四月上旬。我住处小园子里西边一棵丁香树已开败了乳白色的花朵,而东边一棵高大的石榴树枝上正长满了无数嫩嫩的绛紫色的叶芽;树底下有簇簇剑叶兰,盛开着浅蓝色的

小花,还有一丛丛橙黄色的金盏花,杜鹃正在含苞待放;阳光灿烂,生活多么美好,整个园子里弥漫着一种温馨的春天气息……这会儿,我正坐在书桌边思索着一篇回忆散文,在稿纸上写下了这个题目《梦回柏溪——怀念范存忠先生,并忆中央大学柏溪分校》,我立刻沉入了遥远的战乱的年代中,心上浮起无限惆怅。我飞往五十五年前的春天,也是四月,我那时正在重庆国立中央大学分校,嘉陵江畔一个小山村里寂寞幽静的柏溪教大一英文(Freshman Enslish)。从那时到现在,中大外文系,也包括师范学院英语系所有的老一辈的教授学者,中青年教师同事,也就是当时重庆沙坪坝校本部和柏溪分校从事外语和外国文学教学或研究工作的所有教师——我这会儿掐指一算,有三十八位——如今仍健在,仍留在南京大学的,只有我一个人了。当时在柏溪任教的有十七个人,现尚健在的还有叶君健(在北京)、张健(在山东大学)、刘重德(在湖南师范大学),以及叶桎、李田意(都长期在美国定居)和我自己共六人。其余的,再加上上面所提到的在沙坪坝中大校本部任教的外文系许多同事都已先后离开了人间。想到这点,我真有无限的感叹!虽然生老病死是自然规律,谁也逃不了,但是当一个亲友、一位同事突然逝世的噩耗传来时,我们就会震惊,顿觉悲痛,马上想起他们生前的音容笑貌,这件那件往事来,就会沉入哀思和缅怀中。

  在这里,我特别怀念离开我们已整十年的范存忠先生。作为他的一个晚辈和四十五年的同事,外国文学界,特别是中西比较文学研究领域中一个后学,我应该写下我一些深切的感受,范先生所给予我的教益，对我的帮助，在我心上所淹留着的深刻生动的多种印象。韶华易逝，往事如烟，旧游似梦。这会儿回忆的彩翼飞往嘉陵江上，那个小山村柏溪了。

人生充满必然性和偶然性，而必然性往往通过偶然性表现出来。偶然性可以说就是机缘。我们日常生活中会遇见不少碰巧的事情，有某些意想不到或者令人惊奇的东西，会影响一生，甚至竟会决定我们整个命运。所以巴尔扎克在他的《人间喜剧序言》里曾说："机缘是世界上最伟大的小说家；要想达到丰富，只消去研究机缘就可以了。""机缘"法文是"hasard"，就是偶然碰巧的意思。对这点我极有体会。如果一九四〇年夏我在昆明西南联大外文系毕业后，就留在那里教中学英文，不在第二年冬天离开昆明，翻山越岭，长途辛苦跋涉，独自搭乘运货车到重庆去跟杨苡和我们初生的孩子团聚（杨苡是早半年离昆明到重庆和她母亲、姐姐住在一起的），先在南开中学教了一年英文，而且么么巧，就在那里重新遇见我西南联大外文系老师柳无忌先生；如果柳先生后来在一九四二年春没有推荐我给当时中央大学外文系主任范存忠先生的话，我就不会辞掉南开中学的教席而转到中大分校柏溪教书了。这一机缘就使我长期待在这个学校里，一待就是半个多世纪，从二十七岁到如今八十二岁。否则，我就不会今天在这里写这篇纪念范先生逝世十周年的文章了。

一九三七年"七七"卢沟桥事变发生后，日本帝国主义大举侵略、蹂躏我们神圣的国土，敌骑南下，八月十三日，进攻上海，我军奋起抵抗，从此全面抗战的大火就燃烧起来了。那时，北大、清华、南开三大学辗转迁往昆明，建立了国立西南联合大学。国立中央大学则沿长江西迁，在重庆西郊沙坪坝松林坡建立校本部，后又在柏溪创办了一个分校，一年级同学都在那里上课。在我到重庆前，柳无忌先生一家已离开昆明搬到重庆，他在中大外文系任教了。柳先生后来在他的《烽火中讲学双城记》一文中说："……当我尚在昆明时，范存忠（中大外文系主任，是我的好友；我们同时到美国，同时得到英文学博士，他在哈佛，我在耶鲁）就已约我去中大教书。于是，我们就在重庆住下来，一共五年（一九四一至一九四六年）。"我们那时都住在南开中学教职员宿舍津南村（因师母柳太太也在南开教英文）里。有一天，我去看望柳先生，他问我愿不愿到中大工作，他说："到柏溪教一年级英文。范存忠先生要求很严格，要我介绍西南联大外文系的同学，那边很需要人……"当然我是很愿意去的，于是，真是高兴，很快就接到了任外文系助教的聘书，上面签名盖章的就是中大校长罗家伦。过了几天，柳先生带我到松林坡外文系办公室拜访范先生。他那时不到四十岁，不过头顶上已有点儿秃了；他穿着深蓝色大褂，戴副阔边黑架子眼镜，手里一只烟斗，挺有精神，利落得很，说话比较快，十分和蔼可亲；他热忱地接待了我，给了我非常深刻生动的印象。他同时介绍我认识他两位得意门生，外文系助教张健和冯和侃。范先生十分周到地指点我怎样到柏溪去，要我到了那里先去见吕天石先生，因为分校大一英文是他专管的。于是，一九四二年寒假后，开学前，一天清晨，我带着铺盖卷儿、日用品和一些书等，在松林坡小山岗下中渡口，走到嘉陵江边，坐上校船（一只长长带篷的木船，每天来往校本部和分校一次），沿江北上，船走得慢，有时碰上浅滩急流，船夫还得上岸拉纤。嘉陵江水是可爱的，记得当时中文系教授汪辟疆先生有诗说"嘉陵水色女儿肤，比似春莼碧不殊"。当我一望见碧蓝的江水，两岸山野风光时，我的诗兴便勃发了。

柏溪离沙坪坝北面约二十里，在嘉陵江东岸，原是一个只有二十来户人家的小山村。中大在那里征得约一百五十亩土地，创办了分校，可以容纳一千多学生。那里丘陵起伏，环山临江，有茂密的树林，潺潺的流泉，自然环境很不错，是一个教学读书的好地方。从码头往上沿山腰有一条石板路（也算是村里唯一的一条街吧），弯弯曲曲，直通分校大门口，两旁有茅舍和小瓦房、小商店、小饭馆。分校整个校舍分布在一座山谷里较宽敞的地方，高高低低，一层一层，学生教职员宿舍、教室、实验室、图书馆、大操场、游泳池等，都安排在绿树掩映着的山谷平台间。我特别喜欢那里有一股清泉，从深谷流涌出来，沿山坡直入嘉陵江中。冬天水少，春夏间，尤其是暴雨时，那溪水便哗啦啦地奔流着了。我一到柏溪就住在分校最高点教师第五宿舍，真是运气，登高远眺，可以欣赏江上风帆，隔岸山色。从宿舍东头走出去，是一条幽径，有丛丛竹子；三月里油菜花开时，一片金黄色，香气四溢，真是美得很。在抗战艰苦的时期，生活困顿中，难得能在这个幽静的地方住下来，教学外还能从事写作和翻译。我的长篇回忆散文《怀念英国现代派诗人燕卜荪先生》、爱情诗《金色的橙子》等和《红与黑》译本都是在这里完成的。我在柏溪度过了四年难忘的时光。想到这点，我不能不感谢范存忠先生；是他聘任我在柏溪工作，给了我一个安静的环境，为我创造了教学、写作、翻译和研究的良好条件。我也应该感谢柳无忌先生。这是我一生中难得的精神产品丰收季节之一。

在我到柏溪时有外文系的前辈，范先生东南大学的同学——吕天石、华林一和阮肖达三位先生早已在那里任教；还有一位中年教师朱文振先生（范先生的高足）。华先生和阮先生在1949年后过早逝世，十分可惜。吕先生后来享有高寿，并且在英语语言学研究和译介英国文学（如翻译了哈代的小说《苔丝姑娘》《无名的裘德》等）方面做出了可喜的贡献。吕先生厚道真诚，又很好客，几次节庆，我和后来到柏溪任教的西南联大几位学长，受到吕先生热情的招待，在一起喝酒畅谈。范先生几次到柏溪就住他家里。那几年吕先生负责大一英文教学工作，除平常接触外，每学期总有两三次在一起研讨，商量有关问题。

一九四二年后，中大招生人数越来越多了，教育事业兴旺起来，柏溪逐渐热闹起来，更需要担任基本英语的教师。我就向范先生介绍几位西南联大前后毕业的同学，吴景荣、叶桎、沈长铖三位；柳先生推荐了他以前南开大学外文系毕业的四位高足曹鸿昭、李田意、高殿森和张镜潭；后来又来了叶君健（武汉大学）、刘重德（北大）、左登金（清华）和李蔚（清华）四位；范先生自己的高足张健在我到柏溪第二年也从校本部调到分校工作了。这样，柏溪的英语教师队伍强大了，而大家和睦相处，共同热心地担负着大学基本英语的教学工作，而且各自在课外从事研究和编译工作，做出了不少成绩。总之一句话，大家都相处得很好。我必须在这里强调这一点：这就是范先生很高明的办学思想，他高瞻远瞩的眼光和气魄，没有门户成见，胸怀博大，爱护人才，发挥人才和提高人才的具体体现。这种精神和作风的确是非常值得今天大家，特别是文教界年轻的一代思考和学习的。在这里我想只要引用一下解楚兰女士（范先生的得意门生，范先生晚年最好最得力的助手。一九四二年秋她在柏溪读外文系一年级时，我正在那里开始教书）发表在《南京大学学报》一九八九年第一期上的《纪念范存忠先生逝世一周年》一文中的一段话就可以明白了：

抗日战争时期，中央大学西迁重庆沙坪坝。当时的生活是艰苦的，办学条件很差，还要躲避日本飞机的狂轰滥炸。但在他主持下的中央大学文学院和外文系却群贤燦集。他利用了当时人才集中大西南的有利条件，从各方面罗致专家、学者，使得当时院系保持了相当的规模。对于聘请教师，他一向主张选贤任能，不搞宗派，兼收并容，不拘一格，有蔡元培的作风。他非常爱惜人才，十分重视选拔有学问的年轻人充实师资队伍。他当时提拔、培养或派遣出国的年轻教师如吴景荣、张健、赵瑞蕻等，解放后都在高校担任了重要的领导和教学工作。

上面引文中解楚兰女士所提到的我认为十分重要，是符合实际情况的，具体地阐明了范先生的人格力量，也正是我那时所见和感受到的。在校本部任教的有楼光来、商承祖、柳无忌、徐仲年、初大告、李茂祥、陈嘉、沈同洽、李青崖、孙晋三、丁乃通等教授，有的是原在中大的，如楼先生、商先生和徐先生；有的是在重庆新聘请的，如柳先生、初先生、俞大纲先生和孙先生等。在柏溪方面，除吕先生等五人外，其他的都是外校外文系毕业的，如许孟雄先生等；从西南联大来的就有吴景荣、沈长钺、叶桎和我等八个人。吴景荣毕业于清华大学外文系和研究院，一九四四年，范先生聘他为副教授，在分校教外文系一年级学生。一九四八年，范先生为他写推荐书给当时设立在南京的"英国文化委员会"（British Council），得到批准，到英国留学进修。一九四九年后任北京外国语学院英文系教授兼系主任，后又调北京外交学院任副院长。

我在柏溪四年多，从未看见过或者感受到同事间的不和、伤感情、吵架、彼此有意见、互相攻击、钩心斗角等恶劣现象，这实在太难得了。大家除努力教书外，时常在一起谈心，切磋学问。为了进一步说明这一点，尤其是文中提到吴景荣、张健和我三个，我愿意在这里公开一封我有幸保存了五十多年的吴先生写给杨苡的英文信：

Peichi
May 2nd, 1945

Dear Madame Chao,

Ah Hung is going down to Shapingpa tomorrow. He says that you will be coming here. It is some comfort to think that you will soon turn up after your long absence. I have laid by some money for the express purpose of treating you to chicken soup and stewed pork. I am living like a lord, dining out everyday with Julian Chang, Ah Hung and some other colleagues. We have a quite respectable restaurant, which has been newly set up. Peichi needs only a cafe to make it completely modern.

Ah Hung enjoying immense popularity here. With his native genius and his unusual industry, he has made himself a prominent figure, a hero, so to speak, in the eyes of the kids. No word is adequate to describe my joy when I am walking side by side with him — he as a rule, telling his innocent stories, and I cracking some harmless jokes. My students have formally asked Ah Hung to give a speech in English on some scholarly subject, and he has formally accepted the invitation. The time is bound to come when he will mount the platform amidst the thumdering clappings of hands, speak with eloquence and an impressive air, and get down... well, in a great roar of cheers from the audience.

Ah Hung has annouced his topic: "Tradutore — traditorc". It is an excellent topic, considering his well-established position as a translator — only a trifle ironical perhaps. Madame, I hope you will not miss the chance of sharing in the honour that will be showered upon him. That is one of the reasons that impel me to speed your coming.

Ever

Yours

John C. Y. Wu

赵太太：

  阿虹明天要去沙坪坝了。他说你就要到这儿来，想到你不日将出现在久违的柏溪，颇觉欣慰。我已存了一点钱，特地用来招待你喝鸡汤吃红烧肉。我过得像个老爷，每天跟裘连·张、阿虹和其他几位同事出去吃饭。这儿有一家很不错的饭店，才开张的。柏溪只要再开一个咖啡馆就完全现代化了。

  阿虹在这里很有名气。他的天赋和勤奋已使他自己成了个出色的人物，这么说吧，在学生小子眼中，他是个英雄了。同他并肩散步，我真高兴得无以言说。他总是讲他天真的故事，而我则开他几个不伤大雅的玩笑。我的学生已正式邀请阿虹用英语做一次学术演讲，他也已郑重地接受了这一邀请。他将在雷鸣般的掌声中登上讲台，言语流畅，现出令人激动的神情，然后他在听众一阵热烈的欢呼声中走下台来……

  阿虹已宣布了演讲的题目："翻译即叛徒"。这是一个精彩的题目；但想到他已经确立了作为一个翻译家的地位，这题目也许是个小小的讽刺吧。赵太太，但愿你不要错过这个机会，来分享将要倾泻在他身上的荣耀。这也就是我要催促你早点来的原因之一。

约翰 C. Y. 吴
一九四五年五月二日于柏溪

  吴景荣写这封英文信给杨苡时，正当他专教聂华苓那一班（外文系一年级下学期）英文。他对学生非常严格，要求高，每星期必须写作文一篇，要写得长长的，他仔细批阅。课外他还请人做文学专题报告。我记得吕天石先生讲过一次关于哈代，因为那时吕先生还在翻译哈代的《苔丝姑娘》；张健漫谈斯威夫特和《格利佛游记》，都受到同学们热烈欢迎。吴景荣在这封信中称我"阿虹"，这是我的小名，也是以前用过的笔名；我家里人和几个老朋友常叫我"阿虹"。裘连·张就是张健。那时我们三人都住在第五宿舍里，是天天见面聊天的。这封信居然保存到今天，真是难得，从中可以具体地了解五十多年前同事之间真挚交情和生活情趣。而且我要抄录英文原信，请今天外文系英文专业年轻同行、朋友们看看欣赏，了解五十多年前一个教师的英语水平。景荣兄于一九九四年八月以八十岁高龄去世了。如今我重读此信，追忆旧事情景，无限喟叹，也对他深切地怀念。

那时我们每人都担任三班英文课，每周上课九小时，课文总是细细讲解，两周或三周作文一次，也够忙碌的。范先生非常重视各系科的基础英语教学，认为这是培养和提高大学生文化素质决不可或缺的课程，而且他十分强调必须认真研读现代英美优秀散文，走循循善诱、熟读深思、潜移默化的路子。他主张一开始就应该千方百计培养学生的语言习惯和语言感觉，即德国人所谓"Sprachgefuel"。他坚决反对结合某个系的专业来学习英文，比如数理化英语、工科英语等。关于这点直到晚年范先生没有改变，始终坚持，曾同我谈过几次。正因为这样，所以一九四四年春开始，范先生就亲自指导我们重编英文教材，每篇课文有详细注释，编成三本书，叫作"*Freshman English*

蒙自南湖,二〇一七年

Prose"；入选的都是现代英美散文名家，随笔、小品或者短篇小说等的作者，如第一册中阿瑟·克拉顿-布罗克（A. Clutton-Brock）的《战前星期天》（*Sunday Before the War*）、威廉·赫德逊（William H. Hudson）的《捉鸽子》（*Catching Doves*）、罗伯特·林德（Robert Lynd）的《害羞的父亲们》（*Shy Fathers*）；第二册中马克斯·比尔博姆（Max Beerbohm）的《送行》（*Seeing People Off*）、欧内斯特·海明威（E. Hemingway）的《雨中的猫》（*Cat in the Rain*）、曼斯菲尔德（K. Mansfield）的《苹果树》（*The Apple Tree*）；第三册中普里斯特利（J. B. Priestly）的《初雪》（*First Snow*）、毛姆（W. S. Maugham）的《哲学家》（*The Philosopher*）、赫胥黎（T. H. Huxley）的《自传》（*Autobiography*）等。后来在吕先生具体主持下，我们密切合作，分配了任务：朱文振和张健编第一册，吴景荣和我编第二册，吕天石和高殿森编第三册。这套教材编成后范先生很满意，就由当时沙坪坝一家正风出版社印行，不但中大每年用，其他几个大学也采用了，很受欢迎。抗战胜利复员后一九四八年还出了第四版。直到现在我还保存着这三册书，作为纪念。

范先生每个月至少到柏溪一次看望我们，十分关心大家的生活和工作，相聚一起，随意谈天，细致了解学生学习情况；遇到什么问题时，总虚心征求意见，提出改进的办法。他时常鼓励我们在教好书外，多开展些学术活动，多搞出些东西。一九四三年初，设立在沙坪坝的"时与潮"社创办了一个大型月刊《时与潮文艺》，请外文系教授孙晋三先生任主编，孙先生便约请外文系教师多帮助,写东西。范先生在这个杂志上先后发表了好几篇文章,我记得最清楚的有《鲍士韦尔的〈约翰逊传〉》和《里顿·斯特莱契和他的〈维多利亚女王传〉》这两篇洋洋洒洒的大作。这两篇东西给我的印象深极了,直到如今我仍然可以体会得到当初细读时的激动心情。我第一次拜读范先生关于外国文学研究的文章,就被他的深入细致的分析,实事求是的论述,精辟的见解,踏实老练而又生动有味的文采所吸引住了。后来在一九四九年后,我拜读了范先生发表在《文学研究》《南京大学学报》等刊物上的《笛福的〈鲁滨孙漂流记〉》《英国浪漫主义的先驱——威廉·布莱克》《苏格兰诗人罗伯特·彭斯》等,以及范先生晚年最重要的一篇用英文写的中西比较文学研究文章《中国园林与英国的艺术风尚》(*The Chinese Garden and the Tides of English Taste*,发表于比较文学英文本"*Cowrie*"第二期上),范先生著作的特色都仿佛一道亮光似的闪现着。为了说明这点,在这里不妨抄录范先生《鲍士韦尔的〈约翰逊传〉》一文中两段作为例证:

鲍士韦尔的《约翰逊传》是欧洲第一部"近代的"传记。我们特别着重"近代的"三个字,因为与传统的传记是不同的。暂且撇开传记的结构不谈,先谈传记的目的。就目的而言,近代的传记与传统的传记有一个最显著的区别。传统的传记,目的在于颂扬一个人或某一些人;至于近代的传记,目的不在颂扬任何人,而在表达人生,表达特定环境里的人生。传统传记有三大讳:"为尊者讳,为亲者讳,为贤者讳。"近代的传记,就事叙事，实事求是，无论英雄或常人都还他一个本来面目。……一般地说，传统的传记近于"行状""荣哀录"，是理想的，近代的传记是写实的。鲍士韦尔的《约翰逊传》不是没有理想化的地方——约翰逊不是他的英雄吗？——但大体上是写实的。他是欧洲近代传记的鼻祖。

约翰逊是英国十八世纪的怪杰。鲍士韦尔对于这位怪杰之"怪"，一点也不掩饰。十八世纪欧洲最讲究"雅"，而约翰逊的容貌、举止、谈吐，并不很雅。当时有人说他是一只狮子，又说他是熊。……约翰逊晚年常在史莱尔夫人那里闲聊天。有一天，有人提议把在场的每个人比一只走兽，比一盆菜。大家认为约翰逊是一只象，一盆鹿腿。为什么他是一盆鹿腿，许多人不很明白，但大家承认他真是一只象——一个庞然大物，有时把鼻子扫来扫去，引得孩子们发急。在这些地方，鲍士韦尔总是和盘托出，"吾无所隐"。一般人所知道的约翰逊，——中等身材，满脸瘢疤，走起路来一摇一摆，吃起东西来狼吞虎咽——这些都是从鲍士韦尔的《约翰逊传》里得来的。

在范先生介绍斯特莱契（Strachey）的《维多利亚女王传》（*Queen Victoria*）一文里，也有不少精彩的笔墨。我以为这都是范先生的典型风格。如果说西方现代杰出的传记家斯特莱契把维多利亚女王写活了，那么范先生这篇文章也把斯特莱契这部著名传记介绍得活了。我以前反复读过范先生这些著作，深受教益，确是大手笔的产物。甚至于范先生一九四三年在重庆出版的《英语学习讲座》一书也写得深入浅出，文章如行云流水，生动活泼，而又朴素精练，富于韵味，比如这一段话：

　　语言的感觉，虽然不是一下子可以养成的，但也并不是高不可攀，只要你有那细磨细琢的精神。有人说，学外语须有四到：眼到、耳到、口到、手到。眼到是看，耳到是听，口到是说，手到是写。但是这四到之外，还必须有心到。心到是体会。这体会如酌酒，如品茗，如母牛反刍，富有艺术的意味。学习外语，要能体会，才有乐趣。

　　在这里，我顺便对今天在校的外国语言学院各专业的年轻同学们说一下，我们应该向前辈范先生学习，不但要努力把外语学好，牢牢掌握，运用自如，而且还必须努力学好中文，勤读现代和古典优秀文学作品，要能使用漂亮的现代汉语写作，能写好文章。

　　一九四四年，范先生应"英国文化委员会"的邀请，到牛津大学讲学期间，更进一步探讨中英文化关系，更全面深入地介绍了中国古代文化对西方的影响。他在《英国语文学评论》（*Review of English Studies*）等刊物上发表了好些论文，如《威廉·琼斯的中国研究》（*Sir William Jones' Chinese Studies*）等，在英国文化学术界引起了强烈的反响。关于这些方面，特别是中西比较文学研究，范先生从一九三〇年代起直到他晚年所做出的贡献，在上面所提及的解楚兰那篇长文，以及《中国比较文学年鉴（一九八六）》（北京大学出版社一九八七年六月出版）一书"范存忠"条目中已有详尽的介绍，这里就从略了。

在沙坪坝时期,范先生与柳无忌先生合作,编辑出版了《近代英国散文》和《现代英国散文》两本书。柳先生勤奋译著,还出版了《莎士比亚时代的抒情诗》《西撒大将》《明日的文学》(论文集)等书。当时外文系还有个大忙人徐仲年先生,个子大,声音洪亮,坦爽真诚,发表了不少东西,主要是译介法国文学。他还主编了一个杂志《世界文学》在长沙出版,得到范先生大力支持,范先生也在上面发表文章。徐先生甚至居然乐意刊登我那篇批评他翻译的法国十九世纪初年贡斯当(Constant)《阿道尔夫》(*Adolph*)的文章,指出他一些误译。这事被称为美谈。这些都可以看到当年学者和译者的风度。我也在《世界文学》发表了一篇评论梁实秋所译《咆哮山庄》的文章,受到重视,这可以说是国内最早谈论后来通译为《呼啸山庄》的一篇文章了。此外,在范先生的引导下,正如上文提及的,柏溪同事在繁重的教学任务之余,也从事著译。叶君健(那时他的笔名是马耳)也是个大忙人,翻译了希腊埃斯库罗斯的《阿伽门农王》和其他西方作品,也常给《时与潮文艺》写文章。吴景荣是专门研究简·奥斯汀(Jane Austen)和弗吉尼亚·伍尔夫(Virginia Woolf)的,他为刘重德翻译的奥斯丁的《爱玛》(*Emma*)写了篇很好的序言。高殿森译了一大本《拜伦传》,曹鸿昭研究华兹华斯,译了他好些首有名的作品如《丁登寺》(*Tintern Abbey*)等。我自己在《时与潮文艺》上发表了国内最早专门介绍《红与黑》的文章《斯丹达尔及其〈红与黑〉》和梅里美三个短篇的译文。柏溪同事们这些成绩之所以取得,我以为是跟范先生一贯重人才、重学术、重事业的精神力量和教育思想联系在一起的。

我在柏溪住了四年多,我的感受是十分亲切而丰富的,直到如今,我仍怀念着那段生活,那些充满着友谊和师生之情的岁月。那时生活清苦,起居条件差得很。我们住的宿舍的墙是竹子编的,外边涂上一层灰泥;没有玻璃窗,只有土纸糊的木框架。生活是艰苦的,景荣、张健和我三人有时分抽一包从重庆带来的上等香烟。那时我们每个人都有个小火炉,买些木炭烧着取暖,度过重庆冬天多雾气的严寒。大家又找来洋铁罐(比如名牌 SW 咖啡扁圆形的罐),上边挖几个小孔,插进灯芯,倒满菜油,再弄个铁架子放在罐上,架子上摆着搪瓷杯子,火一点,就可烧开水,泡茶喝,或者煮东西吃了。就在这样的境况里,在"炉火峥嵘岂自暖,香灯寂寞亦多情"这样的诗句所描绘的心态中,我们教学、读书、翻译、研究,大家都愉快地努力工作着。那时在柏溪还有不少位中文、历史专业的教授、讲师,同事朋友如罗根泽(他一家就住在第五宿舍,是我的近邻)、吴组缃、朱东润、王仲荦、管雄等先生,我们也经常来往谈笑,在一个食堂吃饭,相处得极好。有的教师家住沙坪坝,每周来柏溪上课一两次,如国文系的伍叔傥、杨晦先生;有的家住分校,每周一两次到校本部讲课,如罗根泽先生。那时,在抗战艰苦时期,在日本鬼子飞机经常空袭下,全校师生同仇敌忾,坚持教学上课,坚持学术研究,弦歌不辍,在大后方为中华民族为祖国培养了一批又一批人才。中央大学外国语言文学系在范存忠先生的教导下,经历过抗战八年,风风雨雨,经得起考验,不但没有丧失元气,反而比以前壮大了,为复员后的中大外文系，以及一九四九年后的南京大学外文系打好了更坚实的基础，为这个大学的外国语言的教学和研究工作做出了贡献。

这会儿，我再次梦回柏溪，仿佛再次望见那嘉陵江碧蓝的江水；我仿佛仍然带着一把伞，肩头挂着一个旅行袋，沿着开满金黄色油菜花的长长的堤岸，在四月初某个清晨，从柏溪慢慢走向沙坪坝，去看望我的亲人，再次去拜访我的老师柳无忌先生，再次跟范存忠先生在松林坡散步聊天，向他请教……

附记

这篇文章虽然已超过一万字，但我仍觉词未穷，意更未尽。正如上文已谈及的，我是南大外文系从重庆直到今天尚健在，还留在这里唯一的一个教师了。虽说一九五三年春，我从外文系调到中文系任教，直到如今，而我仍感到外文系是我的老家，跟外文系的因缘仍未割断。正因为这样，我也曾几次想到应该赶快把我当年在重庆沙坪坝和柏溪分校时期的中央大学生活和工作的情况，我的所见所闻所感记录下来，提供一些具体素材，或许可以供给以后撰写《南京大学外国语言文学系史》的参考。

一九四六年夏，中大复员搬回南京后，范存忠先生改任文学院长，从浙江大学聘请来郭斌和先生当外文系主任。郭先生是希腊语文专家，范先生的老友；他的大名和相片我早在一九三六年出版的《吴宓诗集》上就看到了。郭、范二位正是一九二九年在吴宓先生亲自主持下考取清华庚款公费留学美国的。《吴宓日记》上记载着这件事。吴先生自己一九二一年从哈佛大学比较文学系毕业回国后，就来南京，任东南大学西洋文学系教授兼系主任，除开设"欧洲文学史""英诗"外，还讲授"中西诗之比较"一课，这是我国第一个比较文学讲座。一九四六年暑假里，我去拜访郭先生，他知道我是西南联大毕业的，也是吴宓先生的学生，他就非常高兴。人间际会，世事因缘真有意思，确是很巧妙的。

一九四九年后，外文系主任换了德语专业的商承祖先生，他也是我早在重庆认识的一位可敬的前辈。一九五三年秋，高等教育部派我到民主德国莱比锡大学任教，商先生十分支持、高兴。一九五五年秋，我在莱比锡参加国际东方学学术研讨会上宣读的长篇论文《中国现代文学的主潮》就是请商先生和其他几位德语老师在半个月内赶译为德文的。这使我非常感激，一直铭记于心。这几年来，我总想应该写个回忆录，称为《南京大学外文系三老——范存忠、郭斌和、商承祖三位前辈先生》，使后代学子多多了解他们走过的道路和卓越成就。所以，现在这篇纪念范先生的东西也可以算是其中的一部分了。

一九五七年夏，我从德国回来后，仍在中文系教书，那时范先生已是南大副校长，工作很忙，我与他接触的时机很少了。但是我仍然有时到他办公室拜访他，他总是兴致勃勃地跟我聊天。那些年中，范先生在行政办事之余，还继续从事研究，比如一九六四年完成了《〈赵氏孤儿〉杂剧在启蒙时期的英国》这么高质量的比较文学长篇论著，得到了国内外学术界普遍赞扬。后来范先生还带研究生，在晚年继续培植了好几位专攻英国语言和文学的高级人才。在这里，我还应该特别感谢范先生在一九八五年六月江苏译协成立时，对我们工作的支持，热心指导。那天大会上，他和陈嘉先生、吕天石先生等坐在主席台上，还讲了很多话，对翻译工作提出了宝贵的意见。南大比较文学研究会成立时，我特地去请范先生来参加，那时他身体已相当衰弱，背都挺不直了，但仍然慨允坚持莅临，并与国际比较文学学会（ICLA）主席、著名文论家福克玛（E·Fokkma）先生见面畅谈，还作了十分钟的发言。这些情景我都异常感动，至今难忘。那是范先生最后一次出外活动。在开会前，我挽着范先生的手臂慢慢地走上台阶，走进中文系会议室。当时那么巧地拍了照片，这是范先生生前最后的一张照片了。

范先生自一九三一年从美国回来后，就在中央大学及后来的南京大学任教，直到一九八七年二月二十一日深夜，以八十四岁高寿辞世。六十多年来，他把一生心血和精力都献给了文教事业，培养了许多人才，桃李满天下，他的学生和同人朋友们无论在祖国某地，海外何处，一定会永远记忆着他，怀念着他的。

一九九七年四月十日初稿
一九九七年六月二十日修订

长留双眼看春星

忆王季思先生

我敬爱的老师王季思先生以九十岁的高寿辞世了，我日前忽得这一噩耗，感到无限悲悼！在哀思和深切缅怀中，我的心飞往南国中山大学校园，王先生生前时常散步的康乐园中，他多年居住、我曾先后三次看望他的那座楼房里了。近年来先生身体很不好，异常衰弱，生活无法自理，起居靠轮椅。我几次写信安慰，都未得到回音，后来听说他卧床多时，说话都很困难了。

半个多世纪来，季思师一直在中山大学中文系任教授，培养了一大批文教界人才。他是我国著名的成就卓越的古典文学、古代戏曲研究专家，教育家，也是一位老诗人。长期以来，他在中国文学史，特别在宋元明清词曲和戏剧，关汉卿及其杂剧，《西厢记》《琵琶记》《桃花扇》，元明散曲等方面的研究都做出了杰出的贡献。他用力最勤，发掘最深，影响最大的《西厢记校注》和《桃花扇校注》这两部书迄今仍是这领域中的权威著作。关于王先生在学术研究上的光辉成就，我想他的几位同事，专家和他的硕士、博士研究生高足们一定会有更多更好的论述，我是一个外行，这里不多说了。

我可以说是王先生最早现尚健在的一个学生了，因为一九二五年他到南京入东南大学中国文学系读书，一九二九年毕业于中央大学后，就回到故乡温州第十中学（即现温州中学）任教，恰巧就教我们那班初中一年级国文，那时我们的课堂便在纪念我国第一个山水诗人谢灵运的春草池畔。那是一个相当大长方形的池塘，东南边上种了好些棵杨柳，池中有许多金黄色鱼儿在荷花水藻间游着。春夏时节，柳条低拂水面，时有黄莺翠鸟飞来在池上鸣啼，或捕捉小鱼小虫。王先生就在那里教了一年多书，精力饱满地发扬他的才能；他讲课异常认真而又生动活泼，十分风趣，富于魅力。至今我还记得他讲解《古诗十九首》《孔雀东南飞》，以及都德《最后一课》和老舍《赵子曰》《二马》等的神态。他是以整个心灵融入他所选讲的课文中去的。他给予我的教育和启发是如此深刻强烈，以至几十年后我还以诗句表达我的感受——"春草池边的笑声仍在我心上荡漾，是您首先把我领进文学的迷宫。"五十六年以后，即一九八五年秋天，王先生应邀到南大和南师大讲学时，我请他和夫人便餐，举杯祝贺他八十大寿，一起朗诵诗，并回忆往日旧事，度过了一个愉快的夜晚。他回到广州后，就写了一首五律古诗送我，一开头就说到春草池：

谢客池塘畔，凤头龙尾班。
花光春烂漫，鸟语夏绵蛮。

一别风云散,重逢沧海翻。

向枫长已矣,遗恨满人间。

诗中第七句"向枫"指当时我那班女同学班长项淑贞,后在上海参加革命时化名为向枫。她遭遇坎坷,受到党内残酷斗争的迫害和不公平的处理;后又患癌症逝世。第二句"凤头龙尾班"是学校对我们那一班的戏称。"凤"指项,"龙"是我,因我们两人学习成绩优秀,不相上下(详见一九八八年王先生为拙著《诗的随想录》所写的序言《从春草池边说起》)。我每读此诗,真是感慨万分,立刻追忆起六十多年前在王先生教导下那些珍惜的时光和不少同学不幸的境遇。

这会儿我翻阅季思师多少年来送我的他的好些著作和几十封书简,我眼前浮现着这位满腔热血、刚直不阿、一生勤奋,直到晚年仍坚持不断耕耘的老师;这位爱憎是非分明,疾恶如仇的知识分子的面影。他在"文革"中被揪斗十来次,站在烈日下受尽折磨,竟被打断了三根肋骨,昏倒在地。后来断骨刺破横膈膜,肚肠滑入胸腔,送到医院开刀抢救,总算挽回了生命。一九七八年冬,我到广州参加全国外国文学工作规划会议期间,特地捧了一大束鲜花去拜见先生,他拥抱我,十分激动,流泪说:"'文革'中我吃尽苦头,不过心里有数,顶得住。今天还能看到你,太高兴了!我还很乐观,有信心,还要工作下去!……"风暴过后,王先生仍然精神抖擞,奋发前行,坚持教学和学术研究,写了许多东西,编选出版了许多书,如《王季思诗词录》《玉轮轩曲论》《求索小集》等,其中包括他主编并撰写长篇引言的《中国十大古典悲剧集》和《中国十大古典喜剧集》这两部大书,流传国内外,影响深远。王先生这种为我国文化教育事业,发扬中华民族自强不息、爱国主义优秀传统而鞠躬尽瘁的精神太宝贵了,太值得大家学习了。

　　季思师年轻时就热爱祖国和人民,深受"五四"新潮的洗礼,鼓吹科学和民主,坚定地反对封建主义,反对帝国主义侵略。在"五四"、抗日战争时期,他投身洪流,追随时代,写了不少东西,大力宣传救亡,抗击凶恶的敌人。在1949年前,他奋不顾身营救地下党同志。这一切都是我们应该学习的。王先生坚信未来,认为人类社会总是在不断排除各种阻力和困难的过程中前进的。他曾说:"……我想起陈简斋的诗:'墙头语鹊衣犹湿,楼外残雷气未平。'又回忆起将近一年前跟瑞藜的一次通信,讨论文化领域中刮起的一阵小风暴。让那墙头小鹊去叫喳喳吧,让楼外残雷去鸣不平吧,我们还是写我们的诗。"(《从春草池边说起》)他在培植年轻一代,造就学者方面,竭尽心力,不断鼓舞我们前进,这只要读读他的《自题玉轮轩二首》之一就可明白了:

人生有限而无限,历史无情还有情。
薪火相传光不绝,长留双眼看春星。

一九九六年四月十日

南岳山中,蒙自湖畔

怀念穆旦

> 我爱在雪花飘飞的不眠之夜,
> 把已死去或尚存的亲人珍念;
> 当茫茫白雪铺下遗忘的世界,
> 我愿意感情的热流溢于心田。
> 来温暖人生的这严酷的冬天。
>
> ——穆旦

回忆仿佛是一支珍贵而温馨的芦苇笛,它时常给我吹奏着往日那些欢娱和惆怅;时常发出怀念和遐思的声音,在岁月笛孔里潜流过一滴滴那消逝了的生活情景的泡沫。

卢梭的杰作之一《忏悔录》里面有两句话,大意是:有些印象不是时间,也不是境遇所能涂抹得了的。纵然我能活上几个世纪,我年轻时美好的光阴不会为我重返,但也决不会从我的记忆中消失。我记得五十多年前在西南联大外文系三年级上"欧洲名著选读"一课时,除了荷马史诗、但丁《神曲》、塞万提斯《唐·吉诃德》和歌德《浮士德》外，我特别喜爱卢梭的《忏悔录》，反复朗诵，感受深切，上面所引的卢梭的名言始终牢记在心上。这话大概是不朽的，因为在我们一生中，从儿童、少年、青年直到老年，无论时代社会怎么不同，家庭和生活环境及各自的遭遇多么不同，但总会有些印象，或者说，生活的烙印吧，永留心头，一辈子忘不了的。卢梭这两句话的意思在古今中外许多思想家和文学艺术家的笔下多多少少都出现过，我国古典诗词中也有的是，只是语言和表达方式有所差异罢了。他们也许比卢梭说得更深刻生动些，不过我自己却老是记住卢梭的，而且背熟了法文原句。总之，这些简单平常的话在我的心上也不是任何岁月、任何环境所能涂抹得了的。

关于南岳山中，蒙自湖畔，关于穆旦的印象和其他的回忆就从一张旧相片上起飞吧，正如英国十九世纪浪漫派散文家赫兹里特所说的："在重温往日的回忆时，我们似乎不能把我们整个生命之网揭开，而必须挑选那些零星线头慢慢抽出来。"

这会儿，放在我书桌上面的是一张五十八年前的旧相片——是的，为了写这篇回忆录，我今儿一早就特地从一本照相本上取下这张相片来——我怀着深挚怀念的心情仔细地看了又看，我的思绪飞往一九三八年五月云南蒙自城外南湖湖畔了。这是那时我们西南联大蒙自分校文学院二十几个喜爱诗歌的同学所组织的"南湖诗社"中十三个成员的合影。现在让我先把相片中人的名字提一提，陈士林、向长清、林蒲（林振述）、穆旦（查良铮）、高亚伟、李敬亭、周定一、陈三苏（女）、周贞一（女）、赵瑞蕻（边上这个同学的名字我一时想不起来）、刘

赵瑞蕻和南湖诗社的年轻诗人们，一九三七年摄于蒙自

重德、刘兆吉。这张相片我记得是在南湖诗社成立后不久，一九三八年五月底照的，背景是一排排挺拔茂盛的尤加利树，树丛后面就是一条通向南湖菘岛的长堤。那是西南联大师生课余时常去散步休息谈心的好地方，一个幽静的风景点。相片中陈士林、向长清、林蒲、穆旦都已先后去世了（其中穆旦去世最早，遭遇最坎坷。一九五八年被打成"历史反革命"，受尽折磨，全家遭殃。一九七七年因突发心肌梗死而猝死，才五十九岁，未得发挥他全部才华。这是极大的悲剧，迄今令人慨叹不已。另有位那天未来参加拍照的是刘绶松学长，他后任武汉大学教授，是现代文学专家，"文革"一开始就受迫害，与他夫人一起上吊自杀死了）。高亚伟和周贞一五十年未得音讯，听说高

亚伟曾任台湾师范大学历史系教授和系主任。陈三苏（笔名羽音）后与林蒲结婚，是个语言学家和教育家，他们夫妇一直在美国南方路易斯安那大学任教授。其余的诗友尚健在者，也都是年逾八十的老人了。这张照片是诗社发起人之一刘兆吉（原教育学系一九三九年级同学，现任西南师范大学教授，文艺心理学家，在闻一多师指导下搜集编写的《西南采风录》一书的作者）从长期珍藏着的一张小底片放大重印出来的，几经折磨（在"文革"中曾作为"罪证"被审查挨斗），仍保留至今，实在难得。诗社另一发起人是向长清（原中文系一九四〇年级同学，后任中国戏曲研究所研究员，中国古典文学专家，一九八五年逝世）。一九三八年二月，因日寇攻陷南京后，沿江西侵，敌骑指向武汉，威逼长沙，国立长沙临时大学（西南联大前身）奉命西迁昆明，全体师生分两路长途跋涉前往。向、刘两位参加了"湘黔滇旅行团"——穆旦也是参加的，可是不知为什么他没有留下一首关于这次徒步横跨三省、翻山越岭、栉风沐雨、辛苦跋涉三千五百多里壮举的诗。士佐良写于一九八七年的《穆旦：由来与归宿》一文里，只说"后来到了昆明，我发现良铮的诗风变了"——正是在与闻一多、曾昭抡（化学系教授）、李继侗（生物系主任）等几位老师在一起晓行夜宿、千里奔波，在湘西沅陵一个风雪弥漫的夜晚，向长清和刘兆吉向闻先生诉说了到达昆明后要组织一个诗社，出版诗刊的热切愿望，并且恳请闻先生担任导师。闻先生在谈到自己好久不写诗了，但仍很关心年轻人的创作等话后，欣然同意了。后来，到了蒙自，又请朱自清先生为南湖诗社的导师。在南岳山中时，我们与闻、朱两位老师是经常见面的，因为都住在"圣经学院"里，而且各自选读或旁听他们所开的几门课，如《诗经》《楚辞》和"陶渊明"等。到了蒙自，由于这个诗社，我们有更多的机会得到闻、朱两位先生亲切的教导，这对我们以后做人做学问，从事诗歌创作和研究等方面都起了直接或者潜移默化的作用。

至于诗社成员，向、刘两人心中早已有数了，因为在南岳时已有多次诗歌活动，如朗诵会、谈诗会和墙报等。《穆旦诗选》中最早的一首诗《野兽》，正是在南岳读书时写的，刊登在一期墙报上。我是这首诗手稿最初的读者，因此印象特别深刻，如今仍可说得出他为什么写这首诗的——我认为这是他的最好的作品之一。到了蒙自后组织南湖诗社时，向、刘两人便邀请在南岳时已知道的喜欢诗的二十几位同学一起参加了。关于南湖诗社的基本情况已有刘兆吉很好的介绍（见《南湖诗社始末》一文，载于一九八八年十月《云南文史资料选辑》第三十四期《西南联大建校五十周年纪念专辑》，又见于一九九四年《西南联大在蒙自》一书）和李光荣的较详尽的《南湖诗社》（本文作者李光荣先生听说是蒙自师专老师）一文，刊于《新文学史料》一九九四年第三期上。我在下文回头再作些补充，特别关于穆旦在蒙自的部分。

这会儿，仿佛放电影似的，再让回忆的彩翼倒飞回去；在消逝了的时光里，捕捉一些永远涂抹不了的印象，让我再回到南岳山中，那个特殊的时代，特殊的环境中的特殊的情景里吧。

那是一九三七年的秋天。现在我们常说金色的秋天，或者丰收欢乐的季节，等等。但是，六十年前降临在中国大地上的秋天却是灰色的，黑色的，动荡的，凄凉的，悲愤的，兵荒马乱，烽火连天；也是同仇敌忾的，充满反抗声的，正如穆旦《野兽》一诗里所描述的：

> 黑夜里叫出了野性的呼喊，
> 是谁，谁噬咬它受了创伤？
> 在坚实的肉里那些深深的
> 血的沟渠，血的沟渠，灌溉了
> 翻白的花，在青铜样的皮上！
> 是多大的奇迹，从紫色的血泊中，
> 它转身，它站起，它跃起，
> 风在鞭挞它痛楚的喘息。
> ……
> 在暗黑中，随着一声凄厉的号叫，
> 它是以如星的锐利的眼睛，
> 射出那可怕的复仇的光芒。

同样，我们敬爱的前辈，文教学术界一代宗师吴宓、冯友兰和陈寅恪三位先生，也以旧体诗形式，表达了他们各自的愤慨和期待：

乱 离

吴 宓

乱离流转未成诗，忧世祈天复自危。

一意无营逐日度，随缘可往共群移。
藜床饘粥今知贵，圣理嘉言莫更言。
戮力神州千万辈，名心已尽道心痴。

大　劫
吴　宓
绮梦空时大劫临，西迁南渡共浮沉。
魂依京阙烟尘黯，愁对潇湘雾雨深。

诗二首
冯友兰
二贤祠里拜朱张，一别千秋嘉会堂。
公所可游南岳耳，江山半壁太凄凉。
洛阳文物一尘灰，汴水繁华又草莱。
非只怀公伤往迹，亲知南渡事堪哀。

七月七日蒙自作
陈寅恪
地变天荒意已多，去年今日更如何。
迷离回首桃花面，寂寞销魂麦秀歌。
近死肝肠犹沸热，偷生岁月易蹉跎。
南朝一段兴亡影，江汉流哀永不磨。

老一辈和年轻的一代，全体师生，一九三〇年代中国知识分子，同样的遭遇，同样的命运，同样的机缘，随着战火硝烟苦难流转，心头洋溢着抗日救亡的激情。一九三七年"七七"卢沟桥事变爆发，日本帝国主义疯狂地开始大举掠夺蹂躏中华神圣的国土。平津沦陷，北大不堪纷扰，清华园听到枪声了，八里台南开挨炸了。于是三座北方最高学府决定南迁，在湘江畔联合建立了国立长沙临时大学。那时正值暑假，学校登报，发出紧急通知，下学期在长沙开学。于是三校原有的师生，以及外校来借读或转学的学生，先后克服路途险阻和各种困难，到达了长沙——那个一时成为一九三〇年代末期狂风暴雨中的中国知识分子密集团聚的据点。那年十月底，我和两个同乡同学从温州沿瓯江北上，经过丽水、金华、南昌，赶到长沙（关于当时情况在拙作诗选集《梅雨潭的新绿》自序里有较详尽的叙述，这里从略了），向临大报到，办理入学手续（我那时是山东大学外文系二年级学生。后经甄别考试转入西南联大。与我同时转学的还有原山大外文系同学黎锦扬，现定居美国，著名作家，用英文写作，出版了好些部作品，如《花鼓歌》《中国传奇》等），开始另一阶段新的生活了。

那时临大校本部设在浏阳门外韭菜园一号湖南"圣经学院"。我直到现在还清楚记得，那天一早我和几个同学一起到外文系办公室报到时，一眼看见一位身披米色风衣，手里拿着一只烟斗，背有点驼，真是神采奕奕的，富于独特风度的老师正坐在一张桌子边上与人谈话。我的老乡，原北大外文系学生叶桎轻轻地告诉我，这个人就是系主任叶公超先生。轮到我前去注册时，叶先生看我一眼，低头看了我填的表格，随即说："你叫赵瑞蕻,很好,没有问题了,先在这里待几天,再跟大伙儿上南岳去,我们的文学院设在那边。"叶先生在表格上签了字,说"好了"。我说声"谢谢,叶先生"!他说话慢慢地,很和气,又显示了自信的潜能,给了我极鲜明的印象。他是我在西南联大认识的第一个教授,后来在南岳和蒙自我和穆旦等一起听他讲课时,印象就更深了。

那年十月十二日,我随文学院各系同学八十人一起离开长沙,分乘几辆客车到达衡山山脚下,再步行上山,就住入"圣经学院"我们的学生宿舍里了。同车来的同学中,外文系较多,有四十多人,因同住在一个宿舍,而且必读或选读,或旁听几门相同的功课,所以不久我都熟悉了。其中有李鲸石、林振述、王般、李赋宁、查良铮、许国璋、王佐良等。原清华同学中,我最接近的是李赋宁和查良铮。良铮的年轻外表(他比我小三岁),沉静而诚挚的性格,勤奋和善于学习的态度,尤其是对诗歌的热爱很快就吸引着我的心,一开始就感到我和他有共同的语言。

衡山是五岳之一,高高地耸立在湖南东南部丘陵台地上,山势雄伟,风景壮丽,有七十二座峰峦,它的主峰祝融峰海拔一千二百九十米。南岳更是佛教圣地,庙宇很多,又是中国古代哲学胜地,有不少历史文化胜迹。吴宓先生初到南岳时,在日记中写着"晴日当空,南岳现于云际,岩壑分明,赭石绿林,深远葱郁,景色至美"。另一位老师柳无忌先生也在日记中抒发他的感受:"……下望溪谷,仰视群山,四周尽是松树花草,堪称胜地。……远眺山景,风光秀美,无可伦比。"写到这里,我得顺便补充一下。在我们文学院同学到达南岳"圣经学院"前，那年十一月三日已有二十几位教授先来到了，其中有朱自清、闻一多、叶公超、罗皑岚、杨业治、吴达元、冯友兰、钱穆、金岳霖、沈有鼎、汤用彤、吴俊升、陈梦家、浦江清、刘崇鋐、罗庸和英国诗人、文论家威廉·燕卜荪（William Empson）等。稍迟到的有吴宓、罗常培、魏建功、容肇祖等先生。这些教师大都住在学院大门外右边山麓上一座西式坚实而精致的二层楼上，如吴宓、闻一多、钱穆等。吴达元先生一家借住在半山腰一个人家的一间房子里。学院大门内左边有小楼一座，叶公超以及燕卜荪等先生住在里面；我们学生宿舍就在右边一排平房里。两者之间有一排教室和一个大厅，作为食堂和集会之用。

　　文学院十一月十八日正式上课。我读了柳无忌先生的"英国文学史"和罗皑岚先生的"西洋小说"以及吴达元先生的"法语课"。穆旦上了吴宓先生的"欧洲文学史"（因我已选读了柳先生的课，所以吴先生这门精彩的课，我到一九三九年暑假后在昆明时才补读）。我们还一起上叶公超先生的"大二英文"课。另外，穆旦旁听了冯友兰先生的"中国哲学史"，我旁听了罗庸先生的"杜诗"课。至于燕卜荪先生所开的"莎士比亚"和"英国诗"这两门课，几乎所有外文系学生都听了。现在必须着重地谈一下燕卜荪先生和他对我们的影响，尤其是对穆旦后来写富于现代派诗风的作品所起的作用。关于燕卜荪先生，我在拙作《怀念英国现代派诗人燕卜荪先生》（这是一篇国内最早也最有分量的介绍燕卜荪的文章，萧乾曾说这篇东西把燕卜荪写活了）中已有较详细的叙述，这里不多说了。

拙文中所提到的"清华同学年轻的热狂劲儿"（比起其他同学来，清华学生是活跃些的，甚至给人一种"自豪"的感觉。正如当时有人说，清华人喜欢穿西装，北大人喜欢穿大褂，南开人爱着夹克）中就有穆旦的一份。这没有什么奇怪。如果没有那种狂热劲儿，没有年轻的激情，穆旦怎能在寒冷的日子，雾雨迷漫的深秋写出像《野兽》这样的一首诗来？尽管他外表较沉静，时常笑眯眯的（他还有一对可爱的浅浅的酒窝），但他内心深处燃烧着一簇烈火。这到后来，我更有所认识了。那时燕卜荪先生独自住在楼上一间小屋里。课余，好几次我们去看望他，总是受到热情的接待，可以随意聊天，可以抽烟，可以一块儿喝酒。柳无忌先生回忆说："燕卜荪也来到中国，在北大教书。……因为同在外文系，我与燕卜荪认识，朱自清先生也在那里。那位新文艺批评界的后起之秀，当时年纪很轻，身材高大，总是醉醺醺的红光满面。他一句中国话都说不上来，生活琐事一切都得叶公超为他招呼。"有一天下午，该他上"英国诗"课时，我们久等他不来，于是有两个同学上楼去找他，只见他醉倒在床底下，正在打呼，睡得很香……

但是，燕卜荪先生上课时可严肃认真得很，滔滔不绝，记忆力好得令人吃惊，成首成段英国诗都背诵出来。在一次"英国诗"课上，燕卜荪先大讲威廉·布莱克，他说布莱克是莎士比亚和弥尔顿之后英国最伟大的诗人。他讲了很多很多话，欣赏、推崇布莱克不得了，他朗读了布莱克的杰作《老虎》《伦敦》等诗篇。他推荐 T. S. 艾略特论布莱克的那篇文章，说得仔细读。那时，真巧，穆旦除喜欢拜伦、雪莱、叶慈外，也特别喜欢读布莱克。所以,他在班上听燕卜荪讲布莱克特有兴趣。他几次跟我谈论布莱克,我那时欣赏雪莱和济慈的诗,不大了解布莱克。T. S. 艾略特评论布莱克说,"……这是一种独特的真诚,在一个过分害怕真诚的世界中这便是使人特别惊讶的了。这是整个世界都暗暗反对的真诚,因为它使人不快。布莱克的诗就是有着所有伟大诗篇所共有的那种不快之感。……而这种真诚如果没有了不起的技巧,成就也决不会存在。……他是袒露的,看人也是袒露的,而且从他自己的水晶球中心看出去。他怀着一颗未被世俗偏见所蒙蔽的心灵来接近一切事物。"我感到艾略特这几句话可以拿来理解和分析穆旦的创作。这又是一个巧合。关于这一点下文再说吧。

这会儿,我得回头再说几句关于那年"南岳之秋"(这是燕卜荪先生在南岳写的一首长诗的题目)的话。虽说生活在——应该说,逃难在那么壮丽幽深的山水美景里,但是,怎能隔断抗日战争洪流的激荡?怎能封锁时常从山外传过来的强敌不断践踏,国土沦丧,生灵涂炭的消息?有时,忽听到远近一阵铜锣急响,寂静的山间也传来敌机空袭的警报声。这里只要引一下《吴宓日记》中所记载的"……战事消息又恶,上海早败退,南京又失陷。于是宓心亦甚悲郁不欢,自兹始矣"这几句话就可理解了。在一次师生联欢会上(地点就在上面已提到的那个饭厅里),朱自清先生朗诵了冯友兰先生写的两首诗(即上引"二贤祠里拜朱张"那二首),朱先生声音低沉颤动,一字一字地慢慢引长念出来,立刻使大家沉入哀伤里,非常感动,有好些人流泪了。在另一次会上,有个从北平逃难出来的北大外文系四年级同学报告平津沦陷后情况。他自己一路上千辛万苦通过几处封锁线，亲见日寇杀人放火、掠夺财物等情况引起了大家无限悲愤。也有一次，有两个同学决定离校，到延安去参加工作，学院举行欢送会，冯友兰、钱穆两位先生登台慷慨陈词，十分热烈。这些情况在诗歌墙报上都有反映，表达了大家的抗日情绪，强烈的爱国心。有一次，我们开诗歌讨论会，叶公超先生也来参加，请会抽烟的同学抽"哈德门"牌香烟；他竭力鼓吹写新诗，并且谈了"诗与时代"的意义，但他强调新诗必须有一定的格律。这正如有一次我们跟燕卜荪先生聊天时，我问先生对于自由诗的看法，他笑着说："Yes, free, but not verse."（是的，自由，可不是诗了。）这些场合，我和穆旦和许多同学都参加了。六十年后，我仍然记得那时种种情景，如今回想起来，仿佛就在眼前。

然而在这样的境遇中，教师仍然认真讲学著述，学生仍然勤奋学习，学术文艺活动仍时在进行。冯友兰先生说："我们在南岳的时间，虽不过三个多月，但是我觉得在这个短时期，中国的大学教育，有了最高的表现。那个文学院的学术空气，我敢说比三校的任何时期都浓厚。教授学生真是打成一片。有个北大同学说，在南岳一个月所学的比在北京一个学期还多。"（见《回忆朱佩弦先生与闻一多先生》）以我自己切身的体会，冯先生说的是很对的。当时冯先生的著作《新理学》、金岳霖先生的《论道》、朱自清先生的论文《"文选序"事出于沉思，义归于翰藻说》、汤用彤先生的《中国佛教史》第一部分等都是在南岳山中写成的。此外，闻一多先生继续研究《诗经》和《楚辞》，时有新颖的见解；吴宓先生深夜备课，抄笔记，写讲授大纲；钱穆先生常去南岳图书馆查阅资料，为日后撰写《国史大纲》作准备；柳无忌先生课余灯下重研易卜生《国民公敌》、勃里安《红袍》等剧本；吴达元先生那么认真严厉讲授法文，等等。这一切都使我们深深感动，得到启发，受到了踏实的教育。这也许就是身教重于言教的道理吧。我认为这些对穆旦后来的成长，一生勤奋，做出贡献也是很有关系的。

后来，日寇铁蹄不停进袭，炮火已烧红大江两岸，逼近武汉，临大决定西迁昆明。一九三八年一月下旬，我们大考后，提前结束一学期，就分批离开南岳，向住了八十天的这座名山，这个被称为"五岳独秀"的胜地告别了。正如上文已谈到的，穆旦参加了"湘黔滇旅行团"。我和许多同学及部分教师，坐粤汉路火车先到广州，在岭南大学住了一个多月，再坐小火轮到了香港，办理签证。再次看见叶公超先生，他那时是学校驻港办事处主任。再坐轮船到越南（那时叫安南）海防上岸，再转乘滇越火车沿红河北上，直达边境老街下车，步行越过国界，到了河口，看见了美丽的云南大地；再坐火车北行，那时已知文法学院设在蒙自，所以我们在滇越线上的碧色寨站下车，再换乘个（个旧）碧小火车向西南行，到了蒙自。那时临大已改名为国立西南联合大学了。一九三八年五四运动十九周年纪念日，我们又在蒙自开学上课，开始另一阶段的生活了。

这会儿，回忆迷恋的轻翅要飞向蒙自南湖边上了。

蒙自是云南省东南角上一个古老的小城（现属红河哈尼族彝族自治州），直线距离越南国境不到一百公里；是祖国西南边陲重镇，几种少数民族聚居之处。以前（一八八七年）法国人看上这块地方，要求清政府开辟为通商口岸（曾经相当发达，后因滇越铁路建成，不经过蒙自，它便衰落了），所以那里有不少法国式的建筑。我们文法两院搬到蒙自后，就租了城外东南角的海关大院（里面还有法国领事馆、法国东方汇理银行）旧址，作为教室、图书馆和部分教师宿舍之用；朱自清、燕卜荪等先生就住在那里。另外，在东边（靠近东门城墙）租用一个希腊人开的"哥胪士洋行"，一座砖砌的两层长方形大楼，我们全体男生和部分教授如闻一多、钱穆、吴宓、陈寅恪、陈岱孙等先生都住在里面。后来，吴、钱等先生移住法国医院旧址一座西式小楼中，吴先生取名为"天南精舍"（The Concordia House）。那时，冯友兰先生一家住在城里桂林街王宅的院子里。陈梦家和赵萝蕤一对年轻夫妇也住在那边。女同学为了安全起见，都住在城内一个士绅周家两层楼房里，取了个漂亮的名字，叫"听风楼"。

　　海关是一片相当大的地方，像座花园似的，种植着各种各样的热带植物，真是奇花异草；还长着不少棵挺大的杧果树和木瓜树。尤其是高高的绿叶稠密的尤加利树是我们初次见到的。树上栖息着白羽毛黑嘴巴的鹭鸶，成天呱呱地叫着，或者在南国蓝得可爱的晴空上飞来飞去，或者绕着南湖盘旋，捕捉鱼儿什么的。我最喜欢的是高大茂盛的石榴树，城内外都有，花儿真像簇簇火焰，美极了。南湖风光优美，是我们师生常去的所在，也就是我们的诗社诞生的地点。关于蒙自和南湖，朱自清先生写过一篇散文《蒙自杂记》有很细很好的描述，其中，朱先生特别赞美蒙自每年六月二十五日举行的火把节,城里和四乡燃起一处处、一堆堆熊熊的火光。他说:"这火是光,是热,是力量,是青年。"在这里,我想再引用《吴宓日记》里的一段话来概括说明南湖的景色:"……南有瀛洲亭,北岸为蒙自师范学校及 kalos 洋行楼房;东为由校入城之石路;西则为堤,有桥,有树。堤西更为巨湖,有荷花红白,极广且盛。更西南为菘岛,遥南为军山公园。湖岸环以柳槐等树。南岸有三山公园,又有昔法人布置之墅宅,以花树复叠为壁,极美。夏日水涨,湖光鲜艳。"

在这里,我们成立了在闻一多和朱自清两位先生指导下的南湖诗社。

在这里,穆旦写了一首题为《我看》的美丽动人的抒情诗:

我看一阵向晚的春风
悄悄揉过丰润的青草,
我看它们低首又低首。
也许远水荡起了一片绿潮。

我看飞鸟平展着翅翼
静静地吸入深远的晴空里,
我看流云慢慢地红晕
无意沉醉了凝望它的大地。
……

有多少次，在课余，在南湖边堤岸上，穆旦独自漫步，或者与同学们一起走走，边走边愉快地聊天，时不时地发出笑声；或者一天清早，某个傍晚，他拿着一本英文书——惠特曼《草叶集》或者欧文《见闻录》，或别的什么书到湖上静静地朗读……这些就是他写这首诗的背景。自然风光融入心灵，他那么巧妙地描绘了南湖景色。整幅画面我是熟悉的，亲切的，尽管岁月已消逝快六十年了；仿佛穆旦仍然活着，仍在那儿漫步，一个充满着希望的年轻诗人面对着大自然在放歌：

O，逝去的多少欢乐和忧戚，
我枉然在你的心胸里描画！
O，多少年来你丰润的生命
永在寂静的谐奏里勃发。
…………
去吧，去吧，O，生命的飞奔，
叫天风挽你坦荡的漫游，
像鸟的歌唱，云的流盼，树的摇曳；
O，让我的呼吸与自然合流！
让欢笑和哀愁洒向我心里，
像季节燃起花朵又把它吹熄。

就是这样，形象和意境，一个二十岁年轻人的向往和追求；语言又多么简练而清新，这样的歌唱也是"五四"以来中国新诗中的精品。那时，穆旦心上还洋溢着浪漫主义的激情，不是照得见华兹华斯、雪莱、济慈的某些光彩吗？连"O"的用法也是雪莱式的，也是惠特曼式的。通过这技艺奔流出来的情思，——对祖国大地挚爱的情思，直到一九三九年初（那时我们文学院早已从蒙自迁到昆明了）他写的《合唱》二首时仍然如此，但更热烈，更深沉了。

《我看》和另一首《园》都刊登在南湖诗社出的墙报上。那时生活艰难，连找一张像样的白纸头都困难，我们就用还能用的各种粗劣的纸头抄东西，交给向长清或刘兆吉，他们就贴在一两张能找到的牛皮纸或一张报纸上，再贴在教室外边墙上或其他人们容易看到的地方。不管怎样，穆旦总是认真的一个字一个字写在纸上，字迹端正而秀气，真是我们常说的，一丝不苟。我后来在昆明时曾请穆旦把上面提到的四首诗，统统抄在一本我从香港一家旧书店里买到的萨克雷《亨利·艾思蒙传》里几张插图雪白的背面上，真是珍贵的纪念品。

南湖诗社是西南联大最早的一个文艺团体，后来文学院搬到昆明后，更名为"高原文学社"，我们都是照样参加的。也就是在这个文学社的一次晚会上我认识了杨苡。在蒙自时，诗社开了两次座谈会，有一次闻先生和朱自清先生都来了——那时闻先生已蓄起胡子，住在"哥胪士洋行"楼上一间小屋子里，钻研古籍，涉心学问，很少下楼，被称为"何妨一下楼主人"，——随意聊天似的，谈些关于诗歌创作、欣赏和研究的问题，很引起我们的兴趣，受到真正亲挚的教益。闻先生说话风趣得很，几次说自己落伍了，此调久不弹了，但有时还看看新诗，似有点儿瘾，"你们比我当年写的'高明'"。而朱先生较严肃，说话慢慢地。他说新诗前途是光明的，不过古诗外国诗都得用心学。朱先生总是仔细地看我们送给他看的诗稿，提些意见。当时林蒲（原北大外文系四年级同学，后研究中国古典文学，长期在美国任教）写了不少诗，后来也写一笔好散文，得到了朱先生和沈从文先生的赞许。还有周定一（原北大中文系三年级同学，现任社科院语言研究所研究员）的一首《南湖短歌》大家很夸奖，实在是难得的创作。我自己那时写了一首较长的怀念家乡亲人的抒情诗叫作《永嘉籀园之梦》（后来改称为《温州落霞潭之梦》，后又将诗题改为《梦回落霞潭》。原稿已遗失，只剩下开头四节），因朱先生一九二三年曾在温州十中任教，籀园所在地落霞潭一带的风光是知道的，所以对这诗歌很觉兴趣，说写得不错，是一首"力作"，使我非常感动。

一九九〇年蒙自恢复了这个诗社，并于南湖菘岛建造了闻一多纪念亭。一九九二年，在蒙自红河州文化局领导下，创办了《南湖诗刊》，"卷头语"说："我们追寻闻一多、朱自清的足迹与身影，倾听'南湖诗社'的'呐喊和呼唤……'"

这里还须补充一点：当时穆旦有个南开中学同班同学，后读北大中文系的好友董庶，在南岳蒙自时，他俩经常在一起谈心，可说形影不离。董庶虽学中国古典文学，但爱好新诗，鼓励穆旦努力创作。所以，穆旦在昆明自印的第一本诗集《探险队》扉页上就写着"献给董庶"四个字，一九五五年，在"批判胡风"运动中，董庶蒙冤不幸自杀了。

那时我们继续上在南岳时几位教授所开的课，燕卜荪先生的"莎士比亚"和"英国诗"等。我那时在吴达元先生的严格

西南联大八十周年校庆现场,二〇一八年

教导下努力学习法文；课外抱着一部法英字典，啃都德的名著《磨坊书简》(Lettres de mon Moulin)，居然读通了，为后来我翻译《红与黑》打下了较好的基础。穆旦开始学习俄文，是跟历史系一位俄国教授噶邦福（Gapanovich）先生学，学得那么认真。我时常看见穆旦在海关大院一个教室里和噶邦福先生坐在一起学习；有时看见他跟老师沿着南湖边走边说话。他俄文的基础是在蒙自打起的，这就为日后他那么出色地翻译普希金作品等准备了最初良好的条件。有人说穆旦的俄语老师是刘泽荣先生，这不错，不过那是到了昆明以后的事。后来穆旦在介绍、翻译外国文学方面做出了光辉的贡献，他的经验很值得探索。

写到这里，我必须强调说一说：一个诗人，一个学者，可以说古今中外所有的大学问家、大思想家、大作家、大科学家等，他们的成就和贡献，一方面固然有天资禀赋的因素，但主要的还是靠刻苦锻炼，勤奋学习。穆旦就是这么一个人，可以说是我们同代同学中的一个典型，一个模范。这点我认为很值得今天年轻人学习，特别是写诗、学文学的年轻人好好学习。这里只举几个例子足可说明了。在南岳和蒙自，他为了进一步学好英语，居然把一部开明书店出的《英汉模范字典》从头到尾，从A字部到Z字部，连单词例句，反复熟读了几遍。这看起来，似乎有点傻，但他几次告诉我，得益大，有味儿得很，可以温故而知新，也劝我试一试。穆旦有一部很厚的美国教授佩奇（Page）编选的《英国十九世纪诗人》选集（这也就是吴宓先生在清华讲授"英国浪漫诗人"一课时所用的读本）影印本，视为珍品，时常翻阅，反复吟诵，比如其中雪莱哀悼济慈的著名长诗《阿童尼》（Adonais）等，他都背熟了。还有，他那时特别喜欢读华盛顿·欧文的《见闻录》（Sketch Book），他有本英文原著（他说在北平东安市场旧书店找到的），差不多天天翻翻，很入迷。欧文这书当然是一本脍炙人口的杰作，美国文学中的瑰宝，曾经受到拜伦、司各特、萨克雷、狄更斯等大家的高度赞扬。我多次看见穆旦一早起来在晨光熹微中在湖边大声朗读；他尤其醉心其中《威士敏斯特教堂》（Westminster Abbey）这一篇，都背熟了。为了写这篇回忆录，我前几天特地从南大图书馆借来一本《见闻录》翻阅了一遍，当我读到《威士敏斯特教堂》一篇中描述作者瞻谒诗人之角（原文作"poets' corner"）时的感受和喟叹，我不禁马上想起穆旦来，快六十年前的景象重现在眼前。我愿译出其中最精彩而动人的几句话，也作为对穆旦的一点珍念吧：

有些人之所以留名后世只是凭借历史，但这种声名，时间一长，便变得越来越不真了。与之相比，作家和他的国家人民的关系却是永世常新的，活跃而亲密。他们的一生与其说为自己，不如说是为了别人。……但愿世人对他们的名望格外尊重，因为这名望不是依赖暴力和血腥赢得的，而是凭借自己辛劳带给人们的乐趣。但愿后人对他们的恩泽永志不忘，因为他们留下的不是那些空名和鼓噪一时的行动，而是一份丰富的遗产——智慧的宝库、思想闪亮的珠玉和语言金色的血脉。

这些话说得多好啊！是从距今一百七十多年前被称为"美国文学之父"的华盛顿·欧文笔下涌流出来的对诗人作家最强烈的颂歌，如今重读，无限感慨，但在这里纪念我们的诗人穆旦，不是仍然很新鲜，很有意义吗？

除了《见闻录》外，穆旦也十分喜欢惠特曼，他爱《草叶集》到了一个发疯的地步，时常念，时常大声朗诵；我到现在还想得起来他读惠特曼那两首悼念林肯的名作《啊，船长，我的船长啊!》和《当紫丁香最近在庭园中开花的时候》时的神态和声音来。这个大力鼓吹"自由土地，自由言论，自由劳动，自由人"，歌唱"哪里有泥土，哪里有水，哪里就长着青草"，赞美"带电的肉体"，一生憎恨黑暗，追求光明，反抗强暴，同情人民，为自由和民主斗争到底的美国浪漫主义大诗人，他的新内容，新形式，新的语言，对这时期的穆旦，甚至在以后的岁月中的影响是实实在在的，是深刻的。说来也有点儿意思，可否有这么一条线索：布莱克—惠特曼—叶慈—艾略特—穆旦。这个问题，这个结论且留待内行人，专家们和年轻的学者们研究吧。

文学因缘多么丰富复杂，多么层出不穷，也是有迹可寻的。传统和革新交替进行，好像一个浪头接一个浪头，其间有洄澜，有漩涡，有重叠。有些道理在 T. S. 艾略特有名的论文《传统与个人才能》里讲得很清楚了，穆旦是很佩服艾略特的这种见解的。什么是诗？诗人的心灵是怎么样的？艾略特说："诗人的心灵就是一根白金丝。"法国诗人贝朗瑞说："他们的心是一只悬挂着的琵琶，人们一触动，它就发出声响来。"歌德说："一切诗都是即兴诗。"闻一多则指出:"诗人应该是一张留声机的片子,钢针一碰着他就响。……他完全是被动的;他是不能自主,不能自救的。诗人做到了这个地步,便包罗万有,与宇宙契合了。换句话说,就是所谓伟大的同情心——艺术的真源。"(见《文艺与爱国》一文)闻先生这个观点是否符合济慈所说的"反面感受力"(Negative Capability)的意思呢?总之,在创作中,或在诗论中都有个继承和创新的关系,都有文学因缘存在。不过,无论怎样,总是脱离不了时代和社会,脱离不了大地泥土,总是向前发展的,正如长江、黄河,多么曲折迂回,最后归于大海,因为人类总是永远前进的。因此,我认为应该从文学因缘方面来更深入研究穆旦的作品。

以前,一九四〇年,穆旦曾为卞之琳的《慰劳信集》写过一篇很好的评论,他指出:"七七抗战使整个中国跳出了一个沉滞的泥沼,一洼'死水'。自然在现在,她还是不可避免地带有一些泥污的,然而,只要是不断地斗争下去,她已经站在流动而新鲜的空气中了,她自会很快地完全变为壮大而年轻。"这里,穆旦已为新中国的诞生预先唱了一支热忱的赞歌,实在难得!从《野兽》《合唱》二首到后来的《赞美》《在寒冷的腊月的夜里》《森林之魅》等诗篇中,我们完全有根据称穆旦是一个爱国主义诗人,继承了我国以屈原为首,中经二千多年,发展到现当代郭沫若、闻一多、艾青等为代表的爱国爱人民的伟大优秀的诗歌传统。穆旦的思想是高超的,艺术是富于独创性的。他的现代主义是和爱国主义结合着的。穆旦就是穆旦,他不属于任何流派。我一直认为,把穆旦归入一个本来不存在而勉强凑合的所谓"九叶诗派",或称他为"九叶诗人"是极不合适的,甚至是很可笑的。关于这点希望有机会另文论述。

我们在蒙自比较安静地读了一学期书,到了一九三八年七月,因空军学校要进驻蒙自(后来,到了一九三九年春间,蒙自也被日本鬼子狂炸了,海关大院里落了几个炸弹,破坏得厉害),要造个飞机场,保卫正在艰苦开辟中的滇缅公路(请参考杜运燮《滇缅公路》一诗),同时昆明正在造联大新宿舍,于是文法两院就在暑假内搬到昆明了。这是第三次迁移,也是我们另一段生活的开端。

现在,正好引用穆旦《园》诗最后两节作为本文的结束语:

如同我匆匆地来又匆匆而去,
躲在密叶里的陌生的燕子,
永远鸣啭着同样的歌声。

当我踏出这芜杂的门径,
关在里面的是过去的日子,
青草样的忧郁,红花样的青春。

附记

为了纪念穆旦逝世二十周年,我在深切怀念和激动中,也在老同学杜运燮热情的鼓励,多次催促下,写了这篇回忆文章(同时也怀念母校西南联大和敬爱的老师们),以志对不幸过早离别了人世的老友查良铮深沉的哀思,我有着无限的感慨。一九三八年夏，我们到了昆明后，就住在小西门内昆华师范学校原址，我和穆旦那么巧同住在一个大房间里，而且共用一张双层床，他睡上铺，我在下铺，朝夕相见相亲，有两年多，直到一九四〇年夏，我们毕业离开学校。那两年中，他老是叫我"Young poet"（意为年轻的诗人。这是当年联大外文系一些同学李赋宁、周班候、黎锦扬等给我取的绰号）；我对穆旦更加了解了。那时我们在"高原文学社"办的墙报上发表一些诗和译作；还和杨周翰等外文系几个同学一起出了一个英文墙报"Symposium"（论丛）。

那时燕卜荪先生开了"当代诗"这门课，穆旦、王佐良、周珏良、杨周翰等同学都选读了（当时，我选读了叶公超先生的"十八世纪文学"和钱锺书先生的"文艺复兴时期文学"等课），而我没有。当穆旦和杜运燮等用心大量地阅读T. S. 艾略特和奥登等英美现代主义作品，越来越受到影响的时候，我是落后的，我仍然停留在浪漫主义的梦幻里。不过，我多少也受到穆旦的"感染"，所以，一九四〇年春，我便写了一首一百多行的诗，叫作《昆明画像》（后改称为《一九四〇春，昆明》），副标题就是"赠诗人穆旦"。后请沈从文先生指正后，发表在沈先生和朱先生合编的《中央日报》《平明》文艺副刊一九四〇年五月二十九日第二二五期上。这是一九四〇年代我试用现代派某些手法写的唯一的一首长诗。

上文写到蒙自为止，关于穆旦在昆明的情景，我希望以后有机会继续写出来，预先有了个题目，叫作《昆明，激动的岁月》。由于以前回忆或论述穆旦的许多文章中，很少提到他在南岳和蒙自生活和读书情况（而且当时绝大部分老师和许多同学都已先后离开人世了），为了交代一下我所了解的历史和他智慧发展上的一些背景，便写了这篇东西，算是填补一点空白吧，或可供后来中外研究穆旦的人们参考。

最后，关于穆旦，还是引用一下叶慈关于诗的一句名言，这就是"热血，想象，智力融合在一起"（blood, imagination, intellect running together）。

一九九六年七月五日至二十五日
高温中写毕
一九九七年五月修订

追思旧谊

怀念许国璋学长

许国璋学长离开人间不觉已两年了。这些日子里,在哀思和怀旧情绪的波动中,我几次想赶快写篇纪念他的文章。近年来,我以前的老同学,过去曾在南岳、蒙自、昆明三地辗转生活过,在西南联大外国语言文学系一起读书的学友们中如今已有不少先后逝世了。一九八三年八月二十九日至三十一日,在北京举行的"中美双边比较文学讨论会"中方十名正式代表里,就有杨周翰、周珏良、许国璋和王佐良四位不在人世了。这四位学长和我在抗战初期,在那动乱艰辛的环境中度过了充满着希望和信心的难忘岁月。也正是在上面所提到的那次中国和美国比较文学学者的讨论会上,我作为南京大学一个列席代表参加了盛会,那么凑巧地与许多年未见的许国璋学长坐在一起,亲切交谈。特别是在大会上听到了他以流畅生动的英语介绍他的论文《鲁迅在日本留学时期与西方文学的接触和他的哲学探索》的要点。后来,我又拜读了论文全文,先是英文打字稿,后是发表在《文艺理论研究》一九八三年第四期上的中文稿。

也正是在这个会议结束，我回到南京家里后不久，我就把一九八二年四月由天津人民出版社印行的拙著《鲁迅〈摩罗诗力说〉注释·今译·解说》一书寄赠给国璋，请他批评指教，并与他通过几封信，主要是关于鲁迅早年的文学思想，尤其是关于鲁迅为何以及怎样接受西方浪漫主义这一研究课题的商榷，他的观点给了我不少新的启发。他很看重我这本书，说我把鲁迅这篇深奥的文言文译成流畅的现代汉语，做了件好事，这使我十分感谢。

我以前只知道许国璋是一位语言学家，英国语言杰出的研究者。长期以来，他在英语教学和编写影响极大的英语读本等方面做出了卓越的贡献。直到我参加那次中美双边比较文学会议时，才了解他对中西比较文学、中国近现代文学与西方文学的关系，特别是他对鲁迅早期思想、文艺观和哲学探索很有研究，提出了新颖深刻的见解，使我十分钦佩。他那篇论文评述鲁迅一九〇六年至一九〇九年在日本所写的四篇（即《人之历史》《科学史教篇》《文化偏至论》及《摩罗诗力说》，后来均收入杂文集《坟》中）关于中国和西方科学与文艺思想的文章，"最足以表示鲁迅在青年时期的哲学探索"。他认为鲁迅当时抛开学医，从事文学活动不是一个偶然现象，不是一人突发的转变，而是"从机械和不须思索的学习转变到哲学和美学探索的开始"。他又指出鲁迅"着眼于文化上根本性的东西：西方科学史上科学和宗教的冲突，科学研究中真理的探索和功利的追求之间的冲突，文学中的权威和叛逆的冲突"。我觉得国璋这些论断十分精当，抓到了鲁迅早期思想发展中的一个核心。关于这一点,在他谈到鲁迅的《摩罗诗力说》时更加突出,更富有说服力了。我非常赞赏他指出鲁迅这篇文章中"真正有见地的是对于《圣经·创世记》的分析和对拜伦的三部描写人与天神抗争的诗剧的分析,尤其是《该隐》一剧的评说";"对于撒但的尊敬和对于上帝的怀疑,那是鲁迅的摩罗诗人的根本精神"。在这里,我还要着重谈到,国璋在他这篇论文中关于鲁迅和尼采关系的论述是很有见地的,在当时也是颇为新鲜的。他说:"在鲁迅看来,摩罗力量和超人力量是一致的,前者的斗争对象是神道,后者是对庸愚和众愚。鲁迅用'争天拒俗'把摩罗精神和尼采的超人哲学结合在一起了。""尼采以深山中的先知身份布施智慧,鲁迅以至诚的致人以善美刚健的精神号召群众;鲁迅颂扬超人,因为超人敢于争天拒俗"。大家知道,长期以来,在我国一九四九年后学术界中,鲁迅和尼采的关系、鲁迅接受尼采哲学思想的深刻影响的研究是一个禁区,这是在当时教条主义和极左思想的影响下产生的结果。所以,我认为国璋这个科学论断在鲁迅研究中可算是一个突破,起了发聋振聩的作用。

写到这里,在眼前浮现着这位真诚、直爽、一生勤奋的老同学年轻时的面影,那是快六十年前的情景了。一九三七年,"七七"卢沟桥事变,日本帝国主义穷凶极恶地大举侵略我国,神圣的抗日战争全面爆发后三个多月,北大、清华、南开三大学相继南迁,联合在长沙建立了国立长沙临时大学,理工法等学院设在长沙城内,文学院则搬到南岳山中,租借了"圣经学院"为校舍。这就是后来八年中,西南联大师生在兵荒马乱之时颠沛流离,而心胸间洋溢着爱国热情,同仇敌忾,不怕艰难困苦，坚持学习和工作，弦歌不辍，取得了光辉的成就，在中国乃至全世界教育史上创造了奇迹的开端。那时，在寂静的南岳山间，聚集了一大批第一流的学者教授，如吴宓、叶公超、柳无忌、罗皑岚、吴达元、杨业治、朱自清、闻一多、冯友兰、罗庸、罗常培、浦江清、金岳霖、沈有鼎、刘崇鋐、钱穆以及英国诗人和文论家燕卜荪等。我那时十分幸运，有那么难得的机缘在十月底，从我故乡温州赶到南岳，在外文系二年级继续上学，认识了李赋宁、查良铮（后用笔名穆旦）、王佐良、许国璋、李鲸石、林振述（后用笔名林蒲）、王般、李敬亭、刘重德等同学，还有我的同乡老同学叶棱，他们原都是清华、北大外文系学生。也有几位中文系同学如周定一、刘兆吉、向长青、刘绶松等（这四位再加上外文系的穆旦、林蒲、刘重德等一九三八年春在蒙自发起组织了"南湖诗社"，请朱自清和闻一多两先生为导师）。我们在一起生活和学习，度过了寂寞而又激动的八十多天。关于这些情况，在我作于一九四三年的一篇回忆散文《怀念英国现代派诗人燕卜荪先生》里有较详尽的描述，这里不多说了。

我直到现在还记得我和国璋等学长一起上吴达元先生的"二年级法语"课和燕卜荪先生的"莎士比亚"课的情景，印象太深刻了。吴先生教学非常认真严厉，我们很紧张，提问时，我心里直蹦跳。如果回答错了，先生就蹙着眉头，瞪眼看着；如果对了，他便笑眯眯地连声说："Très bien! Très bien!"那时我们用的是美国出版的一部法语语法读本（*Fraser and Square: A New Complete French Grammar*），里面有不少篇很有趣的故事逸闻，吴先生总是叫我们先预习好，上课时，要我们先读原文，再逐字逐句翻译，他再讲解分析，十分注重语法现象。在吴先生的教导下，我们的法语打下了较坚实的基础。关于燕卜荪先生给予我们的教导和影响，我在上面提到的那篇文章中说过，不重复了。

一九三八年初，因日寇进逼，威胁武汉，临大西迁云南昆明，文法两学院暂设在昆明西南的蒙自，学校名称也改为国立西南联合大学了。我们在蒙自学习了四个月，又搬往昆明，那是这座在苦难流亡中诞生的最高学府迈入兴旺发展的一个时期。记得那年暑假后，外文系主任叶公超先生开了"印欧语言学概论"（Indo-European Linguistics）和"十八世纪英国文学"两门课，我和许国璋，还有不少其他同学都选读了。叶先生富有特殊的风度，时常穿着一件米色风衣，衔着一个烟斗，微驼着背部。他讲课时的姿态和神情，纯正漂亮的英语，特别是他讲十八世纪几个大作家，如约翰逊博士（Dr. Johnson）、狄福（De-foe）、斯威夫特（Swift）、斯蒂尔（Steele）和艾迪生（Addison）等的生动描述和精彩的评论，给我们留下了十分深刻的印象，至今未忘。那时，国璋和我同上叶先生的课，时常接触，对他有较多的了解，知道他对语言学发生了浓厚的兴趣。我常常看见他手里捧着丹麦语言学家叶斯帕森（Jespersen）和美国语言学家布洛姆菲尔德（Bloomfield）的著作。后来听说他到英国留学，专攻十八世纪英国文学，这也许是受到叶先生的启发吧。一九三九年春，外文系高年级部分同学，我们几个相知朋友，办了一个英文墙报，叫作"Symposium"，半个月出一大张，主要撰稿人有杨周翰、黎锦扬等；还有一个清华同学周班候，能写漂亮的小品随笔。我还记得国璋在墙报上发表了几篇关于外国文学的短论，有精辟的见解，很引起大家的赞赏。我那时对他的英语根底已很钦佩了。一九四〇年夏，我毕业后，先在联大美籍教授温德先生主持的"基本英语学会"工作，后在南菁中学教英文。第二年冬天，离开昆明到重庆，后来入中央大学外文系任教。从那时起直到一九四九年后，我一直未见到国璋学长，也不知道他的情况，而我是时常想念他的。

一九五〇年代初，我到北京学习，并准备到民主德国讲学时，有一天看望我的同乡老同学吴景荣，那时他早已从英国留学回来，在北京外国语学院任英文教授兼系主任，才知道许国璋、王佐良、周垃良、王般、刘世沐等几位都在北京外国语学院工作。有一次，景荣约我和国璋，还有刘世沐、王般见面，在魏公村一间餐厅里设便宴招待。我看见国璋还和从前一样，高个子，较瘦，精神抖擞，谈笑风生，回忆往事，非常有意思。那时他已是著名的英国语言和语法研究家了。后来，国璋根据他长年教学的丰富经验，结合中国大中学学生学习英语的实际情况，编写了一整套大学英语教材，一出版便得到了广泛的好评，成为国内最受欢迎、最有实效、影响最大的一部书了。以前，一九三〇年代时，我国中学学英文最好最流行的课本是林语堂编的初中《开明英文》三册和吕叔湘等编的《高中英文选》三册。我在温州中学读的就是这六本书，实在好，有着强烈的吸引力。我想，许国璋编的这套教科书是取代了上面所说的那两套书的地位，灿烂发光了。当然，他编写的是大学英语读本，和中学不同，不过从性质和作用来说，还是一致的。后来，再加上现代科技的运用，如磁带录音、电视讲座、电台广播等，他的课本更加名扬四海了，在学习英语，培养各种人才中起了极大的作用。许国璋的名字就成了英文读本的代号了。好几次，我在南京新华书店买书时，就听见有人大声问售书员："有没有许国璋？"我感到非常有意思，也非常欣慰，我为这位老学长真诚地祝贺，不禁在心里念着：幸福的许国璋！幸福的许国璋英语！"

一九八四年十月，我在香港中文大学比较文学中心做客，进行一些学术交流活动时，有一天我正在离我住的雅礼宾馆很近的一个餐厅里吃饭，忽然看见国璋与另外几个人一起走过来，我很激动，便跑过去叫他，他也很激动地说："你怎么也在这里？"我说："你怎么也来到这儿？"那次他是到中文大学参加一个国际语言教学与研究学术研讨会的，也住在雅礼宾馆里。当天晚上，我去看他，一起坐在客厅里随意聊天，跟从前一样，亲热地说话，谈些老同学老朋友的近况，十分愉快。我告诉他："你的大名成了一种高级商品了，人们到书店里一叫：'有没有许国璋？'或者，'我要许国璋第一、第二册'，如此等等。"他听了，哈哈大笑不止，连忙说："别开玩笑，你这个'Young poet'还是那么罗曼蒂克，现在却也成了一个老头子……"这里顺便提一下，"Young poet"（年轻诗人）是我在西南联大上学时的一个绰号，那时外文系许多同学，尤其是查良铮、李赋宁、许国璋、黎锦扬、叶桎（叶、黎两位后来一直在美国定居、工作，五十多年未见了）等，老叫我"Young poet"。那时，上面提到过的那个老学长周班候还写过一篇"人物素描"的散文，题目就是"Our Young Poet"，登在墙报"Symposium"某一期上，如今我还留着这篇东西的打字稿。所以，那天晚上，我们走出客厅，在外边阳台上，凭栏眺望吐露港上的夜景，远近灯光点点闪闪，不禁回忆起几十年前的昆明岁月，往事如烟，旧游似梦，真是有无限的感慨……

我最后一次看见许国璋学长是一九九二年六月，他应南京国际关系学院的邀请来讲学，我得到消息后，立刻托该院外语系一位教授朋友送封信给他，约一个时间见面畅叙，请他和夫人到我家里便餐。他回信说日程排得很紧，恐怕不能如约了。我又打电话给他说我去看他，他回答还是他来。过了一天，中午前，他来了，我真高兴，说他是个大忙人，他说："我们都老了，风烛残年，力不从心，彼此多保重吧。"我告诉他鲁迅的《摩罗诗力说》国内外已有三种英译本，不过都未出版。他说太好了，希望早日问世，等着拜读。那天，我与国璋见面，很不容易，只可惜他下午还要做报告，不能久坐长谈，大约不到一小时，他就回板桥国际关系学院去了。那次我看到他已有些衰老，头发白了，不过精神还挺好，没想到这是我们最后一次晤面了。一九九三年秋，我寄给他一本新出的拙著《诗歌与浪漫主义》文集，并附信问候。他没有回信，我十分惦记，大概那时他的身体已很不适了。

国璋学长在外国文学、语言学、英语教学和研究以及中西文化关系的探索等方面所取得的成就，是大家都了解的，我想他的同事朋友，他的研究生高足们一定会多写文章介绍论述的。

他勤奋一生，贡献巨大，桃李满园，影响深远，永远会为大家所怀念所称道。国璋是一位著名学者和教授，又是一位真挚热心、乐于助人的朋友。我女儿有个老同学，她的女儿考上了北京外国语学院，要我写封介绍信，请许国璋教授多指导。我就写了封信托那个姑娘带到北京去。后来她告诉我许先生虽然是一位名教授，大红人，但一点架子都没有，接待她非常热情周到，在学习上给了她很多的帮助，还鼓励她好好地专攻法语和意大利语。为了这点事情，我与国璋通了两封信，十分感谢他对年轻人亲切的帮助。

　　许国璋学长离开我们已两年了，他的音容笑貌仍然深深地淹留在我的心中；他的人品、学问和一本本著作仍在闪光。在哀思和无限怀念中，我写了这篇回忆散文，聊抒旧谊，算是献给国璋的一束鲜花吧。

一九九六年三月三十日
连朝春雨初霁之时

读萧乾先生的一封信

瑞蕻兄：

近来好！

弟日前以极大的兴趣一口气拜读了兄在这期上海《文汇读书周报》上所撰之关于 Empson 一文，真把他写活了；因而觉得以兄之丰富经历，高超文笔，宜多写回忆文章，使当代读者了解当年（抗战前后）的生活情况。弟已写过两本了，一为《未带地图的旅人》；另一为《文学回忆录》，可惜弟没有兄的生花之笔。

与杨苡嫂也久未通信了，近来未见其新作。我们这两口子很想向兄等挑战，希望热闹起来。弟前天起已进入八十六岁矣。但这支笔打算拿到最后一息。

匆颂

双安

文洁附候

弟　萧乾上

一九九六年二月七日

一九九七年赵瑞蕻、杨苡夫妇拜访萧乾

另一英国人 Harold Acton 也值得写写。抗战前真有些名学者值得令人怀念，且多在北大、清华。

Empson 后娶南非一位 CP 为妻，我曾到过他们的家，床上罩一阿拉伯式的大帐幕。

上边抄录下来的是老友萧乾兄不久前给我的一封信，我和杨苡看了，真是高兴，异常感动，很受鼓舞。这位国内外著名的极有影响的作家一生勤奋，不断耕耘，虽经凄风苦雨，那么些坎坷，但始终没有失去热爱祖国人民，热爱文学事业的信心；更可贵的是在晚年仍振笔疾书，坚持下去，在著译多方面做出了卓越的贡献。他是一个典型的乐观派。一九三九年秋，我在昆明西南联大上学认识他时（那时候他是《大公报》记者，正打算去采访有关滇缅公路的新闻），他就是一副笑容。如今当然苍老多了，但未改乐观状态，实在难得。他在八十六岁生日后两天，给我写了这封虽短，而充满着促进、热情鼓励力量的信，意外中为我们带来的喜悦和激动，我们的感谢之情实在不是笔墨所能形容了。

萧乾兄信中提到的我最近在《文汇读书周报》上发表的一篇回忆散文就是拙作《怀念英国现代派诗人燕卜荪先生》（刊于该报今年二月三日"新月版"上）。它原是我作于一九四三年，初次发表于当时重庆《时与潮文艺》月刊上的一篇旧稿。这次承《文汇读书周报》重载的是经过修订的。主要叙述一九三七年秋至一九三九年夏在西南联大外国语言文学系任教时的英国著名诗人和文论家威廉·燕卜荪（一九〇六——一九八四）先生的生活和教学情况，他的一些十分有趣的往事；其中也谈到抗日战争初期这三座高等学府在长沙、蒙自、昆明三地辗转流荡的难忘岁月，描绘了当时许多知识分子、教师和学生、学者作家们的精神面貌。他们在那样艰苦的环境中，敌机狂炸下，同仇敌忾，心胸间洋溢着抗战爱国热情，追求民主真理，弦歌不辍，坚持学习和工作，坚持著书立说，培养了一大批人才，为了祖国挣脱沉重的枷锁，做出了各自的贡献。燕卜荪先生虽是一个外籍教授，但与大家同甘苦，备尝艰辛，未有怨言，始终站在一起，在抗击东西方法西斯的战斗中尽了他的一份可贵的职责。我一直深切怀念着五十多年前那些热烈激动的日子，那许多教导过我们的敬爱的老师们，他们中绝大部分都已先后逝世了，但他们的音容笑貌，人品文风，学术和艺术上的光辉成就仍在策励着我们的心灵。这也就是萧乾的信中所提到的那些令人怀念的著名学者，他们多半在北大、清华任教；当然也有在萧乾的母校燕京大学教书的，或者跟这几个大学有着密切的关系。

我应该向萧乾兄学习，也正如向巴金先生学习一样，多写点回忆文章。在身体精神还可以，记忆力尚未完全衰退之前，能以笔墨记叙以前走过的道路，抒写所受到的教育，所得到的经验和教训，所接触到的人和事，特别是抗日战争时期，或者说，从一九三五年至一九四五年这整整十年中的风云变幻，震撼全世界的伟大时代。这正是我从高中毕业，离开故乡外出上大学，参加"一二·九"运动，后来又开始工作，直到反法西斯战争取得辉煌胜利的十年，中间包括我在西南联大读书那些特殊可贵的时光。如果把这些都详尽地写下来，使现在年轻的读者知道我们当年的生活情景，该多好多有意义啊！正如歌德一八二四年对他的秘书好友艾克曼说："我实在有得天独厚之处，生活在一些最重大的惊天动地的事件发生的时代，而且这些事件在我漫长的一生中，没有中断过。因此我目睹了七年战争，美国脱离英国而独立，法国革命，整个拿破仑时代以至那个英雄的没落和接踵而来的事件。所以我所得到的结论和观念对于那些刚出生而必须从书本上来领会那些事件而无法理解的人们便是不可能的。"这是实情，也就是我们为什么要写回忆录的一个缘由。当然每个时代有它的特点，有它的惊天动地的重大事件。歌德没有，也不可能经历发生在二十世纪许许多多震撼人心的事情，比如大家所熟悉的"一战"和"二战"（涂炭了八千多万生灵！）；还有我们伟大的抗日战争，以及如此荒谬和长达十年之久的"文革"（这是我们大家目睹的！），等等。萧乾鼓励我多写，我也热望如今仍健在的学术文艺界的老朋友，七八十岁的老人们赶快拿起笔来多写，尽量多写吧，写我们的时代，写我们的所见所闻所思所感，写到过的地方，读过的书，写给予过我们深刻影响的人们；写我们强烈的爱憎，希望和探索，永远怀抱着的追求真善美的信念。在这里，我想起十二年前巴金先生在一封给我的信中说："想念从文的文章已拜读，关于他还可以多写些。"（见人民文学出版社版《巴金书信集》第五十五页）这就是一个真诚的鼓励，使我非常感激。后来，我便写了一些关于我敬爱的中学和大学老师们的诗和散文，表达我深深的思念和恩情，其中就有十三首诗是献给沈从文先生的。除了师辈外，如今我也要写关于二十世纪三四十年代我那些同学朋友们的怀念文章，他们中已有不少位离开人间了。韶华流逝，岁月侄偬，人世沧桑，回忆往日旧事，在无限感叹之中，捕捉当年少许风采，留给后来者，总有一点用处吧。

我最近读了萧乾兄发表在《收获》今年第一期上的"玉渊潭随笔"之一《唉，我这意识流》，实在太好了，我读了两遍，希望大家都来读读。这是一篇精彩的回忆散文，但也不仅仅如此，那里面谈及的不少地方值得我们再三深思。因此，这也使我再次认识到天下文章如果是直抒胸臆，吐露真言，不拘一格，没有条条框框，也就是说，真正做到畅所欲言，任内心意识之流自由自在地流淌出来，定可撼动人心，引起共鸣，而达到净化心魂，促人前进，提高思想境界的目的。

从前有人问英国现代大诗人，诺贝尔文学奖获得者叶慈（W. B. Yeats）什么是诗，他回答说："热血，想象，智力融合在一起。"（blood, imagination, intellect running together）这话说得真好，这是关于诗歌创作的一个精确的说明。不过，我想写诗固然如此，写散文，写回忆录也该努力于此。其中，依我看来，"热血"，也可以说是"激情"（Passion），是主要的，第一等的。这也是爱，是灵魂，童心，同情；是青春之火，生命之源。同时，这也是一种憎恨人世间一切堕落腐朽的东西的力量，鞭挞黑暗，抵制阻滞人类前进的一切邪恶现象的强大武器。如果没有这一点，那么，就像雪莱在《论爱》（On Love）一文最后所指出的："爱的需求和力量一旦死去，人就成为他自己活着的墓穴，苟延残喘的只是他的一具躯壳。"

在这里，我在激动中写了这点读后感，我们愿意愉快地接受萧乾兄和他夫人文洁若所提出的友谊挑战——他们俩花了五年工夫，完成《尤利西斯》中译本巨大工程，还加上几十万字的注释，真是了不起！这在中国翻译史上是罕见的——让我们互勉，多多保重；永远有一颗"坦荡的爱心"（open loving heart，这是英国十九世纪作家卡莱尔赞美《约翰逊传》的作者鲍士韦尔的名言），在写作和翻译方面共同努力，正如萧乾在信中说的"这支笔打算拿到最后一息"。让我们共同迎接新世纪的光芒和风浪，继续耕种我们自己的园地吧！

一九九六年三月十日

读冯至先生的一封信

瑞蕻同志：

我衷心感谢您寄来的贺电！说实在的话，我真是有点怕过生日，年轻人过生日是一年比一年成长，老年人过生日是一年比一年衰退。虽然如此，朋友们给我祝寿，对我还是一个很大的鼓励，鼓励我尽可能去做一点应该做的事，不要自暴自弃。

您近来身体如何？写了些什么？希望能看到您的新作，《诗的随想录》已编印出版否？念念。

目前中国的诗坛，真是"杂花生树，群莺乱飞"——这两句现成的话可以说是褒，也可以说是贬。总之，我理来理去，理不出头绪来。不知您对于新诗的现状，如何看法？我很困惑。

敬祝俪祺！

冯至

一九九〇年十月八日

一九九〇年九月十六日下午，我到鼓楼电信局打了一个礼仪电报给冯至先生，祝贺他十七日八十五高寿华诞，冯先生十

月八日写了这封信给我。在这以前,一九八五年,我写了一首小诗献给冯先生,祝贺他八十岁生日:

赠冯至师

我的思念飞得很远,很远,
飞到昆明茅草泥墙的课堂里面。
您精神饱满,闪着盛年的彩光,
我静听你讲《浮士德》名篇;
后来我醉心于《山水》《十四行集》,
人品与文品使多少年轻人依恋;
冯先生!当您登上了八十岁高峰时,
请为祖国赢得更多荣誉,诗的光焰!

冯先生晚年(八十岁后)仍然坚持写作,除了一些新旧体诗歌外,写了不少篇散文,其中一部分是属于"回忆录"性质的,如《回忆〈沉钟〉》《相濡与相忘》《昆明往事》《儿时的庭院》《怀念北大图书馆》等。这些散文,或者称为随笔小品,都充满着真挚的感情,很有味儿,耐读;总是冯先生一贯的文风,流丽而朴素。其中有几篇谈老年人的生日,或者是向一两位老同事老朋友祝寿致辞(如一九九一年八月六日在祝贺季羡林八十寿辰会上的发言,他说季先生是一个善于利用时间的人,所以取得大成就),多少包含着某些哲理。我特别欣赏冯先生的《老年的时间与寂寞》这篇东西,也许由于我自己也是一个老人了,所以感到特别亲切而颇有领悟。文中,冯先生特地译介了歌德的一首诗《年岁》：

> 年岁是些最可爱的人，
> 它们送来昨天，送来今日。
> 我们年轻人正这样度过
> 最可爱的生活无忧无虑。
> 可是年岁它们忽然改变，
> 再不像过去那样恰如人意。
> 不愿再赠给，不愿再出借，
> 它们拿走今天，拿走明日。

这首诗什么意思呢？冯先生说："短短八行，概括了人的一生，我越读感受越深。"他又这样解说："年岁对青年人很慷慨，'送来昨天，送来今日'，是接连不断的赠送；对老年人又那样残酷，'拿走今天，拿走明日'，是毫不容情的索取。年轻人的时间有如丰富的宝藏，取之不尽，用之不竭；老年人的时间则一天比一天枯窘。"这是实情，我们都会有这样的体会，这也符合一条自然规律。古今中外诗人作家抒写这些情思，表达这样那样的喟叹的多得很。"少年不识愁滋味"是一种境界，"而今识尽愁滋味"是另一种境界（其实，稼轩写此词时才中年，这里姑且作为老年一种心境来理解）。我们常常听见老人们见面时说："见一次少一次了！"或者如陈寅恪先生一九六一年九月在广州赠吴宓先生一首绝句最后两行所写的："暮年一晤非容易，应作生离死别看。"说得多么感伤啊！（陈、吴两人后来一直未见面,在十年浩劫中受尽折磨,均含冤而死。)但确是如此。这个矛盾,正如理想与现实的矛盾,主观与客观的矛盾,是长期存在着,永远存在着的,也可以说,自从地球上有了人类,就有了这个矛盾了。

不过,问题还在于究竟应该怎样看待这个矛盾,处理这个矛盾。我十分赞成冯先生在这篇文章中所谈到的态度:"首先要承认自己是老年人。做些自己力所能及的事。……爱惜时间,不可浪费,因为来日无多,时间显得更为珍贵。"这点意思,这个劝告,冯先生在这封给我的信里就提到了:"……尽可能去做一点应该做的事,不要自暴自弃。"一个七八十岁的老人如果仍有这样的心态和毅力实在是难能可贵了。

去年,我在一本德文原版《歌德诗选》一书中偶然看到一首诗,是歌德许多"格言杂诗"(Vermischte Epigramme)中的一首(只有六行,每两行押韵),也是谈"老年"的,很有意思,可以跟上文所引冯先生译的那首,互相补充参照。现抄录原文,并试译于下,以飨读者,并请专治德语的朋友们指正。

Das Alter ist ein h flich Mann;
Einmal ubers andre Klopft er an;
Aber nun sagt niemand; Herein!
Und vor der Türe will er nicht sein,
Da Klinkt er auf, tritt ein so schnell,
Und nun heissts, er sei ein grober Gesell.

老年是一个有礼貌的人，
他不止一次来敲敲门，
但没有谁说："请进来！"
而他又不愿意待在门外，
于是就推门立即进入，
人们便说他是个粗暴之徒。

这首诗究竟什么意思呢？且待慢慢儿琢磨吧。

这封信最后一段，冯先生说到"目前中国的诗坛，真是'杂花生树，群莺乱飞'"，说他"很困惑"，并问问我的意见。我记得我在接到冯先生这封信后，很快回复，说了一些我关于当时新诗创作和理论研究的看法。我同意冯先生的批评，我理解他的"困惑"。后来，我在香港出版的《诗双月刊》第二卷第六期（一九九一年七月一日）上读到冯先生关于诗歌创作问题答童蔚问的全文，在最后一部分，冯先生说：

不久前，我在给一位诗人的信中引用了丘迟《与陈伯之书》的两句话，恰巧也是一个人给另一个人信里的一句话，"暮春三月，江南草长，杂花生树，群莺乱飞"，可用以形容中国当代的诗坛。花在开，也开得很美丽，但有些"杂"；莺在飞，也有飞得很妙的，可飞得有些"乱"。这是我个人的印象。

这些话就是冯先生给我的这封信最后一段的进一步的说明，现在抄在这里，留待研究者们参考。至于是"褒"或者是

"贬",或者"褒"多,"贬"少,或者反之,我想只要读一下冯先生另一篇文章《欣慰与困惑》就可以明白了。

最后,我想再说一下,关于当前我们新诗的创作问题,我在《读黄裳的一封信》里已扼要地谈到了,这儿不重复了。

一九九八年八月十五日

读沈从文先生的一封信

瑞霁：

得十八日来信，知你已到北京，极希望有机会欢迎你能到我住处谈谈大，就便吃一顿便饭。如系廿三、廿四两天，即来吃晚饭；若廿七日方便就来吃中饭。只是这天是星期天，家中人多些，稍乱一些，也并不碍事。两个男孩通通是在昆明乡下长大的，如今不仅已长大成人，且多在延长十七八年"文化革命"运动中，由青年进入中年；第三代且快升大学了。看看他们的成长，更易明白这半世纪过的日子是如何稀奇古怪，只能照一般常说的，"能活下去，便是胜利。便是幸运！"前者近于"自我解嘲"，后者倒是"实事求是"，因为熟人中大半在这个历史过程中，都成了"古人"，报废了。我们至今还算过得去，生活和一切隔绝，能吃能睡，总是在忙中度过。只是任何工作都不宜抱什么希望。现实只是在闹哄哄大街的五楼上，日夜让千万大小汽车形成的一片市声从"心口"和"头脑"中碾过。

从文
九月十八日

我从沈先生生前写给我和杨苡的十几封信（都是"文革"后写的，以前的信真可惜、真遗憾，都毁于那场所谓"红色风暴"中了！）里边选了这封信，因为一是较短；二、内容令人深思；三、用毛笔写在一张印有疏朗的竹子和梅花红色图样的信笺上，复制出来很漂亮。我虽然是一个书法门外汉，但非常欣赏沈先生的墨宝，沈从文式的章草体。我也无法用什么词儿来形容它的特色，只觉得好看，犹如沈先生的文章一样，富于魅力。关于沈先生的书简，我在他逝世后不久曾写过一首小诗：

我流着泪抚摸您给我的一封封信，
一行行，一个个独特的章草毛笔字；
如今这些信成为贵重的纪念品了，
最贵重的是其中珍藏着的情思。
沈先生啊！我会牢记您长期的教导：
"永远保持童心，多写些东西……"
这会儿，我重读您的一行行一封封信，
眼前浮现您的微笑和鼓励。

一九八一年九月十六日，我承邀到北京参加纪念鲁迅诞生一百周年学术讨论会。我住进国务院第一招待所后不久，就给沈先生写了一封信，希望约个时间去拜访他。沈先生很快就写了这封回信。有一个下午，大部分与会者到颐和园和西山一带游览去了，我便去看沈先生，得到他和师母热情招待，品尝了张先生亲自烧的几样菜。大会闭幕后一天（二十六日上午），我又去看沈先生一次。那天沈先生和我站在他寓所中国社科院宿舍——前门东大街三号楼五〇七室——五层楼阳台上，一边望着崇文门一带楼下热闹的街景，一边跟我说了好多话，时不时地摇摆着双手，微微地笑着。我不知道沈家什么时候从东城小羊宜宾胡同五号搬到这里来的。那个住处我也去过两次，可真是个"蜗居"，一个大杂院，一进大门靠两边两小间屋子。里头一小间沈先生睡，墙角、床上床下全堆满了书报、杂物；靠窗一张小桌子，算是工作台。外边更小的一间堆些什物，是否放张小饭桌，我记不起来了，反正师母在那条胡同里另一个地方住；每天中晚两顿饭菜是她从外边端过来的。公共厕所在大门外斜对过街边。沈先生在另一封给我的信里说："四月半以后，屋当西晒，下午就成甑笼了。"有一次九月初，天气还较热，我到那里看沈先生，只见他正坐在屋外一张小方桌边上看书，桌子上摆着一碟油炸拌白糖的蚕蛹。我就在旁边一把椅子上坐下来，沈先生说："你先尝尝这个吧，好吃，营养不错，对降血压很有效……"这就是咱们中国一位大作家、语言艺术大师多少年来的处境！

后来，大概总得花点"努力"吧，搬到新居了，住在十六层高的公寓第五层上，电梯上下，对一个八十岁的老人来说很不方便。论居住条件，无疑比小羊宜宾胡同好些了。不过，他成天关在三间（不知多少平方米）屋子里了——在这儿，沈先生跌了一跤，两次中风……在这儿，正如这封信上最后所诉说的那样。后来，我也写了一首小诗，题目就叫作《碾过的车轮》，献给已魂归湘西凤凰故园的老师。现在也抄在下面，留个纪念吧：

北京前门东大街熙熙攘攘，
各种车辆日夜哄哄地飞奔；
在大楼第五层一个狭窄的空间里，
沈先生仍在工作，怀着颗童心！

但他的心口和头脑日日夜夜，
被阵阵市声碾过，那些车轮！
不时仍有根无形的鞭子暗里抽打，
也会有股怪风偶然从窗外溜进。

至于这封信中其他内容，我想不必多说了，还是请读者们自己体会吧。

附识

沈先生这封信开头称呼我为"瑞霡"，因为我原来学名是赵瑞霡。这个"霡"字，除了《康熙字典》外，一般字典上都查不到；在电报号码本上和印刷所排字房里都没有。《康熙字典》上说这个字眼原出于六朝徐寅的《黄河赋》，就是大水、洪水的意思。我父母亲信佛，很迷信，我出生后，为我算命，知道我非常缺水（其实，我诞生于东海与瓯江之间，那里山清水秀，河流纵横，有的是水），不知怎么居然找到了这么个怪字眼儿，一个"洪"字还不够，再加上个"雨"字头。所以，我的亲人

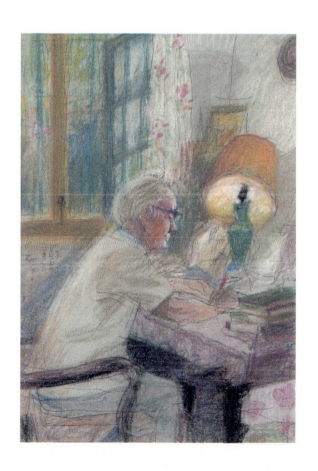

父亲在灯下写作,一九九八年

和老同学都叫我"瑞霓"。后来，巴金先生、沈先生、杨宪益等人写信给我都用这个"霓"字（不过我岳母、宪益、乃迭他们也叫我"阿虹"，那是我的小名）。一九四四年，拙译《红与黑》初版本以及几篇梅里美短篇小说的译作上的署名就是赵瑞霓。日前，我看了《吴宓日记》第五册，发现有三处提到我，当然会写上"赵瑞霓"，因为我在西南联大读书时就用这个名字。为了保持原状，觉得更加亲切，所以这次发表柳先生、沈先生和巴金先生给我的信上写"瑞霓"就不改为"瑞蕻"了。

一九四六年抗战胜利，我们一家随中央大学复员到南京后，我向上海《文汇报》副刊《笔会》投稿时，才改用"赵瑞蕻"作为笔名，一直沿用到现在，一则铅字有，用起来方便；二则这个字很美。说起这个"蕻"字也挺好玩，许多人不认识这个字，其实就是极普通的"雪里蕻"（俗称"雪里红"）的"蕻"这个字。不过它还有个意思，就是花木茂盛。这两层意义我都喜欢，都有点诗味，也许可以说有点罗曼蒂克，因为再加上个"瑞"字，在我眼前便映现出瑞雪覆盖着的一片芳草地了。

一九九八年五月

读柳无忌先生的一封信

瑞霙：

很高兴，接到从印第安纳转来的你的八月八日来信，知道你的工作近况。你编的鲁迅《摩罗诗力说》下了一番功夫，有注解及翻译，甚有用处，谢谢赠书及照片、文章等。四十多年太久，大家都老了。

我们在七三、八一年曾返国两次，看到了范存忠先生。八一年是在南京住了两三天，那时候没有知道你也在南京大学。这两次也没有看见宪益夫妇。明年五月，为我父亲一百周年诞辰，听说在北京将有纪念活动，我们预备回来参加。但是年纪大了，一切要看那时候的健康情形。

我于一九七六年自印大退休，七八年冬迁来此间，离我们女儿在司丹福学校的家很近，周末可以相聚。天气亦好，比较温和，不像印州那样冬季冰雪载途。离旧金山很近，但是我们不大出去，不走远路。在家里闲着种种花，暇时写写文章，日子过得很快，也很好。去年为上海鲁迅纪念馆写了一篇文章，将来纪念册出版后，当嘱他们寄赠你一册，我前数年主要的工作在编先父《柳亚子文集》，现已完成我那部分的四册。一册《南社纪略》早已出版，余三册在印刷中。全书共七集九册，希望在明年出齐。

比较文学近年来在中国引起注意，是好现象。在美国，印大是比较文学的中心，也是最早把东亚文学作为比较的一部门。《中国比较文学》最近向我要文章，我已写出了一篇《缅怀三位东欧名汉学家》，不久可以寄去。我看到了他们寄我的第三期，内容充实，是一个有学术性的严肃刊物。

我同曹鸿昭、张镜潭（在柏溪时你都认识）及现在南开大学外文系两位教授，拟出版一册《英国浪漫诗人选译》（英汉对照），各人译一英诗人（曹 Wordsworth，张 Coleridge，柳 Byron, Shelley, Keats），不知你有兴趣或时间为此书写一序否？（预备年底出）

希望不时来信。即请

近安

柳无忌

一九八六年十月三日

柳无忌先生是我从小学、中学到大学最敬佩的恩师之一，也是西南联大外文系教过我的教师中现尚健在、享有高寿的两位教授中的一位。柳先生今年九十一岁了，身体精神都还很好，听说还在坚持着写些文章。另一位是钱锺书先生，今年八十八岁，多年来一直在病中。我在《离乱弦歌忆旧游》以及其他篇章,尤其是《梦回柏溪》一文中,曾多处谈到柳先生。因此,在这里,我想只说点儿与柳先生写给我的这封信有关的一些情况。

一九八六年八月初,我在南大巧遇一个从美国印第安纳大学来的年轻女学者,向她打听该校东亚语文系老教授柳无忌先生的近况,她说她知道柳先生的名字,其他不大了解,不过她说愿意替我带信到美国送给他,因为她几天内就回国了。那时我不知道柳先生早于一九七六年春在印第安纳退休,第二年冬搬到西海岸加州孟乐公园市去了。

一九八六年十月底,我接到了柳先生的回信,真是太高兴了!过了几天就再次写信给他并附上一首小诗:

赠柳无忌师
从遥远的海外忽飞来一封信,
我激动地捧读,多么欢欣!
四十多年的阻隔,刹那间消逝,
我梦回秋雾弥漫的南岳山中。

听您讲"英国文学史"那些时光;
在嘉陵江畔时常晤谈的情景……
如今您八十大寿了,仍在著述,
我眼前闪现着您在家里种花的身影。

一九三七年十一月十六日,国立长沙临时大学文学院在南岳山中开学时，我选读了柳先生开的"英国文学史"这门选修课，初次接受柳先生的教导。那时他刚三十七岁，胖胖的，精力充沛，神采奕奕，讲解慢慢地，一字一板，很容易记笔记，特别是他说英文，抑扬顿挫，很好听。记得他用的一本教科书是美国穆迪（Moody）和洛维特（Lovette）两位教授合著的《英国文学简史》（此书后来他和他的南开大学英文系毕业的高足曹鸿昭合译成中文，一九四七年出版，是本好书）。《西南联大校史》上说柳先生讲课特点是："严谨、充实、认真、清楚。"说得很对。我认为这四点也可以拿来说明柳先生的人品和文风，他前后四十多种著译的特色。据我所知，柳先生是联大外文系里讲课最认真、工作最勤奋、著述最丰富的教授之一。他年轻时写新诗，醉心于西方浪漫派诗歌，写了一本《少年歌德》（这本书我年轻时读过，很受影响）。晚年还与几位高足合译了一本《英国浪漫派诗选》（英中对照本），由江苏教育出版社一九九二年印行。他一九四六年在重庆离开中央大学到美国讲学，后在印第安纳大学创立了东亚语文学系，艰辛奋斗了十五年，培养了一大批中外学者、年轻的汉学家和比较文学家。在这里，我想不必一一列举先生的著译，只要看看他用英文写了《中国戏剧史》《中国文学概论》《苏曼殊评传》等，译有莎士比亚《西撒大将》《莎士比亚时代的抒情诗》等，编有《苏曼殊全集》《柳亚子文集》等就可明白了。

柳先生在南岳教书时，写了一册《南岳日记》，共八十天，这是一份可贵的史料，记录了六十年前北大、清华、南开三大学中文、外文、历史、哲学等系部分师生，在兵荒马乱中流亡到山中继续上课的一群知识分子的情景。他在南岳时与罗皑岚先生同住一室。我提到这点，因为我同时选读罗先生的"英国小说"课，他讲课风格有点像柳先生。柳、罗都是清华老同学，再加上一个也是清华同学的罗念生（后来成为古希腊文学专家、翻译家）。他们三人都是跳长江自杀的诗人朱湘的知己朋友。后来，他们把纪念朱湘的文章合编成一本《二罗一柳忆朱湘》。我读到了柳先生作于一九三四年十二月哀悼朱湘的散文《我们认识的子沅》，真感动，令人悲叹不已。从这里我想起柳先生的散文，他先后出了两个集子《古稀话旧录》和《休而不朽集》。

柳先生是一个感情丰富而又重感情、重友谊的人。他爱憎分明，有着强烈的正义感和充沛的爱国主义精神。他向拜伦、雪莱、济慈等浪漫派诗人学到了很多珍贵的东西，其中重要的一点，就是憎恨丑恶的东西，歌颂真善美的事物。他写了好几篇回忆散文，充满深情，怀念已故的师友，如《与朱自清同寓伦敦》、《恻恻吞声，生死两别》（悼念罗皑岚）、《梁宗岱在南开》等。一九八四年，当他得到梁宗岱受尽迫害，含冤逝世的噩耗时，愤慨万分，他在文中说："十年浩劫，折磨了这么一个天才横溢的诗人，学术精湛的知识分子。"他又说："对于宗岱在世时不幸的遭遇，尤其是后半世他受到的歧视与打击，我还要向冥冥苍天或是命运之神——知道他是谁？——提出抗议！"

柳先生一生主要工作和贡献是研究西洋文学，介绍、讲授西洋文学和中国文学，长期从事中西文化交流的壮丽事业。他以前曾写过一篇谈谈他讲授外国文学的经验和体会的文章，我看了很受教益，也希望我的同行们读一读。现将该文最后几句

话抄在这里,以飨读者,尤其希望对年轻的朋友们会有点启发作用:

　　天下任何事,成功并不是轻易可以得到的。在各种职业上的尖顶人物,不论是学人、文学家、棋士、运动员,无不从严格的训练中出身,积了若干岁月的经验,始能在本行中出人头地,得到赞扬和光荣,亦所谓苦尽甘来之意。我有一个自私的看法,以为做学问实是一种很好的职业,文学作品更能陶冶性情且可使读者得到一些生活经验。文学与艺术同样的美化人生,散布愉乐。这使我记着在青年时读英国文学最欣赏的一句话:"一件美丽的事物是永远的快乐。"(Keats: A thing of beauty is a joy forever.)我读中外文学的名著亦有此感,并希望读者能与我一样,在那里获得生命的泉源:美丽和快乐。

一九九八年九月三日

赵瑞蕻致杜运燮（一）

运燮：

　　来信收到。非常想念，也深感抱歉。

　　我赴印前，连打两三次电话，始终未找到你通话，而你的信竟于不久前才由我女儿转回来。我十三夜住在杨宪益家，十四晨就一起飞卡拉奇转住新德里了。回来累得要命——是我独自从新德里回来的，而且是夜间飞卡拉奇；二十九日返京。第二天在女儿家睡了一天。因急于要回南京，等赴港的签证等信，还要为五个研究生补课，我女儿已为我买好四月一日回宁的车票。所以走前也未跟你和郑敏联系，拜访谈谈。为憾。

　　我在印度受到热烈欢迎，参加了六百多人的盛会（有五十几个国家的代表），又承邀全印电台讲话两次；还参加了一次"诗歌朗诵会"。你说的那位热情的印度年轻诗人塞塔（Seta）已认识了。开会第二天他就来找我，谈了多次，也送我一本书——*New Voices of Indian Poetry*，还有他自己的创作抄本。我也送他拙作《雨巷》等诗了。不久我将寄诗集、写信给他，一定代你致意问好。

  我定十三日带研究生赴南宁参加广西大学举办的"比较文学讲习班",并讲课。月底会后,再到香港去。接信后,如有事,请即来信,仍可收到。希望你能为我介绍几位在香港的熟人朋友,好吧。

  请先转告郑敏,非常想念;过一两天再写信给她。人大茅于美也要到南宁开会,希望郑敏也能去。

  余再谈,静如好,勿念。

  健康!

  嫂夫人问候不另。

瑞蕻
一九八四年五月五日

赵瑞蕻致杜运燮（二）

运燮：

我在香港已两个多月了，还未给你写信，真对不起！

上月先给郑敏写了封信（因暑假中她的高足研究生到南京看我，我一直未回她的信），请她转达我对你和夫人的问候，并告近况，想你已知道了。怎么样，你仍很忙，都好吧？十分想念！

你为我介绍认识了曾敏之同志，真太好了！为此，我不知该怎样感谢你！我在这里能认识他，跟他交上了朋友，可以说，是一种晚年的幸福。我来不久，就先写信给他（并附上你的信），后来他就约了我，老潘、杜惭（李文健）等人午宴欢聚。不久又承他发表了拙作《重来香港漫记》，使我非常感动！这次巴金先生来港，又有了几次见面谈谈的机会，越发感到他的真诚热心，学问好又能写精彩的散文等。他送我一本《观海集》和一本《诗词艺术》，你大概早都有了。我跟潘际坰已认识多年，现在又加上了曾敏之（他同老潘是几十年的老朋友了），真高兴。我们三个都是同时代岁数差不多的人。

我在这里生活和工作都挺好,不忙,十分愉快。1938年冬我来过香港。如今是旧地重游,但是前后变化太大,无法相比了。关于这些你很熟悉,不多说了。便请看看那篇拙作,请指正。

前几天,在这里中文系欢迎巴金先生的一次座谈会上,认识了一位在浸会学院(Baptist College)教比较文学的中年老师梁秉钧先生,是专门研究现代派、四十年中国现代派诗的,也就是研究穆旦、你和其他同派诗人。后来他到我住处(中大雅礼宾馆)找我,问了不少关于西南联大当年情况,关于你们几位,关于燕卜荪的情况,等等。在这里,顺便说一下,我那篇《回忆英国剑桥诗人燕卜荪先生》(刊于一九四三年重庆《时与潮文艺》第二期),大概是国内最早介绍燕卜荪的一篇了吧,现经修订,明春会在南京大学《当代外国文学》上重刊。出来时当你指正。我同梁先生谈到你,你的近作。他很想有机会到大陆拜访你和郑敏等,以后见面时,你们一定很高兴。

巴金先生就住在中文大学的"大学宾馆",离我的住处不远,约走一刻钟。因此,我几乎天天去看他,谈谈,有时在一块儿吃晚饭。他此来,意义大,作用不少,使香港整个文教文艺界都活跃起来了,这只要看看每天报上登的消息报道、文章就可明白了。你那边一定都能看到香港报刊吧。八十高寿的巴金先生能远道来此(小林、小棠、陈丹晨陪他来的),接受了中文大学所颁授的荣誉文学博士学位(Doctor of Li lirolion, Honoris Causa),真不容易!有人说这是香港的光荣。他身体还可以，精神挺好。他回去还要写完随想录第五本。第四本《病中集》赶在他来港印出来了。杨苡有信来，她忙得很，家务外，仍坚持写些东西。前天寄来一首诗是献给巴金先生的，叫《坚强的探索者》。原稿我亲送给李先生了，他看了很高兴。我抄了一份寄给《新晚报》了。

其他的再说吧。盼望着你的信，通信处见信封上。特别是盼望着读到你的近作。祝健康，愉快！多多写诗！

夫人均此不另。问郑敏好。

瑞箴
一九八四年十一月一日

赵瑞蕻致杜运燮（三）

运燮：

好久未写信问候你俩，歉意，念甚。

目前先后接到寄来的穆旦纪念文集，太高兴了，非常感谢！先收到的一本，我就从头到尾细看了一遍，内容好，颇有分量，你和其他几位编者，当然特别是你，花了不少工夫。印刷装帧也精美！书名想得好。这的确是对我们的老友最好的纪念了，他一去就是二十年了，不胜感叹之至！

我的一篇长文正式发表后，很希望听到意见，请随时示知。不久前，上海《文汇读书周报》登了一篇回忆清华园的文章（作者是鲲西，也是西南联大同学，不知原学名，似是学理科的），其中也谈及"九叶诗派"（不过未点名），很有意见，我极有困惑，足见对这个"诗派"有意见的人还是不少的。不知你见到这篇东西没有？瑞熙订有《文汇读书周报》可赏阅。

纪念文集中我对日本学者写的一篇有点感想和意见，就是他全文中根本不提日本帝国主义——日本强盗,对于日本鬼子侵略中国这一事实,只说"日中战争",什么"日中战争"?!当然文中也提到日本飞机轰炸,但我觉得此人立场大有问题,他甚至说"战争时期是残酷的"(见39页)究竟是谁在中国土地上那样残酷,杀人放火?可以说他不了解穆旦。他对《野兽》一诗的理解也是错误的。我读此文,很生气。我不懂为什么在"日中战争"这种提法上不给予批评指正。我们是谈"抗日战争""抗战"等,很明确。另外,此人一些材料都是根据我们自己已发表过的,如王佐良等的文章,没有新意。我认为纪念集中不该收进此文。便请转告其他编者。

另外,这是小事,巫宁坤的一首古诗,平仄不大对。依我看来,最好不要再写这类诗了。因为都是老朋友,所以在这里顺便提一下。宁坤的英文和中文散文都很好,他几次写的旧体诗,我可不敢恭维,你以为如何?

我们都好,勿念。静如最近写了几篇散文,其中一篇纪念白杨的,已被《作家文摘》转载,也许你已看到了。我最近重新写了怀念吴宓先生的文章已有八九千字,题目是《我是吴宓教授,给我开灯!》试寄给《收获》。前天接到李国烁电话,说她与小林已看了稿子,提出了几点意见,要我修改补充一下。因此,我这几天就忙于这件事了。这篇东西是我正在搞的一本《烽火弦歌忆旧游》书中的一篇。

再谈。祝

健康,多多写作!

问候夫人。

       瑞蕻

     一九九七年四月二十日

听说你得到了"香港回归"征文大奖,很为你高兴,祝贺!附上拙作一篇,是同样性质的。

便请过目,指正。

又及

一九八三年拙作《梅雨潭的新绿》出版后,寄赠一本给日本女学生,鲁迅研究专家北冈正子教授(她就是翻译、研究鲁迅《摩罗诗力说》的),她看了我的诗集《前记》中提到日本帝国主义疯狂侵略中国,她非常难受,就写了一封信给我表示深深歉意,谴责日本的罪行,说"我们应该认罪"。此事使我十分感动。在此我重提这点,就是针对那个日本穆旦研究者的。可供你参考。

又又及。

赵瑞蕻致许渊冲

渊冲兄：

　　早该写封信，向你道谢送我们的一本好书《追忆似水年华》了，因身体不大好，又忙于些琐事，一拖拉，回信就误了，迟复，实在抱歉！

　　大作从头到尾拜读一过，而且借给我的一个研究生（现任我系外国文学副教授）看了。真好，也真不简单，能写出、印行这么一本有意义有价值的书。如今西南联大的老同学中尚健在，特别还能做点事，写些东西的，据我所知，没有几个了。有的不知哪里去了，有的恐怕没有什么表现，年龄和衰弱，风烛残年，力不从心，是个重要问题，无可奈何的事。所以，当我收到你请许钧转给我们的大作，特别感到欣慰！在这里，先向你祝贺！

　　从书中我了解不少你过去的情况（特别在巴黎大学读书时那些日子），学到不少东西。我看得挺仔细。比如说，你书中提到 Victor Hugo（维克多·雨果）那首小诗 *La source tombait du* rocher Goutte à goutte à la mer affreuse 我也特别喜欢，以前读过的。这次看到你的翻译（译得真棒！真佩服！）如遇故知，太高兴了！我居然有雨果的《沉思集》（Les contemplations）原著，是四十多年前在德国大学教书时，在国际博览会书屋中买来的，一直珍藏迄今。我找到了原文，校阅了大译，我的喜悦你可以想象得到。我又看了这里译林出版社的《雨果抒情诗选》（沈宝荃译）的译文，差远了！所以，一首诗译得好，这太不容易了，何况一部名著，如《红与黑》，是不是？我一直认为 Hugo 的诗大可全部译出来。现在已有几个译本都是选译，我以为程增厚的一本是很不错的。不知你留意于此否？Hugo 实在是一个伟大的诗人，真是了不起，正如咱们中国的李白和杜甫。

我也正在写本回忆录，有些部分已发表过了。现拟先抽出一部分加以修订，编个集子，取个书名叫《烽火弦歌忆旧游》，怀念吴宓先生、朱自清先生等的文章都收进去。不久要发表的一篇是《南岳山中，蒙自湖畔》，是纪念穆旦的。全书约二十多万字。我看到三联书店出你的一本《追忆似水年华》，印象挺好，很想也交给三联书店。我想过些时候再写信去联系。请指示。

明年是吴宓师含冤逝世二十周年。我最近修改了一篇旧作，起了一个题目《我是吴宓教授，给我开灯！》。吴先生残年悲惨，晚景悲凉，实在令人悲愤！当年在西南联大，他教我们"欧洲文学史"时，怎能预料到会有这样的悲剧？！所以，读大作中关于吴先生的描述，使我更加感慨不已了。

再谈。祝

健康愉快！期待着拜读新作。

　　　　　　　　　　　　　　　　　瑞蕻
　　　　　　　　　　　　　一九九七年四月一日

赵瑞蕻致江瑞熙

瑞熙：

方才给运燮写好一封信，谢谢他寄来好几本穆旦纪念文集，这会儿趁热也给你写封。你寄赠的《爱情书简》早已收到，十分感谢。我和杨苡翻开看看，很有意思，译笔流畅，可喜之至。书寄重了，我说可否转送给朋友，我的学生吧，不必寄回去，行不行？

你们也有穆旦纪念集了吧。对拙作听到有什么意见，请告诉我。你们订有《文汇读书周报》，不久前有个西南联大同学鲲西，写了篇回忆清华园的文章，其中也提到"九叶诗派"（未指明），我看了很有同感。

文集中我最讨厌的是那个日本人写的一篇，他文中只谈"日中战争"，根本不提是日本帝国主义侵略中国。文章又是抄别人的，没有什么新意，你们觉得怎样。甚至说"战争时期是残酷的"，他竟不知道是谁打中国，制造苦难，那么残酷地杀害中国人！我觉得此文不应收进纪念文集中，便请电告运燮，谢谢。我在给运燮信中已谈了，他不了解穆旦是怎样写，为什么写的。

我仍忙于写"文学回忆录"。最近重写了一篇关于纪念吴宓先生的文章，叫作《我是吴宓先生，给我开灯!》是投寄上海《收获》，希望可用，就好了。

《罗丹传》听说已付排，是定入今年出书计划内的。你们多少年来的心血以及麻烦终于能结出果子，该多欣慰!

盼多写作，再能译点稿都是好事。

附近作一篇，是为迎接香港回归作的，请指正。

祝

你们健康愉快!君嫦均此不另。

问候小雪。

如遇见（或打电话）张定华请替问好，谢谢。

又及

瑞蕻
一九九七年四月二十日

赵瑞蕤致巫宁坤、怡楷

宁坤、怡楷：

今晨接到寄家的短笺及照片几张，真是高兴！非常感谢！

这几天，我在写完了一篇纪念雪莱（Shelley）《西风颂》诞生一百八十周年的文章后，本来就打算给贤伉俪写封信，希望能赶得上圣诞节和新年，向你俩祝贺，而你们的信却先来临了，很巧，也使我和静如感到特别欣慰！记得那天我们分别时，我说过以后一定多写信，我们应多联系的。老同学老朋友现仍健在的，也不多了。从去年秋迄今，我们熟人中一算已有二十一人不在人间了，多可怕！

这次承蒙老远的来看我们，尤其在我生病出院时，十分感谢！多年未见，真有不少话要诉说。我还记得多少年前，我应邀到芜湖师范大学讨论外国文学教材时，与你俩畅叙的情景，一下子二十年过去了。这次重逢，看见二位仍然如旧，健谈乐观，谈笑风生，实在难得之至！我想起几年前拜读大作《一滴泪》的感受，十分激动！如果此书以后也有个中文本，使更多的人看到就更好了。

不久前，怡楷姨姨和姨夫从天津来看我们，特别带来宁坤写的英文文章《从半步桥到剑桥》（这是一份很有纪念价值的礼物）一本，畅谈好久。特别是静如和怡楷妹妹，谈天津，可话多了，很有意思。后来他们走时，仍在门口说个没完，知道你们在天津、北京最后几天一些情况，很高兴。杜运燮几天前也来信，附转材料，谈与你俩见面情况。总之，正如你们当面和信中所说的，希望明年再见——请一定再来欢聚！明年是1999年，二十世纪最后一年，乙卯年，兔年（Year of the Rabbit），也正是我的本命年（我生于1915，乙卯年），热望着明年春天或金秋，我们在北京畅叙！如果能再到这里来更好了，南京大学外文系和中文系（外国文学专业和比较文学研究所）一定会请二位做报告的，这多好！

热烈希望多写些东西！宁坤散文写得好，有味儿，别有风情，我爱读。这次运燮信中也提到安徽出版社拟出"西南联大作家丛书"，很好，极赞成！很希望早日落实下来，能写信去催促一下吗？我有一本文学回忆录《离乱弦歌忆旧游》（副标题是："从西南联大到金色的晚秋"）约四十万字，已交上海的文汇出版社，大概明春三四月间可问世。其中好几篇都是写西南联大老师和学长的，如沈先生、吴宓先生、冯至先生、燕卜荪先生等，以及老同学穆旦、许国璋等（均已故的师友），写燕卜荪的一篇较长，也许你们以前见过，作于一九四三年，是国内谈燕卜荪最早的一篇文章，得到好评。最近在《文汇报》上发表了几篇回忆散文，现附上，便请过目、指正。另外，《北京文学》最近一期（十一月号）专刊评出这半年来全国最佳的作品，其中有杨苡写的一文《沉默的墙》（原先发表于《收获》今年第二期），如找到可看看，很有意思。

　　快过年了，忙着写信，先给你们写。

　　祝 Merry Christmas　Happy New Year!

　　多保重，全家好！

瑞蕻　静如附候

一九九八年十二月十日

　　P.S 我系创办了一个学报，约我写东西，等了两周，写了一篇《重译再读雪莱〈西风颂〉》，一万多字，借题发挥，"发愤以抒情"，待刊出后寄上，定请指正。

赵瑞蕻致闻立鹏

立鹏教授：

新年全家好！

早该写信感谢你寄赠的《诗人、学者、民主斗士——闻一多》图片画册纪念集，实在难得，回复迟了，十分抱歉！

这本名贵的册子编得好，极有历史文献的意义。卷前的献诗也好，不但表达了你们四位的心意。也写出了我们广大的学生和后代人的心里话。我看到了集子中有一张闻先生当年在山东青岛大学任教时住过的房子照片，使我回忆起一九三六年我在那里读书（那时已改为山东大学，我上外文系一年级）时的情景，以及后来，大概是一九八三年七月，全国译协在青岛开翻译理论研讨会时，我和杨苡曾参观这座楼房，并留影以为纪念。当然，其中有不少张是闻先生在昆明西南联大教书时，以及先生与许多同事、学生、朋友们相聚时的留影，还有更早点，在长沙参加临大"湘黔滇旅行团"，在蒙自文法学院，在哥胪士洋行住处等的相处——这些都是非常珍贵的，使我一再回忆起六十年前那些动荡、苦难、永远不会遗忘的岁月。正好明年是"七七"卢沟桥事变爆发，中国人民伟大的抗战六十周年，也是西南联大建校六十周年，我们应该多写点东西纪念以往难忘的历史事迹。这本书也正好提供了宝贵的资料，描述了我国一位卓越的知识分子所走过的道路，使后代人、年轻的人们受到深切的爱国主义教育。

还有一点，我想在这儿提一下。在画册第四十六页上，我看到一九三九年闻先生与陈铨先生，还有周子、孙毓棠四人的合影，那时正是陈先生编导的话剧——《祖国》上演。我在昆明看过这个戏，很受感动。也是那时，我选读陈先生的"德文"课，开始学德文。直到如今还清楚记得陈铨先生讲课时的样子。我提及这点是想说，后来对陈先生的评价是不大公平的。一九五七年后陈先生被打成"右派"，他晚年的遭遇更是悲惨的。一九五二年院系调整时，陈先生调到南大外文系工作，我们成了同事，我对他较有了解。所以，我想，这张相片也是很有意义的，珍贵的。

我女儿赵蘅还在巴黎，大约明年一月底回来。她在那里办了油画个展，很成功。听说明年还要到德国举行一次。除法国外，她旅行了十个国家，收获感受是不少的。再次感谢你对她的鼓励和教导。

祝

健康，新岁全家欢乐！

请替我谢谢闻翰送我一本好书，收到拜读了。又及。

赵瑞蕻

一九九六年十二月三十日

赵瑞蕻致谢泳

谢泳同志：

第二次来信收到了，再次感谢你对我的关怀。

我因要等这里《东方文化周刊》最近一期（二十九期）印出来后，再写回信给你，今天该刊出来了，现在把发表在它上边的拙作和我的老伴杨苡的文章一起复印附信寄给你。这两篇东西都是关于我们敬爱的西南联大教师吴宓先生的。你是专门研究西南联大的，当然早对这位了不起的人物，外国文学，现代中国文学，学术界的大师有所了解，或者深有研究了。

最近一个时期由于一本书（即《心香泪酒祭吴宓》）的出版及其畅销，引起热烈的争论，正反两方，有贬有褒，真真假假，是是非非，已发表了不少文章，引起文化界一般读者的重视，想来你都已知道了。这里的《东方文化周刊》特地约我们各写了一篇东西，赶着要发表。同时上海《收获》又几次打电话来催我赶快要把《我是吴宓教授，给我开灯！》一文修改好寄回去备用。所以，这些天以来，我就做这件事，当然也忙着多看些有关的资料（如西安去年出版的《吴宓研究学术讨论文集》等），所以写信拖延了（只是先把《西南联大在蒙自》一书寄赠给你），十分抱歉，请原谅！

承赠大作《中国现代文学的微观研究》一书，以及《西南联大知识分子群的形成衰落》等文，我收到后就拜读了，非常感谢！我以极大的兴趣来读的，其中《西南联大与汪曾祺、穆旦的文学道路》，以及关于朱自清先生、钱锺书先生（他们都是我的老师），关于《围城》的一些介绍和论述等都写得很有意思，有研究价值。我特别欣赏，一再拜读大作，发表在香港中文大学的《二十一世纪》上那篇长文，实在太好了，分析深入仔细，论述精当，读其文后，引人深思，令人喟叹！这是我初次谈到关于我母校——真是一个伟大的母校，我生有幸，意会有此机缘求学于西南联大！——如此深刻的研究，不只是这样，而更重要的，更有意义的是你对西南联大的知识分子群（教师和学生）的命运，生存和发展的价值，从与"五四"精神的紧密联系的角度，直到后来的种种遭遇等，作了令人信服（也令人无限遐思和感叹！）极有见地的论述。我没有什么可说了，只有两个字眼：钦佩！

假如我没有在《钟山》上发表那篇纪念穆旦的长文，你不会看到后而立即写信给我的，我也无从得悉你是一个西南联大研究专家。这都是 Balzac（巴尔扎克）所说"Rasard"（机缘）吧，或者，像吴宓在《自编年谱》中一再说的"命运"吧，吴先生说"一切非人为，皆是天命也"。其实，天下事皆人为，非关天命。一切都是有迹可循，有其内因外因存在，均有规律可循。你说是不是？比如说，你怎会对西南联大发生兴趣，而专门研究它？以前听说有个美国人专事西南联大研究，亲自跑到中国，到昆明、蒙自调查研究，搜集材料，不知道后来他写成书没有？我知道你是国内专门研究西南联大的第一个学者了。我真太高兴了。总之，这个在特殊时代特殊机遇中建立起来的学校——三所当时中国最著名的高等学府组成的一个联合大学——太值得研究，真可以当成一本大书了。西南联大的知识分子及其命运这个课题又更是富于意义和价值。正如拙作中所提到的，"吴宓师的晚年，正如与他的相知老友陈寅恪先生一样，体现了中国大批知识分子的苦难历程。这是为什么呢？这大概就是你正在写的这本书的主题吧——这批人的命运。总之，我热望着你大功告成，期待拜读专著——《西南联大研究》！所有西南联大人都要感谢你！

在这里顺便提一下。你在论汪、穆两人的一文中，关于穆旦一再谈到所谓"九叶派""九叶诗人"，正如十多年来不少诗论者，不少文章一再谈到"九叶诗派"，也有人直接称穆旦为"九叶诗人"的。你看到我那篇《烽火弦歌忆旧游》后，你就知道我的看法了吧。我一直认为这个派是不存在的，完全是人为杜撰的，也是有些人自己标榜出来的。一些评论者人云亦云，不加深入分析研究。我在拙作中公开提出，也许是第一次指明，发出异议的声音。其实以前早已有不少人不赞成或者反对这个所谓"九叶诗派"了。在这里，我想引一下不久前吴奔星同志（南师大中文系教授，老学者诗人）在一封信里所说几句话就可以了。

关于"九叶"不成派,是一个历史事实,一九四〇年代的上海就未曾有这么一派。臧克家亲历,他就不承认这个派。一九八〇年代初期丁芒(指当时江苏人民出版文学组主任)给他们出了一本书《九叶集》,从而有些人便以此派自居,其实连他们内部也不认为是一派,例如他们后来在香港《诗》双月刊上称《八叶集》。已故曹辛之说,他们九人诗风不同,不成一派。平常聊聊无所谓,写入诗史便须郑重考虑了。历史不能伪造。

我非常赞同吴先生的观点。为了进一步证明这问题,附上上海《文汇读书周报》不久前发表的鲲西先生(他也是西南联大校友,我不认识,好像是理科的?)关于清华园旧事一文(复印)请过目。该文虽未点明这个派,但也已说得很清楚了。所以,你是否可以重新考虑一下这个问题。我是极不同意把穆旦拉入所谓"九叶诗派"中的,正如拙作所表明的——"穆旦就是穆旦,他不属于任何派。"其余的你关于穆旦的论述都很好,深刻妥切,有创见。文中提到艾山,即林蒲(更名林振述,北大外文系),亦即我们"南湖诗社"成员之一。他和夫人长期在美讲学,很有成就,不幸前年去世了。

西南联大最早一个学生文学组织就是在蒙自成立的"南湖诗社"。我寄给你的那本书,以及拙文中已说得很多了。附上《新文学史料》上的一篇请参考。另附上一篇《中国翻译》上的,也许使你可多了解些我以往的情况,也仅供参考。

再谈。再次感谢!因天热,我右手有点麻木,字写不好,又潦草,请原谅,麻烦你,请仔细看看吧。

祝好！

赵瑞蕻
一九九七年七月二十五日

　　当年我在西南联大外文系的同班同学，或先后的同学如今尚健在，我仍有联系的不多了。

　　老师们绝大部分都已离开人世。据我所知，在国内只有钱锺书先生一人，在国外是柳无忌先生，已九十岁了。又及。

　　九个人合在一块儿出一本诗，称为《九叶集》那当然是可以的，不错的，但因此出了一个什么"九叶诗派"而自我鼓吹，捕风捉影则决不可以，因为正如吴先生所指出的"历史不能伪造"。这种所谓"派"跟"新月派"和"七月派"完全是两码事。联大校园年轻诗人中有成就的只有三个，即穆旦、杜运燮和郑敏，可称为"联大三星"，其中杰出的首推穆旦。因为你是专门研究西南联大的，所以我特向你提出这个问题。我真希望不久会有热心的研究者写出一篇专文，重评所谓"九叶派"，还历史以真面目。又及。

赵瑞蕻
一九九七年七月二十五日

赵瑞蕻致姚丹

姚丹同学：

意外地接到你的信，知道你正在研究西南联大，特别是西南联大的文学活动，诗歌创作，探索六十年前那个特殊时代特殊境遇中许多知识分子（老师和同学们）所走过的道路等，真是欣慰，使我感到异常振奋！我倒应该感谢你写信给我，正像你信中开头所说的，"一个神圣的字眼会迅速减少我们之间的陌生感"，这就是国立西南联合大学。你说得真对！尽管你是一位很年轻的研究生，正在攻读现代文学博士学位，我已是一个八十二岁的老头了，其间摆着一个至少六十年的时间距离，但我读了你的信却觉得很亲切，仿佛岁月倒流，我又回到六十年前在长沙、南岳、蒙自和昆明等地所度过的日子，那些充满着激情和探索精神的景色中了。

你的信寄到中文系被耽搁了好几天才转送我家里（尤其是在暑假中），因为我一九八九年退休后，很少上系里去，所有的邮件都是请便人带回来的。因此，回信迟了，请原谅。我这会儿赶着写这封信给你，并且把你所需要的我能找得到的，对你研究工作或有所参考，值得的一些资料，其中包括关于我自己——因为你信上提及我那几篇关于西南联大的回忆散文中较少地谈到我自己，以及其他几位已故学长，如周翰杨、王佐良等的几篇东西和几首旧作等先寄上；过一两天再送你两本书《诗歌与浪漫主义》和《诗的随想录》，因为从中你或可多少找到一些有关的东西。正好我手头还有这两本书（书中有不少印错的地方，未及一一改正，很抱歉），都是南京大学出版的。收到后盼告诉我一下，谢谢。希望这些材料对你现在以及将来的学术研究会有点儿用处。

P. S. 你有《西南联大在蒙自》这本书吗？蒙自文化局和南湖诗社编印的，其上有一九三八年南湖诗社社员的合影，穆旦等都在内。

你的信最后提到陈岱孙先生逝世，我已在CCTV中看到了，十分悲悼！陈老以高龄辞别人间，备尽哀荣，而西南联大的前辈教授老师以及我同辈学长中这十几年来先后一一去世的已有许多位了。我还记得一九三八年春夏间在蒙自时，陈先生和闻一多先生同住在南湖湖畔高罗士（Kales）洋行的楼上，我们学生住在两排楼房中，是时常看见他们的。这又是六十年前的情景了。在外国语言文学系里，那时教过我的老师中，现尚健在的，在国内只有钱锺书先生（在昆明，我选读钱先生开的"文艺复兴"一课），在国外，只是柳无忌先生了。近几年，杨周翰、周珏良、王佐良、吴景荣、许国璋几位学长相继走了。现

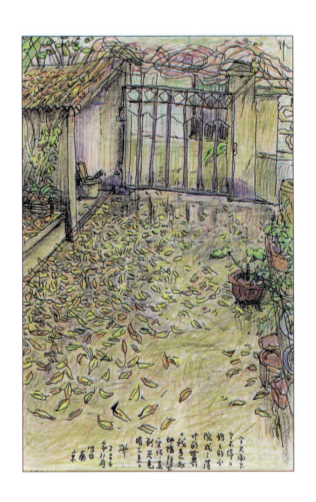

父亲走了,石榴叶落了,二〇〇六年

尚健在的在北大似只有李赋宁学长,就近你应向李先生多请教。他和周翰、佐良、国璋都是一九三九年毕业的,我、良铮、珏良三人是一九四〇年毕业。想到这点,实在使人感到韶光易逝,往事如烟,不胜感叹之至。穆旦英年早逝,受尽折磨,未能充分发挥他的才华,太可惜了!他的贡献,诗歌创作和名著翻译,丰富多彩,光辉夺目,必可永照人间。你信中提及的拙作纪念穆旦《南岳山中,蒙自湖畔》一文,后又经修订发表于这里的《钟山》今年3月号上,题目改为《烽火弦歌忆旧游》;又因篇幅关系,编者删去了一些。我正在写一本文学回忆录《我的尤利西斯》(*My Ulysses*),纪念穆旦的一篇全文(最后还须补充些,再次修订),也要收进去的。这次寄给你的怀念许国璋学长《追忆旧谊》一文也是其中的一篇,便请参考。

　　写到这里,想起一点顺便说一下。你在拙作中一定注意到我对所谓"九叶诗派"的看法。在《钟山》上发表的一篇中,我又加上了一句,"把穆旦称为'九叶诗人',那是更加可笑,更歪曲了"。十多年以来,对所谓"九叶派"在报刊上公开提出异议的也许这是第一次了。在这里,再简单地说一下:把九个人的诗作放在一起,编成一个集子,叫作"九叶集",当然是可以的,也是件好事,如从前的"三叶集"那样,但决不可因此硬造成一个什么"流派",而加以大肆鼓吹,这就不对,不符合事实了。有些诗论者不分析,缺乏深入研究,人云亦云,写了文章,居然也有载入文学史中的,这更古怪了。一九四〇年代根本不存在"九叶诗派",后来未有任何影响。这跟从前的"文学研究会""创造社""新月派""七月派"根本是两码事,决不可相提并论的。我在写完《南岳山中,蒙自湖畔》一文后,曾把打字稿寄给几个同行朋友看,征求意见,他们来信都赞同我的意见,后来,我在上海《文汇读书周报》上看到鲲西写的一篇回忆清华园旧事的文章,其中谈到穆旦时,也未点名地提及"九叶集"(见附页,请参考)。在这里,我再把这里南师大中文系教授、老诗人吴奔星先生在一封信中所说的几句话抄在下面,请你看看:"关于'九叶'不成派,是一个历史事实。二十世纪四十年代的上海就未曾有这么一派,臧克家亲历,他就不承认此派。所以在我编的《新诗大曲》中,只称'九叶诗群',这是因为一九八〇年初丁芒给他们出了一本'九叶集',从而有些人便以此派自居。其实连他们内部也不认为是一派。例如他们后来又在香港《诗》双月刊上称为'八叶集'。已故曹辛之说,他们九人诗风不同,不成一派。平常聊聊无所谓,写入诗史须郑重。历史不能伪造。"由于你正在研究西南联大诗歌活动和创作,当然要特别论述穆旦(他确是当时一位杰出诗人,最有影响的,在我看来,联大校园年轻诗人中最有代表性,也可说是最好的诗人有三个,可称为"联大三星",即穆旦、杜运燮和郑敏),定会接触到后来被人称为"九叶派"的,所以,我顺便在这里把这一问题提出来,非常希望得到你的意见。真希望不久会有人写篇《重评所谓'九叶诗派'》这样的文章。

你研究的课题非常有意义,不但今天,在未来很长的时间中会有影响,产生力量。西南联大太值得研究了!最近在《收获》连续两期发表了陆键东先生写的文章,都跟西南联大有密切关系,你已见到吧。我和老伴杨苡最近在这里《东方文化周刊》上刊登两篇纪念吴宓先生的文章,也是跟西南联大联系在一起的,现也一并附上,请指正。

热烈地期待着拜读你的书,希望顺利地完成你的专著!并请你代为向你的导师钱理群先生致意,我早已读过他不少篇文章,佩服他的魄力和眼光,你有这么一位好老师指导,是很幸运的。

再谈。欢迎随时来信,天热,我右手又麻木,字写不好,潦草,请原谅。

赵瑞蕻

一九九七年八月十五日

瓯海在呼唤

这篇回忆录该从哪儿开始写呢？到哪儿去寻觅消逝了的五十年的时光呢？

一九四四年暑假中，在郁热多雨的季节，我在离重庆城大约二十里、嘉陵江畔寂寞的山村柏溪（前中央大学分校所在地），写一篇斯丹达尔《红与黑》的译者序。在序言的第四节中，我写下了这么一段话：

我第一次晓得斯丹达尔和《红与黑》这名著是在我的故乡温州，一个美丽的山水之乡。那时候，我有一个相知的老师，他很喜欢这部小说，时常跟我谈论它。……晴和的礼拜天下午，我们常带了点吃的一起到江边散步，或者坐舢板渡江，上孤屿江心寺玩。有时坐在沙滩边上休息，欣赏瓯江上的晚照，烟霞中的归舟……我们有时聊天中便转到《红与黑》的故事上头了。我的老师常这么说："哎，一个年纪轻轻的人，叫作玉连，很漂亮。可是心里挺厉害，——心里厉害，谁知道呢？……唉，

'红'指的什么？'黑'的呢？……"

写这篇序言到现在已过去了三十八年，而一九三五年夏天我从温州中学高中部毕业到今天已四十七年了。在人生的旅程上，这些岁月是辽远的。但是，直到如今，在我心上还淹留着我在温州中学上学时那些生动难忘的印象，那些曾经使我那么激动的时光的踪迹。我永远不会忘记许多可敬的老师所给予我的亲切的教导，他们的关心和鼓励。他们是正直、善良、爱祖国的，一生献身给教育事业的老一辈的知识分子。我到如今仍然深深地感谢他们。

上面引文中所提到的那位老师，就是一九三二年高中一年级时教我们英文的夏翼天先生。他只教一年就离开了。抗战时，大约一九四三年，在重庆，我曾与他见面欢聚一两次，他那时在中央信托局任职，生活是相当潦倒。后来到英国留学，信息隔绝了。不知他现在哪里，但愿他仍健在！

接着教我们英文的我记得是叶云帆先生和陈楚淮先生。在这几位好老师热心认真的教导下，从《高中英文选》三册课本，再加上课外读物如英国斯维夫特的《海外轩渠录》（*Gulliver's Travels*）和美国霍桑的《古史钩奇录》（*A Wonder Book*）等书学习中，我们打下了较好的英语基础。对于我来说，已为我以后专学西欧语言和文学打开了最初奇异的门窗。一九三三年冬，我主编温州中学校刊《明天》创刊号时，就发表了英国狄更斯的《星的梦》和法国蒙德斯的《失去了的星星》（原作是 *Les Etoiles Perdus*，我是根据英文本译的）这两个短篇故事的翻译，这便是我最早的翻译试笔了。看来有点儿神秘似的,我那时所选择的两篇东西都充满着浪漫情调。当时我十七岁,不自觉地——也许可说是性之所近吧——挑了这两篇来试译。后来大学毕业后我就认真地开始研究西方浪漫主义文学了,直到现在。这也可说是一种缘分吧。

我们上高中一年级时,还有吴文祺先生(吴先生后任复旦大学中文系教授)教历史课,陈逸人先生(陈先生后任温州师范学院教授)教语文课,这真是十分幸运的事。这两位老师无论在思想启发方面或在中国语言、文史的学习方面,都给了我们丰富生动的东西,既引导我们勤奋刻苦学习,又推动我们前进。我们从吴先生那里初步接受了马克思主义的观点,初次知道什么是历史唯物论、经济基础和上层建筑等;他用进步思想开始武装我们年轻人的头脑。后来,一九三三年春,主要在他的启蒙下,我们一些同学才发起组织了"野火读书会",点燃了一九三〇年代初期温州部分青年心灵中最初的革命火种。一九三七年"七七"卢沟桥事变发生,当中国人民抗日救亡的烽火燃烧起来时,"永嘉青年战时服务团"的诞生及其以后的蓬勃发展,是跟吴先生当初的指引分不开的。

一九三三年初,我与几个校外朋友办了一个刊物叫《前路》,吴先生为创刊号写了第一篇文章。《前路》只出了两期,因遭受国民党县党部的威逼而停刊了。十分可惜,这两本东西现在找不到了。

陈逸人先生除在课堂严肃认真地教学外,还启发、鼓励我们在课外攻读古书,把古汉语和古典文学的基础打好。我们跟他读了《史记》中的《列传》部分。我自己在家用朱笔点读了《诗经》和《楚辞》；陈先生甚至叫我读了《经学历史》这本看起来非常枯燥的书。我与我的同班女同学项淑贞还定期到他家中一起研读桐城派的文章。一九三四年春，温中"中国文学研究会"成立，有十几个会员，出版了《中国文学》大型刊物两期，陈先生任主编。在当时条件下能办起这样的刊物是极不简单的事。陈先生运用进步的观点，以"伊任"的笔名，在这刊物上发表了《中国古代的图腾崇拜》等文。从社会学、民俗学的角度来研究中国古代文化，在当时是颇为稀罕的，曾引起学术界的重视。我自己先后写了《建设科学的中国文学史刍议》和《江西诗派与永嘉四灵》两篇长文，也是试以初步的马列主义观点来进行论述的。这些必须归功于吴文祺先生和陈逸人先生的教导，以及部分同学们的共同努力。

在这里，我还应该感谢我的老师王季思先生，他是一九二九年我们初中一年级时的语文教师。王先生为我留下十分生动深刻的印象，直到现在我还记得他当时教课的情景：红红的脸色，老是微笑着，富于风趣，穿着一件天青色的大褂，喜欢用手势来帮助表达他的讲解。我到现在还记得王先生介绍老舍的《赵子曰》和《老张的哲学》这两部小说的样儿。他引起了我学习现代文学的兴趣；十六岁时，我开始写新诗。在温州中学所有的老师中，王先生是现在仍与我保持联系和通信的一位。一九七九年冬，我到广州参加全国外国文学工作规划会议时，我特地捧着一束鲜花到中山大学康乐园里去拜见王先生。前年在北京举行全国第四次文代会时，我们师生两人都是代表，很激动，感到非常欣慰。

　　我还应该感谢教数学的陈叔平先生和教地理的陈铎民先生和其他几位老师。两位陈先生的精神面貌、为人作风和工作态度都使我很感动，留下了不灭的美好印象。一九二八年夏，我在模范小学毕业，以优秀的学习成绩，免予考试，被保送入温州中学初中部上学后，陈叔平先生是鞭策和鼓励我的第一位老师。

　　我忘不了一九三五年春天和夏天，忘不了我在故乡所度过的童年、青少年的岁月。那是一个哀鸿遍野、民不聊生的时代，中华民族正处于危急存亡之秋，"如磐夜气压重楼"的时代。我亲见温州城里府前桥、道司前和公廨一带许多衣不蔽体的可怜的江北逃荒人，听见他们的哭叫声；我也知道有不少善良美丽的少女的青春被断送在封建婚姻的枷锁下；也听见过松台山脚下，国民党反动派屠杀革命者和劳动人民的枪声；而同时，离我的老家很近的周宅祠巷竖立着天主教堂红色的高尖顶，我常常看见那些被称为"白帽姑娘"的女修士们坐船在我们的小河上来来往往……

　　春草池边的杨柳枝叶遮盖不住墙外的哭泣声；怀籀亭边的篱垣更阻挡不了从瓯海上，从雁荡山外涌来的时代洪流……这里是我年轻时的歌唱：

布谷鸟又在树梢低低地唱了，
我用一九三四年的心情去谛听吧。

这不是一支忧郁的紫色的调子，
苦难的田园交响乐在演奏吗？
人到哪儿去了？颓墙，灰色的村道，
荒芜的园中长满青春的草。

篱笆下还盛开着血红的蔷薇，
布谷鸟的啼声绕着我的心儿飞。

农村破产了，布谷鸟都该杀绝！
如今是资本主义都市的爵士音乐了。

这里是我当时另一首诗，表达了我对黑暗现实的控诉和对光明的祈求：

如今是什么时令了？——
我听见春草池中一阵阵群蛙乱叫，
仿佛丧钟敲响在黄昏的迷惘中，
南国蠕动着的赤练蛇口里的血红。

仿佛一缕黑烟飞出魔鬼的瓶口，
猫头鹰在幽深的林梢哀吼；
时光流逝，使人心惊——
到哪里去寻找生活的欢欣？

"五月斯螽动股，六月莎鸡振羽"，
远远的，一声声低低的痛哭，
天是这么灰黄，冷雾凄迷；
地球缠着尸布，在战栗……

如今是什么时令了？——
我听见春草池中一阵阵群蛙乱叫；
盼望着光明的心，如盼望投生，
何时从荒坟间开出红杜鹃一丛丛？

　　我在激愤中写了一些像这样的诗。但有时我也很忧郁、苦闷，还经历过一场初恋的悲剧；我也写过《秋天里的秋天》这样的诗。一九三七年九月底，我从温州到长沙，入西南联大前身国立长沙临时大学，继续读书。而当时我的同学们，许多亲密的伙伴，"野火"会员继续在家乡从事抗日救亡活动。他们之中有的后来直接参加了游击战，成为中共党员（如项淑贞、胡景碱同志等）；有的不幸牺牲，为中国伟大的革命献出了宝贵的生命。大部分同志（包括许多老师）后来都经历着各种不同复杂的社会人生，爱国主义民主斗争的严峻考验。

　　在这里，我怀着激动的心情，向那些在抗日战争和解放战争中，为祖国为人民流尽最后一滴血的校友，年轻战友们，致以崇高的敬礼！在这里，我也以同样的心情，向母校许多好老师，许多好同学——他们在一九四九年前后，都为我国的革命事业，在文教和其他战线上，做出了可喜的贡献；不少人到现在还留在故乡,在母校工作,继续努力,坚持前进——表达我深挚的怀念和敬意!

一九四九年后,我亲爱的母校已培养出了更多更好的人才,正在培养成百上千的建设祖国社会主义,为四个现代化而奋斗的年轻人。对现在母校的老师们,我欢呼;对在校的同学们,我热烈地期待着。他们之中必定会涌现出一大批文科和理工科卓越的人才!

我希望今天的同学们更勤奋地学习。除了体格健壮,学好政治,坚持思想进步,学好数理化、史地等课外,我特别感到必须刻苦地把中文和外国语学好!一定要学好啊!这是基础的基础。正如造一座高楼,首先要把地基打坚固。我认为思想、中文和外语这三样是建设精神大楼中的钢筋水泥。另外,我以为自觉的认真学习,培养自学的精神和能力,独立思考,解放思想,善于探索,勇于创新,无论在什么时代,什么地方,什么学校,都是很重要的。当然其中首先要解决一个努力方向和道路的问题。关于这点,想来同学们是会明白的,这里就不啰唆了。

东海在呼唤着,瓯江在呼唤着。在母校八十周年校庆快要来临之前,我已清晰地听到了瓯海的潮声;看到了江上海鸥在晴空中飞翔;红红绿绿的渔船,扬起白帆,正在欢快地迎风向前行驶……我就要站起来,乘车坐船,让海风吹拂我的满头白发,回到我可爱的故乡,赶上金色的秋天,和母校全体师生,许许多多老校友,新时代年轻的校友们在一起,欢度我们的节日!

一九八二年一月五日

籀园，我深挚美好的思念

一想到籀园，在我心中立刻就浮现出往日籀园图书馆所在地落霞潭那一带宁静优美的风光和我记忆里与籀园有关的不少旧事来。从我童年起直到一九三五年我从温州中学毕业，离开故乡到外地求学为止，我到窦妇桥、落霞潭、九山河畔、松台山上玩耍、散步或消度假日，或和相知的同学们谈心放歌等，不知有多少次了。无论到那一带什么地点，我总会走过籀园图书馆大门前，或者从松台山顶上望见它的。长期以来，在我心目中，籀园图书馆是我们故乡一座传播知识、普及文化、推动教育发展的灯塔，恬静地放射着光辉。我在中学读书时，首先由于喜欢看书，求知心切，也因我从小爱好文学，尤其是诗歌，而且那里离我的老家不远，所以我时常上籀园图书馆借书看，甚至带本心爱的书到那里静静地阅读。我记得跨过石桥，走进大门，便是一条走廊，右边是一堵花墙，墙外的小河流淌着。墙边青草地上栽着花木，如紫藤、红白色蔷薇之类。走廊的左侧就是阅览室，有三四间，内陈报纸杂志，任人自在地披览。

再往里走，就是图书馆主楼，借书处。我记得像赵元任译的《阿丽思漫游奇境记》、伍光建译的《侠隐记》、奚若译的《天方夜谭》等外国文学作品，以及当时流行的创造社和新月社印行的几种诗集，比如郭沫若、徐志摩的作品，都是从馆里借出，贪婪地阅读的。当然，我也从温州中学图书馆借来许多书看。我一生对中外文学浓烈的兴趣，以及后来的专门学习和研究，除了在校中得到老师们热心的教导和亲切的启发外，课外自由地愉快地大量阅读书刊，是十分重要的一个方面，也许可算是部发动机。对于我，籀园图书馆更是富于吸引力，在我青少年时期的心灵中留下迄今仍然新鲜、美好记忆的印痕。这不仅是借书看书，而且还跟我那时生活中某些情节联系着。我喜欢那儿的清幽，四围的山光水色，园里的花木；还有几位图书管理员先生们的和蔼可亲的态度。他们总是很有耐心地帮助我找到我要看的书籍，有时还给予我一些指点。可惜我现在记不起他们的名字了。他们大概早已离开人世了。

一九三七年，抗日战争爆发，我从青岛山东大学（那时我读完外文系一年级）回到温州，与许多同学朋友们一起发起组织了"永嘉战时青年服务团"，热烈地参加抗日救亡运动。我记得曾和十几个骨干同志在籀园里开会，商量宣传等工作。对于我，特别值得记忆的，是同年十月十九日，我们举行了"鲁迅逝世一周年纪念大会"，大家叫我做报告，我那篇讲稿就是躲在籀园阅览室里写成的（后来这篇纪念文章发表在当时的《浙瓯日报》上，这也是我第一篇关于鲁迅的东西），因为那边清静，不受干扰。十月底，我将离开故乡，到长沙入国立长沙临时大学继续上学。临大文学院设在南岳山中租来的"圣经学院"内。就在那里，我第一次认识了中文系教授和系主任朱自清先生。我初次与他见面谈话时，朱自清先生知道我是温州来的学生，曾问起温州情况，提到仙岩和籀园，说："籀园图书馆还在那里吧？那是个很好的看书地方。"关于这点，我在一九八三年出版的诗集《梅雨潭的新绿》的《自序》里已谈及了。一九三八年冬，因日寇攻陷南京，沿江西侵，威迫武汉，临大便西迁入滇，在昆明继续开学。文学院暂设在蒙自，四月重新上课了。那时，我和十几个同学组织了一个"南湖诗社"，邀请朱自清、闻一多等教授任导师，得到更多难忘的教导。我们常把诗稿交给他们评阅。有一次，我写了一首较长的诗，大约有一百多行，题目是《永嘉籀园之梦》。在一次诗歌讨论会上，朱自清先生把看过的稿子发还给我们。他拿起我这篇东西时，对大家说："这篇写得不错，是一首力作。"我的心强烈地跳着，十分激动，只说"谢谢朱先生！"这首诗是我最早以诗歌形式描绘家乡落霞潭一带风物，结合着对籀园的缅怀，同时表达了对日本帝国主义侵略、蹂躏家乡的痛恨，以及对亲人们思念的作品。今年恰逢朱自清先生逝世四十周年，我在此提及此事，也可作为一点纪念。我们温州同乡对朱先生是熟悉的，也很感谢他。他在温州任教时撰写的《十中校歌》里就有"怀籀亭边勤讲诵，中山精舍坐春风"的句子（"怀籀亭"就在现在温州第八中学，原温州中学高中部旧址内，是为纪念晚清卓越的学者、为家乡教育事业做出光辉贡献的孙诒让先生而建立的）。所以，在本文中，我想到朱自清先生来，是十分自然的事情。

从一九三七年秋我再次离开温州,直到一九六二年春,我重回故乡时,正好二十五年。那年春节,我在温州时,曾两次去拜访籀园,它已归入温州师范学院校园里了。籀园年久失修,门墙剥落,颇觉荒凉,使我十分感慨。图书馆已搬到沧河巷,改名为温州市图书馆了。不过,在师范学院里,却是一片新的天地。从前那里一大片荒芜的田野,乱草丛生的土堆瓦砾不见了,竖起几座新楼房。虽说落霞潭畔,籀园旧址附近仍遗留着某些陈迹,但一九四九年后开拓出来的新的场面,新的景象,特别是温州师范学院的兴建,使我感到无限欣慰。那年我回到南京后,就写了一首诗,发表在《雨花》杂志上。现抄录其中几段,作为我二十五年后重返故里时一些感受的记录:

如今我重到落霞潭,
生活为我唱支新的歌;
我见周围的风物多激动,
年轻时的情景跃入了心窝!

破烂的城墙早已消失了,
宽阔的马路直伸向郊外;
那里竖起丝厂、陶瓷厂……
给雪山寺以新奇的风采。

潭中的风光啊,多么清幽,
看群鱼跃动,听野禽轻唱;

朵朵彩霞落入潭中，
幻成美梦，种种遐想。

潭上的风光啊，多么明丽，
一幢幢红楼映入了波心；
阵阵读书声飘过石榴树，
夹竹桃，石桥，长长的花径。

这里是一片新的园地，
火的艳色，蓬勃的青春；
挺胸面对满天朝霞——
欢唱吧，年轻人，举旗前进！

那时，当我知道图书馆已迁走了，急于要去参观，便请我二哥赵瑞雯做伴一起去，并且特地去拜访馆长梅冷生先生。承梅先生热情接待，领我们楼上楼下看了阅览室、书库等；详细地介绍了新的图书馆现状和以后发展的规划，还提到那地方很不够用，将来必须搬到另外的新址。梅先生还问起我国外图书馆一些情况，我把我稍微知道的苏联列宁图书馆，德国、波兰、捷克等国的图书馆告诉他了。梅先生是家乡前辈，一生为文化教育事业做出了很大贡献；他豪爽真诚，给我留下了深刻的印象。现在梅先生也已逝世了，我也十分怀念他。

一九七八年晚春，我承温州师范学院的邀请，曾和另外两位南京大学教师吴新雷和汪文漪一起去讲学。那时，图书馆已迁往县前头，呈现出前所未有的新鲜面貌，规模很不同了。其间，又承温州市图书馆之约，特别是郁宗鉴同志的殷勤邀请，要我在馆里做两次学术报告。我记得一次是讲"和平，人民友谊和国际文化交际"；一次是讲《茶花女》和《红与黑》。他们印了听讲券，发了消息。当时是"四人帮"被打倒，"文革"结束后第二年，有关思想意识、文化教育、文学艺术等方面的许多问题正有待于重新认识，分析和研究；对"四人帮"所推行的极左路线，必须深入批判，而这些工作或多或少地才开始，所以来听的人极多，挤满了楼上一间会议厅。我当时感到有些紧张，不容易讲；有些话当时不好公开讲。当然，我作了准备，针对"四人帮"的流毒，提出自己的见解。我着重讲第二个题目。通过自己学习的心得和体会，结合当时徐州市有个工人因看《茶花女》竟受到某个领导的责备，叫他检查一事，以及我自己因最早介绍、翻译《红与黑》，在"文革"中吃了不少苦头等情况，坦率地讲了我应该讲的；批判了"四人帮"在推行极左路线，污蔑外国优秀文学遗产方面的种种罪行；并且也顺便对我那时在温州所看到的封建迷信、文化素质低等现象，加以批评。听众的反响是强烈的，是很感兴趣的。会散了，不少人围上来问这问那，也有递纸条的。后来我走出图书馆大门外，还有七八个年轻人要我回答一些问题。有两个青年店员第二天晚上到华侨饭店来找我，谈谈他们自己的感想，对当时某些丑恶现象非常痛恨，说得很激动愤慨。这一切真使我感动！我非常感谢这许多年轻热情的老乡们！我首先应该感谢温州市图书馆。

以上所记叙的都可说明我和籀园图书馆、温州市图书馆的亲切的关系。我长期从这所图书馆所得到的好处——从知识的接受到文化教育的培养——确是一时写不完的。正如在本文开头所说的，籀园，我心中美好的怀念。那时在我偏僻的故乡，图书馆是一座传播知识、普及文化的灯塔，恬静地或者说潜移默化地，放射着不灭的光辉。在这里，我还必须提及一件事。一九八〇年，我曾拜托我的亲戚、儿童文学家金江兄到温州市图书馆搜集我过去在《十中学生》《明天》《前路》《浙瓯日报》等报刊上发表过的诗歌和文章以及翻译的东西。金江同志得到图书馆负责同志的大力帮助，在一大堆旧书刊中，终于找到了一些拙作，主要是诗，又请我二哥瑞雯抄好寄来。这就是我的诗选集《梅雨潭的新绿》第一辑"遗忘了的歌曲"里所收入的一部分旧作。只是一九四九年前的《浙瓯日报》统统不见了，太可惜了，真是未免遗憾！在此，我也要感谢金江兄和温州市图书馆的。

今年四月，我和我女儿，三个研究生一起应邀到温州大学讲课，曾到温州中学参观，看到籀园里的建筑已重修，焕然一新了，感到异常高兴。我们和温中校长、书记、校史馆负责同志，还有温师院谷亨杰院长，在新修的照壁前拍照留念。由于时间匆促，这次未去市图书馆，只好留待下次再回故乡时，到那儿访问，看书学习了。

图书馆的重要性是众所周知的，它跟一个国家、一个城市里广大人民的文化教育的普及和提高紧密地联系着。我们不是常听说，看一个国家的文化水平，只要看一看它有多少个图书馆，多少座博物馆就可以了吗？这话很对。尤其在我国今天大兴对内改革对外开放之时，图书馆的重大意义，所起的作用，更应该为大家所理解；它所担负着的任务更加繁重了。

在温州市图书馆建馆七十周年的前夕，我特地写了这篇回忆散文，表达我最诚挚的祝贺！并借此抒写我缅怀和感谢的深情。

热烈地期望着温州市图书馆日益发展，为培育我们故乡各方面人才，下一代优秀的子孙们，做出更多更好的贡献！

我的一生

赵瑞蕻,原学名赵瑞霡,后通用笔名赵瑞蕻;曾用笔名阿虹、瑞虹、朱弦、朱玄等。一九一五年十一月二十八日(农历乙卯年十月二十二日,属兔)生,浙江温州市人。父亲赵承孝,字八铭,上过几年私塾,读四书、古文,会写一笔端秀的正楷字,后长期经营茶叶,又当一家茶行经理;他勤俭忠厚,乐善好施。母亲林蘩,略识字,却能背诵几十首唐诗,这对我后来学诗、写诗有相当影响。我有两个哥哥、三个姐姐。我的二哥赵瑞雯研究古典文学,擅长诗词,我的三姐赵璧也爱好文学,善于写字、画花卉;这些也使我小时受到熏陶。我虽是父母最小的孩子,很受宠爱,但并没有因此惯坏了我,倒能自觉用功读书,不依赖父兄督促。我从小就喜欢幻想,赞美诗神,喜欢美术;上小学前,曾跟一位老先生学过一年多山水花鸟画。我从读小学(浙江省立第十中学附属小学,又名模范小学)起,就较幸运,受到良好教育。一九二九年夏小学毕业,以优异成绩,免试保送十中(后改称为温州中学)初中部学习;一九三二年夏考入高中部。第二年五月，与同班男女同学六人发起组织"野火读书会"，吸引了不少同学。我起草了《野火宣言》和《工作纲领》，印成小册子。我们阅读进步书刊，讨论时事，关心民族兴亡，宣传抗日救国。后来参加的同学很多，逐渐形成了当时温州地区青年学生中一股强大的进步力量。一九三三年秋，我被选为学生自治会学术股长，主编、出版综合性刊物《明天》创刊号；我最初的一些诗作（如《秋天里的秋天》）和译作（如法国短篇小说《失去了的星星》）就登载在这上面。次年六月，我协助国文老师陈逸人先生编辑、出版大型学术杂志《中国文学》（前后出过两期），我最初两篇较长的论文（如《江西诗派与永嘉四灵》）就发表在这个难得的园地中。我在温州中学读书的六年中，得到许多好老师非常认真亲切的教导，尤其是几位国文老师和英语老师——王季思、许笃仁、陈逸人、陈楚淮、夏翼天、叶云帆等先生，为我以后专心致志学习和研究中外文学奠定了较坚实的基础。还有教中国史的吴文祺先生，他使我们获得了马克思主义、历史唯物主义的初步知识；我曾试以这种新观点，写了一篇《建立科学的中国文学史刍议》的论文，发表在《中国文学》创刊号上。一九三四年春，在吴先生的影响下，我还和校内外几个同学朋友出版了《前路》刊物，宣扬革命思想，请吴先生写了发刊词，很快引起了国民党县党部的密切注意，被迫停刊了。我父母亲非常紧张，深夜和我在灶间烧掉三四百本还未发出去的两期《前路》。关于我在温州中学学习的情况，我为母校八十周年（一九八二年）和九十周年（一九九二年）两次校庆纪念特刊写的两篇散文（前者是《瓯海在呼唤》，后者为《我与比较文学》）中有较详尽的叙述。

一九三五年夏，我高中毕业后，入大夏大学中文系（当时系主任是著名翻译家、法国文学专家李青崖先生，这也是件巧事）。一面读书，一面与朋友们组织了"五月社"，参加一些地下革命活动，秘密出版《中国青年行进》，曾把这刊物两期赠送鲁迅先生，向他请教，当时情景仍淹留心上。同年冬，我参加了"一二·九"运动。一九三六年夏，重新考入青岛山东大学外文系，除继续学习英文外，以浓厚的兴趣，开始努力学习法文，为以后翻译《红与黑》等打下了最初的基础（一九八一年山东大学八十周年校庆时，约我写纪念文章，我写了篇散文《碧海红樱忆旧游》）。一九三七年"七七"事变，抗日战争爆发后，我回到故乡，立即与许多同学朋友在一起，组织了"永嘉青年战时服务团"，积极开展抗日救亡运动。同年十月十九日，我们召开了鲁迅先生逝世一周年纪念大会，由我做报告，并在《浙瓯日报》上发表纪念文章（这是我向鲁迅学习、研究鲁迅著作的第一篇东西）；会后举行了十分热烈的示威游行。十月底，我和几个同学赶到长沙，入国立长沙临时大学（即北京、清华、南开三大学战时联合组织，西南联大前身）外国语言文学系二年级继续求学。当时临大文学院设立在南岳衡山中，在那极其可贵的机缘、特殊的环境中，我得到了这三座学府许多著名教授的亲炙和深刻的启发，其中有吴宓、叶公超（外文系主任）、柳无忌、罗皑岚、吴达元、燕卜荪（英国诗人和文论家）、朱自清、闻一多、冯友兰、陈寅恪等先生。一九三八年初，因日寇南侵，威逼武汉，临大奉命西迁昆明。我和部分师生经广州、香港和越南入滇；临大也改称为国立西南联合大学了。因昆明校舍不够，文、法两学院暂设在蒙自，四月继续上课。也就在那个很有点浪漫情调、南国风味的边城里，我和外文系、中文系十五个爱好诗歌的同学结了一个"南湖诗社"，请朱自清、闻一多两位教授担任导师。当时我写的一首长诗《永嘉籀园之梦》(描绘温州落霞潭的风光，思念炮火下的故乡。为纪念晚清杰出学者和教育家孙诒让而创立的籀园和图书馆就在落霞潭畔)得到了朱先生的好评，认为是一篇"力作"(五十二年后，即一九九〇年，在蒙自县委和红河州文化局的支持下，

西南联大外文系女生杨静如，笔名杨苡

蒙自恢复了"南湖诗社",建造了闻一多纪念碑和纪念亭;并聘请几位现尚健在的当年诗社成员为名誉社长,我是其中之一)。同年九月,联大文法两学院搬回昆明,我们的诗社也更名为"高原文学社",有四五十人参加。在一次文艺晚会上,我认识了外文系女同学杨静如(后通用笔名杨苡)。同时,我还读了沈从文先生和杨振声先生合开的"新文学与习作"一课,因此我常向沈先生请教;我那时几首诗都是承沈先生看后,代为发表在《今日评论》等报刊上的。其中一首长诗《一九二九年春在昆明》抒写敌机空袭昆明,联大师生跑警报的情景以及我自己的感受。这首诗当时并不感到怎样,现在看来,倒是一个有意义的记录,一幅难忘的画像。一九四〇年夏,我毕业后,就在美籍教授温德(Robert Winter)先生主持下的"基本英语学会"(Basic English Society)任职,并在南菁中学教英语,开始了我以后五十年的粉笔生涯。这时,我也认识了巴金先生,他长期给我热诚的鼓励和帮助。一九四〇年,我和杨苡特地挑了"八·一三"这个纪念日,在昆明风景区大观楼结婚了。杨苡与我一样爱好西方语言文学,后来翻译了《呼啸山庄》等文学名著;她也喜欢写诗,尤长于散文,成为中国作家协会会

赵瑞蕻和杨静如结婚初期在昆明

一九四一年摄于昆明

员;又在南京师范大学外文系当了二十年教师。后来,我们有了两个女儿,一个儿子,他们各自学习音乐、绘画和电视艺术。一九四一年十一月,因杨苡已先带我们初生的孩子小苡飞往重庆,与从天津迁居那里的母亲、姐姐住在一起,于是我就告别了永远怀念着的昆明(一九八八年,联大建校五十周年时,我写了一篇散文《弦歌烽火忆春城》),冒险搭运货卡车,在滇贵川公路上翻山越岭,走了七八天,几经危急,才安抵重庆,开始了我另一阶段的生活经历。关于在西南联大读书三年情况,我在《怀念朱自清先生》和《怀念英国现代派诗人燕卜荪先生》两篇散文(现均收入拙著文集《诗歌与浪漫主义》一书中)里有较多的书写。抗战八年中,西南联大在那样艰苦的生活和学习条件下，敌机时常空袭骚扰中，弦歌不断，坚持奋斗，造就了一大批各科优秀人才，被称为中国教育史，乃至世界教育史上的一个奇迹，一大盛事。联大继承"五四"精神，有着强烈的爱国心，浓厚的民主和学术自由的气氛，亲密的师生关系，实实在在的教学相长。这些直到如今都仍是值得我们深思，应加以发扬的。

赵瑞蕻一九四二年在重庆

我到重庆后，先在南开中学等校教了一年多英语。这时，我和杨苡的哥哥杨宪益、英籍嫂嫂戴乃迭初次见面。一九四○年他们从牛津大学毕业后到重庆，先在国立中央大学外文系等处任教，后入国立编译馆工作，开始了他们以后五十多年光辉的翻译事业，成为誉满中外的文学翻译家。宪益和乃迭不但是我的至亲，而且是好友，我向他们学到不少东西。一九四二年冬，我的老师柳无忌先生介绍我到中大外文系工作，在柏溪分校教大一英文。后来又有五六个西南联大外文系先后毕业的同学到柏溪任教。我和吴景荣（后任北京外国语学院英语系主任）共同编注、出版了一本《现代英文散文》，是当时大一英文教材之一。在嘉陵江畔寂静的山村柏溪，除教学外，是我写作和翻译的一个丰收期。我写了不少诗和一些散文，如发表在当时大后方最有影响的大型月刊《时与潮文艺》上的《阿虹的诗》《金色的橙子》等。我同时翻译了斯丹达尔的杰作《红与黑》、梅里美中短篇小说《嘉尔曼》等、法国象征派代表作之一《醉舟》，以及英美现代小品等。也从这时起，我就一直在中央大学（一九四六年夏，抗战胜利后第二年，我们一家随学校复员到南京定居）和一九四九年后的南京大学外文系工作；一九五三年春又从外文系调到中文系，直至现在，前后五十多年了。历任助教、讲师、副教授、教授。其间，一九五三年秋至一九五七年夏，根据《中德文化协定》，我被高等教育部派往德意志民主共和国卡尔·马克思大学（即莱比锡大学）东亚学系任客座教授四年，讲授中国现代文学史、鲁迅研究等课；为培植德国年轻一代汉语言文学和汉学研究以及其他方面的人才做出了一些贡献，得到好评，并获得优秀教师奖。其间，一九五五年十月，国际东方学会议在莱比锡大学召开，我国派出吕振羽先生为团长，季羡林、刘大年两先生和我为团员的代表团参加。我在文学组上宣读论文《中国现代文学的主潮》（德文本）。这是中华人民共和国成立后，对外比较系统地介绍我国"五四"以来新文学的发展和主要成就较早的一篇长文。一九八一年十月，我又应莱比锡大学校长的邀请，重访德国，参加该校纪念东亚学系建立三十周年学术研讨会，并在柏林洪堡大学汉学系（当时系主任就是我以前的学生弗里兹·葛柳南，德文名 Fritz Gruner 教授）做了一次关于鲁迅、沈从文、巴金三位作家研究近况的报告，很引起兴趣。二十五年后，旧地重游，激动不已，但也不胜感慨，几位我所熟悉的德国老一辈汉学家和其他好几位莱比锡大学同事朋友都已先后去世了，我到他们的墓前一一献了鲜花。在德国讲学时期，我也曾几次访问苏联、波兰、捷克等东欧国家,认识了好几位汉学家,如捷克著名的中国文学专家、鲁迅《呐喊》等译介者普实克教授(Jaroslav Prusek)。这期间我前后写了一些诗和散文,歌颂和平、人民友谊和国际文化交流。一九八二年以来,我曾到北京、天津、武汉、上海、杭州、绍兴、金华、青岛、桂林、西安、南宁等地讲学或参加学术研讨会,主要是关于外国文学和中西比较文学;又应邀到印度参加新德里举行的"首届国际翻译文学学术研讨会",并到尼赫鲁大学中文系作了一次关于"南宋词人姜夔及其名作《暗香》与《疏影》"的演讲,播放了这两首根据姜白石自度曲乐谱以琵琶、二胡、箫伴奏,由北京一位女歌唱家独唱的咏梅词磁带录音,引起强烈的反响。印度朋友是初次知道这些,初次听到了这样美丽的诗,这样美丽的乐曲。我又三次到香港讲学,在中文大学和香港大学参加比较文学、中西文化交流国际学术会议;认识了不少位港台的学者、诗人和作家,受到热情的接待,促进了互相了解,很有意义。

我从小就喜欢游山玩水,留恋于自然美景,花鸟虫鱼;我的故乡温州那么优美的风景物华早已吸引了我的心灵。我上初中读书的地方恰巧就在纪念我国第一个山水诗人、刘宋时代"才高词盛,富艳难纵"的大作家谢灵运的"春草池"边。我的家乡有名山佳水,尤其是瓯江、楠溪江、雁荡山、江心孤屿、茶山五美园、九山落霞潭、仙岩梅雨潭等。历代诗人作家如谢灵运、李白、杜甫、孟浩然、韩愈、陆游、叶适、永嘉四灵、林景熙、文天祥、袁枚等,直到现代朱自清、郭沫若等都曾歌唱过这片秀丽的山川。我便在这样的自然环境和文学影响中获得了最初的诗的营养；可以说，我是从山水之恋到诗之恋的。还有一九三〇年代动荡不安的世界，黑暗腐败的社会和中华民族深重的危机引起了我少年时的忧伤和愤慨，促使我十六岁（一九三一年）时开始写新诗（现存我最早的诗是《雷雨》和《爝火献辞》两首，均作于一九三二年）。长期以来，我和诗歌结下了不解之缘，把它看成是我生命的一部分。关于这些，我在一九四四年《红与黑》译者序，特别是一九八三年出版的诗集《梅雨潭的新绿》（这是我五十年来诗歌创作的一本选集）自序中有较详尽的叙述。

从一九四六年至一九四九年南京解放前这一阶段，由于时世动荡，社会不安，生活紧张，我除在中大教书外，曾在外面兼差，成天忙碌，没有闲暇写诗，只翻译出版了一本《爱的毁灭》（斯丹达尔短篇小说集）。一九四六年七月十五日，闻一多先生被国民党反动派暗杀，我在悲愤中写了一首诗《遥祭》，以志深切的哀思（五年后，即一九五一年，闻先生殉难五周年时，我又写了一首长诗《从烛光到阳光》）。一九四七年"五二〇"时，我和杨苡、杨宪益（他们那时都在编译馆工作）支持"反内战、反独裁、反饥饿"的正义斗争，签名捐款，慰问受伤青年学生。当时宪益还和朋友进行地下革命活动，开了一个"绛社"古董店作为联络点。总之，那时我们都期待着曙光涌现，胜利的红旗卷过长江，飘扬在紫金山上。

在一九四九年后，我以炽热的心胸，欢快的调子，写了很多诗，歌颂新的时代，新的祖国，社会主义革命和建设。我参

一九五〇年八月十三日赵瑞蕻、杨苡携子女赵苡、赵蘅、赵苏在南京照全家福

加"土改",写了《土地上的光》等诗;抗美援朝时,写了一首叙事长诗《三个美国兵》。那时南京文艺界十分活跃,很有新气象。一九四九年十一月,成立了南京文联,我被选为委员。我又与许多同志在一起,组织"诗联",编印了两本《诗红旗》,并与上海"诗联"合办当时国内第一个诗刊《人民诗歌》;提倡诗歌朗诵,开了好几次诗朗诵会。同时,我迷上了马雅可夫斯基,翻译出版了一本《马雅可夫斯基研究》(一九五〇年),一本马雅可夫斯基的杰作长诗《符拉基米尔·伊里奇·列宁》(一九五一年)。

中华人民共和国成立四十五年来，我在教学、学术研究、文学创作和翻译四个方面都进行了一些努力，比以前付出更多的劳动，取得了一些成绩，尤其是学术研究方面。可以说，这是我第二个丰收期。

首先我是一个教师，我热爱这个职业，一直认为教师是世界上最美丽的称号。我永远怀念和感谢我敬爱的小学、中学、大学的教师们！五十多年来，我坚持在文化教育这个领域中耕耘，没有动摇过，没有抱怨过；我是一个乐观主义者，我十分愉快地迈步在这条闪烁着师生情谊的绿色大道上。长期以来，我最服膺鲁迅《摩罗诗力说》中的一句话："盖人文之留遗后世者，最有力莫如心声。"（这里"心声"可泛指语言文学，特别是诗歌）和鲁迅在《捷克译本》一文中所说的："人类最好是彼此不隔膜，相关心。然而最平正的道路却只有用文艺来沟通。"这都是至理名言。我感到教师应该在教学中体现鲁迅这些话的精神，不断地鼓励和指导学生努力学习古今中外优秀的文化成果；并阐明在今天世界上促进各国人民互相了解和友谊的发展，保卫持久和平，加强国际文化交流极其丰富的内容和深远的意义。另外，十二年前，我在为我母校温州中学八十周年校庆时所写的一篇文章里，对在校同学们提出一点热望，我说："一定要刻苦地把中文和外语（至少要努力掌握一门外语）学好！这是一切学科的基础的基础。我认为理想、中文和外语这三样是建筑精神大厦的钢筋水泥。"在这里，我愿意重复这一点，或可作为当了五十年教师的我的一些经验体会吧。

在学术研究方面，我主要的兴趣和活动是浪漫主义和中西

晚年赵瑞蕻在南京北京西路二号新村十六舍甲楼二号寓所门前

比较文学。先后发表有关中外文学的论文数十篇，其中较有影响的是：《中国现代文学的主潮》（德文本）、《鲁迅旧诗〈自题小像〉等解说的争鸣》、《一颗燃烧的心和生命的开花——读巴金〈随想录〉和卢梭〈忏悔录〉》、《中外比较文学研究的前景》、《池塘生春草，园柳变鸣禽——关于谢灵运及其创作一些新的探索》、《我热爱山水诗》、《从齐白石的画说到浪漫主义》、《斯丹达尔及其〈红与黑〉》、《西方的"红学"》、《梅里美短篇小说集译后漫记》、《试说华滋华斯名作花鸟诗各一首》、《济慈〈夜莺颂〉和〈秋颂〉欣赏》、《弥尔顿〈欢乐颂〉与〈沉思颂〉译后漫记》、《艾米莉·勃朗特和她的〈呼啸山庄〉》、《兰波及其杰作〈醉舟〉》等。一九七八年十一月我参加了在广州召开的"全国外国文学工作规划会议"（这是我国外国文学界空前规

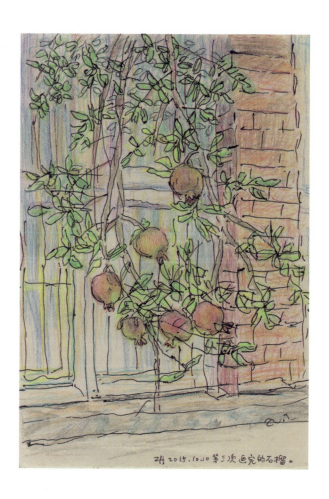

父亲留下的石榴树又结果子了,二〇一五年

模的一次盛会，不少位老前辈，如朱光潜、冯至、梁宗岱、曹靖华、伍蠡甫等先生都参加了），会上成立了"中国外国文学学会"，我被选为理事。这次会议对我以后十多年的外国文学和比较文学研究工作起了不少促进作用。特别是在我国新时期改革开放政策的鼓舞下，我与我国十几位外国文学界前辈学者，前西南联大老师和同学（一九八〇年七月，"中国外国文学学会"年会在成都举行，我和北京大学英语系两位教授杨周翰、李赋宁等在会上提出了开展比较文学研究的倡议），以及许多中青年同行们在一起，共同努力复兴中国比较文学，使之成为我国一个新的热闹学科；并在中西比较文学教学以及培养比较文学研究生方面做出努力，产生了较大的影响，被称为"我国现阶段比较文学研究的积极倡导者和实践者"（《比较文学及其在中国的兴起》第二百六十九页）。一九八三年出版的《鲁迅〈摩罗诗力说〉注释·今译·解说》一书是我花了三年工夫写成的一部二十万字的专著。除作了五百多条注释外，还将原著深奥的文言义译成现代汉语。在"解说"部分《中外诗歌多彩交辉的旅程》一文中，我提出了"鲁迅是现代中国最早贡献最大的比较文学家，一九〇七年是中国比较文学起步的一年"；并论述浪漫主义九个特色——主观性、抒情性、想象力、理想性、敏感性、象征性、神奇性、自然美和中古风，这些观点引起了国内外学术界的重视。本文被认为"是一篇朴质谨严而又情文并茂的比较文学的重要论文，本书则是著者多年来大胆求索，辛勤耕耘的丰硕成果。"（《比较文学自学手册》第三百七十六页）有的学者还指出："在鲁迅研究的六十多年学术史中，像赵瑞蕻同志这

赵瑞蕻手书诗两首

样以外国文学专家的身份撰述的鲁迅研究专著,是可数的几本之一。"(《中国比较文学》第二期第三百五十七页)一九九〇年,本书在全国首届比较文学图书评奖活动中获得了"荣誉奖"。近年,我又修订了过去发表和少数未发表过的文章,编成两部文集:《诗歌与浪漫主义》(南京大学出版社一九九三年版)和《〈红与黑〉研究及其它》。

一九八六年至一九八八年,《香港文学》陆续发表了我的《诗的随想录》一百五十首,试以八行诗体书写我晚年的所见所感所思,以及对古今中外十几个我最推崇最受影响的诗人、作家及其作品的点滴感受;宣扬爱国主义、国际人民友谊和文化交流，表达对人类未来和平和美好生活的向往；并且批判"文革"罪行，当前社会上存在着的某些腐败丑恶现象，庸俗、唯利是图的世态，等等。我想在内容，特别在新诗形式方面作些探索和新的尝试。诗集承蒙两位已登耄耋之年我敬爱的老师王季思先生和冯至先生写序（他们除评论拙作外，各自提出了对新诗格律的精辟见解），实在是荣幸之至。一九九四年十月初，我怀着强烈的希望，以浪漫的激情，试以弥尔顿早年两篇杰作《欢乐颂》和《沉思颂》的诗式，写了一首一百八十行的诗《八十放歌》，表达我八十岁时的情思；追怀往昔，畅想未来，歌颂光辉的今天，呈献给我亲爱的祖国大地。这大概是我最后一首诗了。

在这里，我还须补充说一点。我虽然早就离开故乡了，但一直怀念故乡，关心那里的发展，尤其是文化教育方面的情况。一九六二年春节期间，我回到阔别了二十五年之久的故乡，拜访亲友，参观母校温州中学等；并重临仙岩梅雨潭，想起朱自清先生的名著《绿》，今昔对照，很有感想，于是写了一首《梅雨潭的新绿》，以纪念朱先生（此诗后来被收进多种选本）；还独自跑到雁荡山，探寻谢灵运《从斤竹涧越岭溪行》诗里所描绘的胜迹。一九七八年六月，我承温州师范学院的邀请，去讲学一次。一九八五年五月，又承温师院聘为兼职教授，曾讲课八次（中西比较文学等），很受欢迎。同时，我又承温州大学聘任为兼职教授。后来又任温大董事会董事。一九八八年四月，我再次与我女儿赵蘅以及三个研究生应邀到温州大学讲学（每人讲一次。其中赵蘅的讲题是"关于当前电影创作的几点思考"，其中《黄土地》《原野》《红高粱》三部影片的介绍，反响最为强烈）。温州师范学院和温州大学的热情鼓励和对我的帮助使我非常感动，永远感激！温州大学的创办，正如金温铁路开始兴建一样，使我感到特别兴奋激动，这的确是实现了我们温州人民长期的理想。我也因此特别关心温州大学，对外宣传温州大学，并把我的藏书捐献给温州大学，聊尽绵薄。一九八九年十月，我再一次回到家乡，承邀参加温州市图书馆成立七十周年盛会，并做了一次"中外文学研究的新探索"的报告。一九九一年十一月，我又承邀参加由温州师范学院等单位举办的在雁荡山召开的"全国旅游文学学会年会暨谢灵运国际学术研究会"；雁荡山壮丽的风景和谢灵运优美的诗篇再一次深深地触动了我的心灵。

我现任南京大学中文系中西比较文学教授，又是中国作家协会会员、江苏省作家协会顾问、南京市作家协会理事、中国翻译工作者协会副会长、江苏省翻译协会长、中国比较文学学会顾问、《中国比较文学》编委会顾问、中国外国文学学会理事、法国文学研究会顾问、鲁迅研究学会名誉理事、闻一多研究学会理事、江苏比较文学学会名誉会长、南京大学比较文学研究会名誉会长、国际比较文学学会会员等。

后记一

送给在天上爸爸的礼物

赵蘅

假如本书顺利出版，正值父亲去世九周年的前夕，这是送给在天上的诗人最好的新年礼物。

《离乱弦歌忆旧游》是父亲生前最后一本书，原先长达三十五万字，首版的责任编辑徐坚忠极为细致，也很耐心，因为这位年逾八旬的作者老写不完，文章添了又添。奇怪的是老少二人从未见过面，来往书信却有一大叠。直到有一天，年轻的编辑从上海赶到南京，已成诀别。

一九九九年大年三十的凌晨，我在北京被小弟赵苏的电话铃声惊醒，我不能相信十个小时前还和我在电话里聊天，叮嘱我好好写作的父亲，就这么快的被病魔夺走了！父亲在乎过年，在乎跨越新世纪，在乎看到香港澳门回归祖国。并不迷信的他，甚至要老天爷保佑他多活几年，好让他再完成六本书。遗憾的是，他都没能如愿，他没等到呕心沥血之作出版，有人说他是活活写死的！

我来给父亲的书写后记，这是母亲的主意。父亲走后，她说爸的事都由你来管，莫大的信任之外，又带来压力。这压力主要来自父亲这一代人所经历过的历史，沉甸甸的，却已远离今天的社会，属于即将或者已经被许多国民遗忘了的领域。我很想去追回，去挽救，只感到力不从心了。

感谢湖北人民出版社和刘硕良先生的眼光和厚爱，在市场化严重倾斜的大环境里，还对中国老一代知识分子报以敬重之情。特别是责任编辑吴超，他提出西南联大七十周年，要给西南联大毕业的学者们重新出书，他如此年轻，能为此类书的出版付出热情，令我感动。

十二月十三日上午，吴超捧来半尺高的书稿，命我四天内全部校好并写完后记。"今天是南京大屠杀七十周年纪念日！"我脱口而出。

我看了整整两天，忘情地流着泪，跟着父亲又回到七十年前民族危亡的关头，每个中国青年都面临着生死和命运的残酷抉择。原本想用过去写过的纪念文章充当这篇后记，才发现它们远远不能表达这本著作的意义，以及带给我内心巨大的震撼。

原来，在那么多年的日子里，已逾古稀之年的父亲一直在默默地回忆书写着这部他亲历过的西南联大历史。反复写，不厌其烦地写，趴在书桌上奋笔疾书，写啊，写啊，他的白发长年辉映在那盏橙罩绿柱的台灯光晕下，曾经是我们姐弟司空见惯的父亲背脊上的汗粒，被江南的湿冷冻裂了的手指，竟是这些用心血浇灌出的文字的代价！

我痛悔没能在他生前常去看他，多帮他一把。早点学会电脑，给他打打字，哪怕扇扇扇子，递上一杯热茶。而不是让他

赵瑞蕻逝世纪念卡

用客气的口吻说:"小妹,麻烦你,水开了,去灌暖瓶。"

此刻,我仿佛看见一个二十二岁面容清秀的温州青年,从家乡投奔到湖南南岳山。在战火逼近之时,又随国立长沙临时大学师生西迁春城,开始了"五千年历史上空前的知识分子大迁移"。三百人徒步三千五百多里登上云贵高原。父亲他们走的是由广州乘船到香港绕道越南海防的路线。大家穿着校方发的简陋的黄棉布制服,几十人睡在铺着稻草的水泥地上,在布有米字旗和印度巡警的维多利亚港湾,他贪婪地看到书店里琳琅满目的外国名著却买不起。

我仿佛还听见雨打铁皮屋顶发出的叮叮咚咚,秋风吹破纸糊窗户的声响。昆明联大教室里座无虚席,外文系才俊们正跟着教授大声念惠特曼的《草叶集》,也许是莎翁的十四行诗,或是丁尼生的诗句。其中一个极用功姓赵的男生,如饥似渴地学了英文又学法文和意文。大家爱叫他"年轻的诗人"。

一边是敌机的狂轰滥炸;一边是在"抗战必胜"的信念激励下,写诗翻译做数学题,不分上下彼此,可以为学术争得面红耳赤。以"刚毅坚卓"(联大校训)的精神,"从一九三七年八月至一九四六年七月,共计八年十一个月,以学年计算正好九个学年"。就这样,中国文化精英的火种,从"联大人"的手中传递着,燃烧着,并保存下来。史实证明,当年北方学府的迁徙和故宫国宝得以安全转移的奇迹,是靠百万将士的浴血奋战换来的!

我尚无法查证西南联大的学子健在的还有几位,单是南湖诗社转成高原文艺社的成员,恐怕只剩下我母亲和周定一老先生了。前两年去拜访他,他还精神矍铄地谈起西南联大,他和我父亲手里都各自保存着一张南湖诗社的老照片,同样在照片背后仔细写上同窗诗友的名字。九十高龄老人辨认昔日张张年轻面孔,我能懂,那是他一生中最幸福的时光!可悲的是,在后来的"文革"等政治劫难中,一批西南联大的学者遭遇摧残,其中有吴宓先生和梁宗岱先生。南湖诗社的旷世奇才、著名诗人穆旦,蒙冤去世时还不到五十八岁。

原冬青诗社的杜运燮和罗寄一（江瑞熙）也先后作古，在杜运燮参与编选的《西南联大现代诗钞》的书前第一句他写道：

"如果有人问我，像一些记者最爱提的那个问题：你一生印象最深、最有意义的经历是什么？我会随口用四字回答：西南联大。我想，其他许多'联大人'也会这样。"

父亲的《离乱弦歌忆旧游》告诉了读者这是为什么！

而我们姐弟仨也从小听惯了"西南联大"四个字，有幸受到西南联大继承下来的"爱的教育"。今天比任何时候更为自己的双亲曾经是西南联大的学生感到自豪，正因为这两个"爱书之人"走到了一起，才会有我们亲亲爱爱一家人。我深信我们的孩子们，也永远不会忘记爷爷奶奶、外公外婆的这份光荣！

"爱的教育"，最重要的是一个人要学会感恩。没有哪一个学生，能像父亲对自己的老师这样的知恩！暮年之际，在他的许多篇文章里，详细地回述了他从小学到中学，再到大学，每位老师教过什么，是用哪本教材，选过哪一名篇，甚至这些老师上课时的谈吐手势和神情，他都记得真真切切。他用他特有的诗人的敏感，画一般的视觉，带领我们回到蒙自、昆明、柏溪，展现出那些战乱中少有的鸟语花香并洋溢着青春自由气息的"世外桃源"。瞧！繁忙的梅贻琦"穿着深灰色的长袍走来走去"，叶公超"衔着烟斗""爱穿米色风衣"，"胖胖的"柳无忌"神采奕奕"，瘦长的英国现代诗人威廉·燕卜荪的"蓝灰色的眸子"和"红通通的高鼻子"，而闻一多的"炯炯目光"，沈从文的"和蔼笑容"，"笑眯眯"的吴宓"有时幽默"，冯至"身材魁梧""声音洪亮"，钱锺书"完全用英文讲课""滔滔不绝"……

谁想要了解这些极有学问的名师们在抗战时期真实潇洒的样儿,那就请到我父亲的书里去看吧!

父亲走了九个年头。一定早在天那边见到了奠定他人生理想和东西方优秀文化启蒙的先生们,包括中学老师陈逸人、王季思、夏天翼先生。也许,他还见到被他翻译过的洋作家,比如梅里美、弥尔顿、马雅可夫斯基……当然,他更有可能像一九四〇年代那样,去和斯丹达尔对话,关于索雷尔·于连。

我们姐弟仨多希望父亲"可爱的书桌"上的书本和稿纸永远摊开着,让它们的主人继续伏案工作,像以往的每一天那样。他所钟爱的书籍、藏书票、石榴树、杜鹃花,以及所有美的景致,都等着重新回到诗人的视线里。

二〇〇七年十二月岁末于寒冷的北京

后记二

彩云之巅 弦歌萦绕

赵蘅

距离上一次为父亲这本遗著写后记，过去了十三年。

还清楚地记得二〇〇七年岁末我动笔时的激情，那是被烽火中成长的这一代学子深深感动的。西南联大，我从小就谙熟的校名，像是一把火炬，光亮夺目，点燃了心中埋藏已久的火种，这既是遗传基因，更是耳濡目染的结晶。

遗憾的是，那些年国人对西南联大知之甚少。中国教育史上这所最贫穷却是最优秀的大学并未得到应有的声誉，好似一眼金矿尚处在被深埋地下的尴尬境地。

终于盼来"重见天日"。现在我们可以公开坦然地宣传西南联大，歌颂它，赞美它，宣传它，传承它。一批热心有使命感的年轻人在西南联大博物馆李红英馆长的带领下，全身心投入到抢救校史档案中，他们为尚健在的联大学子做了大量极其珍贵的口授历史，其中就有我的母亲杨苡。2018年口授历史小组由龙美光率队，二度到南京拜访九十九岁的老人，用视频记录下了学号N2214的联大外文系女生（学名杨静如）真实而生动的上学记。

同年十一月,我作为西南联大的后人,荣幸地被邀请出席了西南联大八十周年校庆,在昆明原校址的庆典会场上,西南师范大学同学们唱起了那首著名的校歌:"万里长征,辞却了五朝宫阙,暂驻足衡山湘水,又成离别。绝徼移栽桢干质,九州遍洒黎元血。尽笳吹,弦诵在山城,情弥切。千秋耻,终当雪。中兴业,须人杰。便一成三户,壮怀难折。多难殷忧新国运,动心忍性希前哲。待驱除仇寇,复神京,还燕碣。"再次听到熟悉的校歌,到场的九位耄耋之年的校友和联大毕业生的后代们群情激昂,热血沸腾,让庆典的气氛达到了高潮。

校庆后,博物馆还做了一件功德无量的事,帮助建立了被宗璞先生称作"准兄弟姐妹"的联后代微信大群。从此我们可以互相关怀,互相交流,不定期聚会。三年来我有幸参加了朱自清先生一百二十周年纪念会、闻一多先生一百二十周年纪念会,还有南开大学百年校庆等各种纪念活动。鉴于各自父辈在当年跨不同的学科,又经历了各自的曲折和磨难,相当多的联后代彼此并不认识,而现在,我们如同大家庭一群失散多年的孩子,迅速由陌生到熟悉,每回见面总是亲切无比。

只可惜父亲没能等到这一天。

《西南联大》总导演徐蓓摄制组为电影版在南京为我母亲做深度实录时,我正陪在一旁,不禁慨叹:"要是父亲还在,该多好啊!要不然在联大上学时被称作'年轻的诗人'的父亲,定会老泪纵横,用他有点结巴、难以抑制的激情回忆联大岁月,更要绘声绘色地历数他的老师们,还会提笔写他的十四行的

"随想诗"了。

感谢生活·读书·新知三联书店的资深编辑麻俊生先生适时地鼎力推荐本书再版,在疫情中坚持录完长达二十万字的全书,特别是父亲生前呕心沥血完成、却未见到出版的最后一本著作,首次集中西南联大的篇目,以"离乱"和"弦歌"的主题面世,无疑这是一大亮点,有别于一九九九年(上海文艺出版社)和二〇〇八年(长江文艺出版社)两个版本。副标题"西南联大求学记",更突显了一九三〇年代末至一九四〇年代中叶,民国时期一个爱国学子在战火纷飞中远赴西南边陲,接受中外第一流教育及其学术成果形成的历程。

那么,究竟是什么精神和力量吸引我们的父辈和他们的孩子们呢?父亲的这本遗著极为鲜明地回答了。写于一九九五年八月十五日的《离乱弦歌忆旧游》是本书的首篇,恰逢西南联大建立六十周年,它为读者展开了一幅历史画卷。

一年多以来,我书桌上常放着四本书,我在译述工作之余休息时,总喜欢翻翻,它们引起我无限亲切的遐想,使我一再回到那早已消逝了的遥远的苦难岁月,那些充满着抗争和求索精神的激动人心的日子,那个特殊时代特殊机遇所交织起来的奇丽梦境里。

父亲说的这四本书是《国立西南联大校史——一九三七年至一九四六年的北大、清华、南开》《笳吹弦诵在春城——回忆西南联大》《笳吹弦诵情弥切——国立西南联合大学五十周年纪念文集》《西南联大在蒙自》。我在整理父亲的遗物里，陆续找到了这些珍贵的书籍史料，尤其是《西南联大在蒙自》这本，封面已破损，显然是老人家翻看多遍，爱不释手。二〇一九年三月，我第一次见到通信已久的李光荣先生，我们作为《北京青年报》《青睐·人文寻访》栏目的嘉宾，一起赴西南联大旧址考察。这才了解李先生正是策划《西南联大在蒙自》的编辑，他还和父亲有过通信交往。只可惜那些年我没能参与其中，没能多帮父亲做一点辅助工作，哪怕陪他重回故里，到他一生难以忘怀阔别几十年的昆明、蒙自走一走，看一看。如果时光倒流，我相信，父亲那颗炽热滚烫的心一定会得以更大的释放！

重温父亲的文字，印证了好书常读常新的道理。那些字里行间散发的青春、热血和激情，那些对师长敬重、爱戴和感恩，那样如数家珍似的详尽介绍先生们的著作，包括几位同学的成就及其影响，在务实功利文人相轻的社会环境下，如此大气、诚挚，实在难能可贵！

阅读中，我一次次被父亲学问之精深敬佩之至，被他治学之严谨深深感动。那些年我们家人总是笑他，写文章动不动好引经据典，今天看来，我们得重新认识了。父亲之所以在文中经常摘录中外名家金句，引用前辈同辈的文字，是因为他认为那些论述感悟，实在是太有共鸣，太感动，太能表达出比自己还要精准的思想来，而这些思想正是他撰写的主题必须阐述的。另一方面，也说明父亲对其他人的著作文章都是认真阅读过的，是他非常熟悉的，他才能信手拈来，引用恰当，贯穿一气，读起来，不失他的文笔风格，并不觉得累赘和多余。

眼前又出现父亲埋头写作的画面,他如此专注,聚精会神,孜孜不倦。外界的任何动静、噪音、干扰,都难以撼动他。他的理想王国始终在指引他前行,为追求光明与仁爱,谴责黑暗与不公正,放歌,呼吁,不遗余力!

不敢说我真正了解父亲。虽然母亲在他去世后,断然决定"以后爸爸的事都归你来管了"。二十一年里,我又为父亲做了多少呢?他的丰厚之极的文化遗产,他有意留给我保存的藏书、手稿、书信、纪念品,他的字字句句,得意或遗憾,带着岁月的尘埃,江南潮湿的霉味,一股脑儿都被我捧到了京城。我仿佛面对的是一部沉甸甸的文化历史,一串中国知识分子艰难跋涉的脚印,我常常会因其责任而感到压力,更为自身的水平有限而汗颜和愧疚,忐忑不安。

为了更妥帖地安放在别人看来只是破烂的故纸堆、对我却视为珍宝的父亲遗稿,我买来几个新柜子分类收好,父亲喜欢红色,我就买红色橱柜。从此我的小友秘书华丽除了节假日,每天都来帮着清理录入,"八〇后"的她,这是一个陌生又崭新的世界,眼看她认真投入,收获的是眼界和学养。她不时告诉我,又找到什么重要的信了,她会欣喜地说:这是赵先生关于西南联大的,是写给杜运燮的,是写给许渊冲的……

遗憾的是,父亲没有完整持续不断的日记留下。他生前在家里就寡言少语,几乎不食人间烟火。他惜时如金,年复一年伏案工作,很少和我们姐弟畅聊。他礼貌隐忍多于爽直,没能像母亲那样喜怒笑骂的痛快。因而父亲心底的欲望、需求、惦念,特别是他生命最后的几年,我只能从他的文章,大量的信札中了解了。还有许许多多他没有表述在纸面上、那些刻骨铭心的心思呢，我便无从知晓了。

我曾在《〈红与黑〉第一个中译本》一文里这样写道：

一九九九年九月十八日，我陪父亲出席了江苏译林的"戈宝全翻译文学奖发奖大会"。他坐在主席台上，做了一个简短而意义深刻的发言。他的追忆带我又回到五十年代的莫斯科城，那时他已译完了马雅可夫斯基的长诗《列宁》。为了跟上新时代，他自学了俄语。他说："翻译永远是不可缺少的很有意义的工作，只要有人类存在，就有交流。地球上有四十亿人，三千多种语言，我们的工作要永远做下去。"他还特别向获奖的女作者祝贺，使我这半个外文盲羡慕不已。二十日这天晚上，父亲设便宴为即将赴法工作的研究生饯行。应邀的都是南大中文系外国文学教研室的同人。席间，他感慨岁月如梭，四十五年前是高教部杨秀峰部长为年轻的他饯行。如今头发白了，风烛残年。然而他要告诉大家，他完成了一本文学回忆录，一个晚秋的金色夙愿！

这就是父亲的胸襟、抱负，他们这代学人的担当，他们的可爱、可敬，后人难以达到了。

父亲也是有福气的，他精心爱护培养过的几位南大研究生范东兴、唐建清、黄乔生，他们在父亲过世后，念念不忘师恩，关爱师母，特别是这几年，他们商议着为老师再版他的第一本译著《红与黑》，完成老师的心愿。旧版、新版，跨度七十余年，补译、校对、撰写导读，工作量之繁重，可想而知。值得欣慰的是，这件难上加难，如同挖掘文物的工作，最终在译林出版社的鼎力支持，各方通力合作下，排除疫情干扰得以完成。

最后我以沉痛的心情告诉读者朋友，《离乱弦歌忆旧游》首版的责编，《文汇读书周报》原主编徐坚忠先生，在今年年初因病去世，令人扼腕。他和父亲从未谋面，当年为了高质量地出版这本书，他们只留下大量的书信往来，堪称作者和编者精诚合作的典范。如今两位认真治学的一老一少，可以在天国继续切磋恳谈了。那里没有阴霾，宁静而安详，更没有时间的障碍，可以尽情放飞独立之精神，自由之思想。这对于珍惜光阴重于生命的人，还是快乐的。

完稿于二〇二〇年五月二十八日北京，十一月修订